小镇灯塔

贺享雍 著

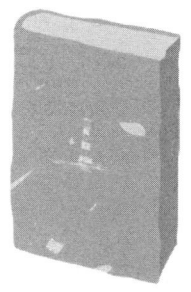

四川人民出版社

目　录

第一章	归　来	001
第二章	求　教	042
第三章	媛　媛	073
第四章	风　波	110
第五章	救　星	136
第六章	情　侣	166
第七章	老书痴	186
第八章	琅嬛福地	214
第九章	斯文在兹	250
尾　声	后来……	286

第一章　归　来

一

范戈从大世界酒楼十五层客房阳台上俯视下面街道。

正是晚下班高峰期，小镇虽然不大，但男男女女、老老少少加起来，也有好几万人。在同一时间，人们从大大小小的机关、学校和工厂等如囚室般的水泥笼子出来——脚步匆匆地涌到大街上，又朝另一座水泥笼子急奔而去。其归心似箭、摩肩接踵之状，足可和镇外三江汇流处的过江之鲫媲美了。偏这几万人中，有多半是近几年刚洗净脚上稀泥，从周围村子到镇上买房安家讨生涯的庄户人。这些被称作"进城农民"或"村改居"的庄户人，一落生便活在无遮无拦的"广阔天地"里，如今身子虽然进了城，可多年在广阔天地里形成的那种无拘无束、自由自在的惯习，又怎能轻易地被城市的规则所融化？譬如说眼下，人人心里都知道城市交通规则里有一条叫"红灯停，绿灯行"，可当红灯真的在他们面前亮起、需要等候那么几十秒钟的时候，每个人又都像是家里着了火似的，只管昂首挺胸、熟视无睹地阔步向前,其气宇轩昂、我行我素之状,大有不知城市规则为何物的样子。此时,急坏了的是那些在人流中像蜗牛一样爬行的或白,或黑,或红,或灰的小轿车司机,他们一面和行人抢着道,一面骂骂咧咧又不停地、使劲地按着汽车喇叭,使之发出一阵阵近似母猫叫春一般凄厉和焦躁不安的刺耳噪音。尽管这样,行人们照样充耳不闻,其擦着车身安之若素、泰然处之的修行功夫,令范戈忍不住咧开嘴唇想笑。可还没等他笑出来,马上又将嘴闭上了。因为他想起一个多小时前自己驱车进镇时,也遭遇到了一样的事。不过他可没有这些本地司机那样与人群争道和将喇叭按得震天响的胆量,他只能把车停下来,等那些乱穿马路的人若无其事地过去后,才像摇着一艘小舢板似的,将车摇到大世界酒楼地下车库里。

范戈是土生土长的小镇人,这些年虽然读书、工作在外,可昔日小镇的三江六码头、老街旧坊、神坛庙宇、民居庭院、茶楼酒肆……甚至连街道上的每块青石板,都深深地镌刻在他的脑海里。他每回一次家,都感觉小镇在变,尤其是近几年,小镇的变化真可用得上"日新月异""翻天覆地"这两个俗滥的成语来形容。比如这幢十七层高的四星级酒店。比如原先凹凸不平、狭窄的街面,如今都变成了铺着沥青的双向四车道。又比如在原先低矮潮湿、一座紧挨一座的老旧楼房原址上,矗立起了一幢幢高楼大厦。再比如刚才驶过的、被当地人称为"小镇王府井"的"财富一条街",店铺林立,商品琳琅,尽管范戈只是隔着玻璃窗管中窥豹,却也感受出了小镇的日趋繁荣与巨大变迁……可范戈还是隐约觉得,小镇的变犹如一条巨龙,前半身有了很大变化,后半身不但没变,一些地方甚至还退化了一大截,有些不伦不类起来。但这种倒退究竟表现在什么地方,范戈一时又不能说清楚,或者这只是他的一种感觉吧。

一想到过去,范戈脑海里昔日的画面,立即又被刚才梦中另一幅画面所取代。一个多小时前,他把车开进酒楼的地下车库后,到大厅登了记,镇上接待办田小姐笑眯眯地把房卡递给他,又甜甜地对他说:"范总,你到房间洗漱洗漱,先休息一会儿,晚饭可能要稍晚一些,因为李县长等县委常委会结束后,要赶来给大家接风!"范戈谢过她,拖着装有洗漱用品的行李箱上楼了。

来到房间里,范戈真的感到身子有些疲乏——开了四个多小时的车,疲乏也是正常的。他把行李放下来,去洗漱间洗了一把脸上风尘,出来一屁股坐在沙发上。到底是四星级宾馆,硬件还不错,范戈一坐上去,屁股便被柔软疏松的垫子所包裹。他将双手雄鹰展翅般张开,放到两边扶手厚厚的绒垫上,把两只脚抬起来搁在前面同样裹着厚厚绒布的脚踏上,顿时感觉到一种前所未有的舒坦。他原本只想短暂放松一下,没想到睡意这时袭了上来。就在这迷迷糊糊打盹的时间里,他竟然梦到了曾祖父。

当然，说梦见的是曾祖父并不十分准确，因为曾祖父离世和他出生之间，相差了近一百年的时间。他不但没见过曾祖父，就是祖父，范戈也只是从一张几十年前、已经完全褪色的黑白照片上，见过他模模糊糊的形象。但梦中那个身材瘦长、面目清朗，手持书卷，头冠黑色毡帽，身着青布长袍，一副儒雅态的老人，和父亲当年反复给他描述过的曾祖父形象完全吻合，因而他认定了梦中之人定是曾祖父无疑。

还在上小学的时候，父亲曾用一种自豪和炫耀的语气告诉范戈："记住，我们范家可是地地道道的书香之家，你曾爷爷和爷爷过去都开过印书铺，印了很多书！用今天的话来说，他们可都是集编辑、出版、印刷、藏书于一身的文化人，做的都是传播文化、点亮社会文明之光的伟业！"那时范戈年龄不大，不能完全理解父亲的话，甚至还有些怀疑。因为在他成长的年代，出版书籍是国家的事儿，父亲所说的"集编辑、出版、印刷、藏书于一身"的事离他甚远。在他少年懵懂的心里，做这些事的人都是了不起的人中龙凤，他的曾祖父和祖父怎么可能是这样的人物呢？及至几年前，他从一本发黄的民国版县志中读到曾祖父的传记，这才相信父亲所言不虚。

从旧县志的记载中，范戈慢慢在脑海中演绎出了曾祖父几十年跌宕起伏的人生故事。原来曾祖父生于1896年，14岁那年，他在小镇念完了高小。那时小镇还没有中学，曾祖父有位堂兄在川军二十军军长杨森麾下某部做副官。小小年纪的他心存大志，想去投靠堂兄在成都继续上学，这自然遭到了曾祖父父亲老太翁的强烈反对。一天晚上趁老太翁熟睡之后，曾祖父悄悄起床，从老太翁枕下摸出二十块"袁大头"，偷偷溜出了门，一个人单枪匹马上"成都省"去了。那时从小镇到成都，得先从小镇坐船到重庆府，再经过巴县的白市驿、隆昌县的双凤驿、简阳县的龙泉驿"三驿"；大足县邮亭铺、荣昌县峰高铺、资中县莲池铺、简阳县石盘铺和大面铺、华阳县鸿门铺"六铺"；巴县的永兴场和函谷场、璧山县的狮子场、永川县大安场、资中县的高楼场和球溪场、资阳县的合兴场、简阳县的贾家场"八场"。脚力好、速度快的，每天以行走八十里路计，至少也要十三天才能到达成都。以一副瘦弱之躯和还未及成年的曾祖父，他是怎么走过这漫长的"三驿""六铺""八场"的，路上又演绎了哪些艰难曲折的人生悲欢，传记的作者虽然没说，不过对于范戈来说，他是完全想象得到的。

曾祖父凭着自己顽强的意志和毅力，终于来到了成都，找到了当副官的堂哥。堂哥听完曾祖父"千里赴省"的讲述，堂堂须眉一介武夫，一把将曾祖父拥入怀中，二话没说，第二天就将曾祖父送入成都一家中学。可铁打的营盘流水的兵，曾祖父在堂兄资助下，刚在这所中学就读半年，堂兄所在部队奉命调往四川泸县创办讲武堂和军事教导队，堂兄也由副官改任军事教导队教官。曾祖父又只好跟随堂兄，转入泸县中学就读。旧县志的传记中说，曾祖父在求学期间，"刻苦自励，苦学钻研，期深诣图大造，讵知伏案殚神，已自瘁弱"。在曾祖父以第一名的优异成绩毕业后，堂兄对他说："弟体弱蓄疾，当留在我讲武堂或军事教导队强健体魄，等他日体貌率隆，拥军符而率三军征战疆场，跃马扬戈，一朝功成，青史留名，岂不是堂堂大丈夫所为哉！"曾祖父听了堂兄这话，站起来朝堂兄深深施了一礼，道："华轩深谢兄长资助完成学业，亦知兄的好意，然愚弟自知有痼疾在身，断不是拥军符而驰骋沙场夺他人性命者之材料！弟已学成，还是回归乡梓为好！"堂兄沉吟半晌方又问道："你回归乡梓，准备做什么？"曾祖父不好意思地笑了一笑，道："具体做什么，我尚未想好，不过有一点，弟这辈子，看来头上这顶儒冠，是要戴到棺材里了！"堂兄以为曾祖父的志向是想回小镇当一名"传道、授业、解惑"的先生，不禁大失所望，便道："也好，也好，如今新学蔚然成风，各地教师奇缺，弟回去做一名执掌教鞭的先生教书育人也好！"遂不再留他。

堂兄哪里知道，曾祖父心中早有另一神圣职业在呼唤着他。

半年前的一个星期日，曾祖父和两个相好的同窗到学校后山的普贤寺烧香礼佛，祈愿佛祖保佑他们毕业考试能取得优异成绩。给佛祖敬献香蜡、礼叩三首以后，三个年轻人起身走出大殿，正准备拾级而下，返回学校，曾祖父忽看见旁边厢房外的阶沿上，摆满了刚印刷出来的一张张宣纸，油墨芳香袅袅飘来。曾祖父站住再仔细一看，屋子里一年轻僧侣正将一张宣纸轻轻覆于桌上染着油墨的木刻印板上，接着拿过一把鬃毛毛刷，来回轻抚宣纸数遍，将印板上的字迹完全印在纸上，然后将纸揭起，拿到阶沿上晾晒。曾祖父见那僧侣和自己年龄差不多，但体魄明显比自己好，又生得眉清目秀，一时敬仰之情从心头升起，便走过去打了一躬问道："小师父，你印的是什么？"小僧侣看了曾祖父一眼，见面前这人虽面色苍白，身体羸弱，却不乏文雅之气，知是读书人，便道："我祖之经书呀！"曾祖父故作惊讶道："大门外供香客们自取的那些经书，都是你们自己印刷的？"小僧侣道："正是！"说完又道："施主如需要，尽可自己去取！"说完转身进了屋子。曾祖父还想追过去问小僧侣可否将技术传人，远处同窗已经在呼喊他了。曾祖父只好作罢，但刚及弱冠之年的曾祖父心中，此时已燃烧起了对未来的期望之火。

此后，虽考试临近，学业繁忙，曾祖父仍忘不了那个印书的小僧侣，一有时间，便跑到寺庙里去看小僧人刻字、选字、组板、涂墨、铺纸、印刷，及至将书装订成册。一来二去，和小僧侣熟了，小僧侣见曾祖父心坚志诚，谦恭有礼，两人年龄又相差无几，极易亲近，便把自己知道的都毫无保留地告诉了他。曾祖父本是悟性极高的人，又有志于此，关键是又有小僧侣手把手教他，没用多少时间，曾祖父便掌握了木刻印刷的所有技术。临毕业时，小僧侣还赠送他两套亲手雕刻的《三字经》和《百家姓》木刻印板。

可回到家乡的曾祖父并没有马上开办印书铺，而是应时任小镇劝学所长之邀，做了三年福镇小学校长。至于为什么曾祖父没有马上实现自己的宏图大志，范戈揣度，最主要的原因或是曾祖父考虑到家学渊源不厚，家里既没有海量的藏书来供自己阅读和参考，也没有丰富的家学传统和文化积淀供自己享用，一切都需要自己来开启和创造，因此他需要蓄势待发。这三年也确是这样，他将所有的月俸都用来购买书籍和印板，将所有的闲暇时间都用在博阅群书和思考钻研上。果然，三年任期一满，曾祖父不顾小镇劝学所长和县教育局长再三挽留，果断辞去了小镇小学校长一职，开始了人生新的旅程。

曾祖父为人低调，做事谨慎，开业之初，曾祖父只印刷了一些如《三字经》《百家姓》等通俗普及读物，逢场日免费向民众发放，以扩大影响。甚至还印过"吞牛图"和"门神"，请人在春节期间到乡下叫卖销售。后来曾祖父又给人编印谱牒。印谱牒时间长，工作量大，曾祖父雇来两个家境贫穷的寒门子弟，一边教他们识字，一边做自己的帮手。再后来，曾祖父才开始印刷"四书""五经"并编纂、印刷本邑和外埠一些文人骚客送来的诗文歌赋。此时，无论是曾祖父的印刷技术和学问素养，均已到达一定高度。他编纂和刊印的书，不但内容详加考评，而且体例分门别类，务使求真致用，加上印刷质量上乘，大有古人"究天人之际，通古今之变，成一家之言"之势，一时洛阳纸贵，文人雅士纷至沓来。而曾祖父也利用这个机会，以文会友，以书会友，广交天下奇人高士，同时通过和这些骚人墨客、奇人高士的接触，曾祖父又读到和收藏了更多经史百家书籍。更重要的是，小镇那时人口虽然不多，却是一个三江通达的商贸码头，素有"小重庆"之称。镇上一些经商致富又有意于附庸风雅之人，羡慕曾祖父家里每天书香弥漫，谈笑皆鸿儒，往来无白丁，于是仿而效之。短短一两年时间，小镇上便开起了"吉森堂""义森堂""飞鸿阁""聚华阁""醉笔阁"等大大小小十多家印书铺。尽管这些印书铺始终无法超越曾祖父的"华轩印书铺"，但这遍布于三街九巷的印书铺，使小镇常年书香袅袅，呈现出一种与商业繁荣比翼齐飞的文风炽热之势。

一日，省府一位要员下来视察，看到小镇印书铺之多，读书风气之盛，一时高兴，于是挥毫泼墨，写下了"人文蔚起，文风鼎盛，川东北之冠"的题词。再后来史家修志，编撰把这句话写进了《四川通志》之中。范戈最初以为是史家杜撰，在省城大学就学期间，专门到省图书馆去查过《四川通志》，果然在书中找到了这句话。范戈还在旧县志的文集录中，看到了曾祖父"华轩印书铺"编纂、刊印的本邑和外埠名士的诗文目录。那年暑假回乡，范戈到县图书馆和县档案馆去按图索骥，结果只找到两册本邑清代进士贾秉钟的《屏山诗文集》，原本12卷的文集，也只剩下了《廛居随笔》和《拟咏史乐府》两卷，其余皆不知所踪，令范戈唏嘘不已。

遗憾的是，曾祖父身体本来羸弱，后又因编纂和印务事业终日劳顿，殚神过度，天不假年，四十五岁时痼疾复发。临终时拉着范戈爷爷的手，嘱咐道："父这辈子，体虚力弱，既不能驰骋沙场、马革裹尸，又无经商之财，况家资也不丰，也不能实业报国。自当年看见寺庙僧人印书，便立下博阅和收藏天下群书和缀辑传播之志。此虽比不上立德立功，却也是利国利民立言之盛事，既可享誉当代，亦可名扬后世，我死之后，万望我儿将为父事业发扬光大，切记切记！"说罢溘然而逝。

就这样，爷爷接过了由曾祖父开创的"华轩印书铺"的接力棒。

二

吃过晚饭，东道主请客人到旁边洗浴中心洗脚、蒸桑拿，说："各位乡友老总难得回家，辛苦了，请大家去千红洗浴中心放松放松。各位老总当回到自己家里，可不要客气呀，都得去，都得去。啊！"

千红洗浴中心就在大世界酒楼右侧，原来这大世界酒楼并不是一座独立的建筑,整个设计像是一只张开翅膀的企鹅,大世界酒楼只是这只企鹅肥胖的身子,左右两侧还各有一座五层楼高的附属建筑。左侧建筑一楼是家居超市,二楼三楼是日用百货超市,四楼是服装超市,五楼是家用电器超市,统一叫作万紫购物城。右侧建筑叫作千红娱乐城,经营着桑拿沐浴、浴足按摩、美容美发、KTV等休闲娱乐项目。小镇居民通常把这三个吃、住、玩、购一条龙服务的地方,连起来叫作万紫千红大世界。范戈没浴足的爱好,也不想去蒸桑拿,才几年没回来,小镇变得连他都有点儿认不出来了。他想出去走走,找找童年和少年时代的感觉。更重要的是,他研究生毕业以后,连续投了几十份简历出去都被退了回来。后来他死了心,决定自己创业,和另一个国家公务员考试不中的同学一起,在省城开了一家文化广告公司。同学的父亲是省政府下面一个经济管理部门的中层领导,凭了这层关系,他和同学的公司虽说不上财源滚滚,但总也能拉到生意。正当公司做得风生水起时,同学终拗不过父亲旨意,第二年继续考公务员,终于端上了省上一家政府机关的"金饭碗",把在公司的股份转给了他。他深知同学这层关系的重要性(此时同学父亲已升任部门副职领导),私下里给同学保留了一定股份。果然,即使同学已经离开,他公司不但没受影响,反而比过去做得更好。在一连拉了几单大的工程项目生意后,公司有了一定实力,他抓住时机,将饼摊大,在省城和周边城市又开起好几家分公司。也许是他天生有一定的经营头脑,也许是上天眷顾,这些公司都运行良好。几年下来,便奠定了他省城广告界"大咖"的名声。但不管怎么说,文化广告业毕竟不是IP业或房地产业。尽管在小镇人眼里,他如今也是一名"成功人士",但比起那些口袋里动辄揣着多少多少个亿的"大佬"来说,他不过是小巫一个。这次他被小镇一封情真意切的"回乡创业、报效乡梓"的邀请信所打动,和十多个从小镇走出去的"成功人士"一起回小镇考察创业,可直到现在,他也没想好究竟能在家乡干点什么。因此他也想趁此机会清清静静地出去走走,看看能否找到既不超越自己经济实力,又能给小镇父老乡亲带来福祉,且公司又能赚到钱的合适的投资项目。但范戈不好在镇上还没有做项目推介前对领导明说想自己出去考察,便对陪同的王镇长说:"放松我就不去了,我想去看看妹妹……"

范戈话还没说完,镇长惊讶道:"你还有妹妹在福镇?"说完又用开玩笑的口吻道:"可别扯故出去放单线哟?"范戈没有说谎,他真的有个妹妹,不过妹妹此时正坐在省城师范大学的阶梯教室或图书馆明亮的灯光下用功,因为她还有几个月就要毕业了。但他做出很诚恳的样子说:"真的,我有很长一段时间没看见她了,回来了都不去看看她,到时会骂我是怎样做的哥哥。"镇长也没问他妹妹住在哪儿,在哪儿工作,便道:"哦,原来是这样,那好,亲情为大,我也不再挽留了!"放范戈去了。

范戈离开众人,觉得自己变成了汪洋大海里一条自由自在的鱼儿，身心都感到一阵轻松。他从千红的侧门进入大街。一上大街，范戈就被眼前五颜六色的灯光吓了一跳。他知道现在一些城市都在打造以各种灯光秀为噱头的景观建设项目，以五彩缤纷的灯光来把城市装扮得更繁华、更浪漫、更具美感。可他没想到这样一股风竟然也吹到小镇来了。现在他置身的是一片绚烂、璀璨又有些刺眼的灯光海洋。他仿佛是走进了一个极不真实的虚幻世界，眼前的流光溢彩，反倒使他无法看清这个小镇的真实面目了。除了灯光之外，街上人群熙熙攘攘，比白天多了许多。稍为宽敞一点儿可以称为"广场"的地方，不是被跳舞的大妈割据，就是被打拳、舞剑等强身健体的大爷占领。各种音响都把声音开到了最大，好像不这样便不能证实自己的存在似的。离开小镇十年的时间里，每当范戈被省城的繁忙和喧闹困扰不堪时，便常常怀念小镇那种古朴和宁静的生活。他之所以想趁人们吃晚饭的时间出来走走，正是想重新感受感受小镇过去那种特有的清幽和静谧。现在觉得自己想错了，那种"桃花源"似的生活，恐怕一去难返了。

范戈从五一街走到新民街，从新民街走到建设街，从建设街再走到光明街，街街如此。他觉得自己并不是在川东北一个偏远小镇的街道上行走，而是漫步于某个国际大都市中，此刻他深切感受到了中国城市化的力量和速度。但他仍然有些不甘心，不相信自己生于斯、长于斯的小镇，变得如此陌生。他不再走大街，他要到那些小巷看看。他坚信在那些僻静的小巷里，肯定能寻回一些他熟悉的味道和往日的时光。于是他直接从光明街拐进了一条叫铁匠巷的巷子——这里过去有两个打铁的铺子，小时候，他们这帮顽童可没少在这里打闹。

小巷也变了。原先凹凸不平、遇到下雨天一脚踩上去，就会溅一身泥水的青石板路，被平整的水泥路所代替，过去低矮的木楼房，大都换成了一座座高低、新旧不一的钢筋水泥建筑。但这些楼房大约都是房主们自行改建，缺乏统一的规划（其中可能还有各家经济水平参差不齐的原因），所以给人的印象有些杂乱无章（凭楼房的好坏范戈可以判断出主人的家庭经济状况来）。但小巷确实比大街清静多了，加上少了霓虹交错的争芳斗艳，让范戈感觉到像是见到了一个端庄中透出几分稳重、清醒的妇人，那种不事张扬、以素面示人、宁静和朴素的美，正是范戈所喜欢的。走着走着，范戈忽然又感到有些不对劲，巷道里隔几十米距离才有一盏昏黄的路灯，发出一种橙黄色的、像是罩了一层雾气的晕蒙蒙的光芒，和大街上流光溢彩的灯光秀真是两个截然不同的世界。从每家屋子的窗户里流溢出的灯光，倒是非常明亮。范戈便想："家家户户都开着灯，却没有说话的声音，连电视的声音都没有，人们在干些什么呢？"正想着，从旁边屋子里突然传来一声大喊："碰！"接着就是一阵稀里哗啦的声音。范戈这才明白屋子里的人在打麻将。可打麻将为什么要关着门呢，难道是地下赌博？范戈曾经听说过一些地方地下赌博十分厉害，一些人因为赌博倾家荡产。他朝前又走过几间屋子，这次他留了心，一边走一边认真捕捉着屋子里的声音。果然，从每间屋子里，他都听到了那种高高低低的稀里哗啦的骨牌碰撞的声音。这时，他坚信自己是走进了一个赌博窝里，一些关于赌博的传说使他犹豫还往不往前走。正这么想着，忽然哐当一声，旁边屋子的大门被猛地撞开，从里面冲出一个汉子，慌慌张张地从他面前跑了过去，范戈连他的模样都没看清。紧接着又从屋子里冲出一胖一瘦两个壮汉，手持木棒。瘦汉用木棒指着逃跑汉子的背影气势汹汹地大叫："你跟老子站住！想赖飞哥的账，门都没有！"紧接着胖汉也用木棒指着逃跑的汉子叫："老子数一二三，数到三你还不站住，就别怪老子不客气了！"

范戈听这人的声音有些熟悉，又听见那瘦汉口称"飞哥"，心里吃了一惊。他急忙朝那胖汉看去，果然认出此人正是下午在大世界酒楼前台登记时看见的"飞哥"。当时前台服务员正在给他登记，突然从旁边屋子里出来一个矮胖身材的二十多岁的汉子，生着一张多肉的长方脸，鼻梁尖削，嘴巴阔大狭长。他一边往外走，一边似乎是漫不经心地朝服务台瞥了一眼。服务员立即停下手中的活儿毕恭毕敬地站起来，对他喊了一声："飞哥好！"那人从鼻孔里"哼"了一声，像是没看见一样，大摇大摆地出门去了。等登记完毕，范戈才问服务员："刚才那人是谁?"服务小姐朝周围看了一下,这才小声告诉他:"我们老板的公子哥儿!"范戈心里这才明白。

那逃跑的汉子并没有站住,两人像是恼羞成怒了,便一边挥舞木棒,一边朝逃跑的汉子追去了。

这突然出现的一幕,把范戈吓得不轻。他决定马上折回宾馆。片刻之后,范戈就重新回到了人群熙来攘往、被各种绚丽的霓虹灯装扮的大街上。可他此时再次被一种莫名其妙、既清醒又无奈的情绪所笼罩。他眼前还晃动着刚才看见的情景,也不知那逃跑的汉子怎么样了。他从灿烂的光华中穿过,从提着大包小包购物袋的人群中穿过,从一双双拉着手的情侣旁穿过,从一对对翩翩起舞的大爷大妈身边穿过,但他感觉到的却是冷清和落寞。因为这个埋有他脐带的小镇,变得如此陌生,他真的一时难以分清到底哪些是她真正的美丽和繁华,哪些又是她的伪装。想着想着,他又突然想起了那句"人文蔚起,文风鼎盛,川东北之冠"的赞誉,想起了爷爷的故事……

在父亲的讲述中,爷爷甚至比曾祖父还要喜欢读书和藏书。这也难怪,爷爷打一睁开眼睛,看见的便是一册册散发着油墨芳香的书籍,打一懂事,接触的就是满腹经纶、学贯古今的高人。在这样的环境中长大,哪会有成为凡夫俗子之理?因此,即便曾祖父在临终前不向他嘱咐那番话,爷爷也会自觉地接过曾祖父的未竟事业,并将其发扬光大。彼时爷爷正在成都省立大学上学,听说曾祖父沉疴不起，急忙请假回到家里。和曾祖父体弱多疾不同，爷爷长得身强体壮，一表人才。父亲用了几句文绉绉的话形容："玉立长身，丰神秀奕，双瞳黑亮如漆，时人见之，无不谓之美男子！"他曾见过爷爷年轻时的照片，虽年代久远，照片上的形象已模糊褪色。他虽然没法看出父亲所说的"双瞳黑亮如漆"，但那高挑的个子，笔挺的身材，也足以让他想象出爷爷当年的勃勃英姿。父亲还告诉过他，爷爷在大学读书期间，因其才华出众，谈吐不凡，不但师友推重，视为奇才，而且颇得女生钦羡，其中不乏一些达官贵人家的闺秀成天围着他转。

曾祖父去世时，爷爷尽管还有一年便能大学毕业，但他却不再去上学了。因为曾祖父只生下了他一个独子。当此时，父亲刚去，母亲平时大门不出，二门不迈，只管相夫教子，他若去了，家里一摊子事，谁来担起这副担子？更重要的，是他惦记着印书铺的事业。此时小镇上的印书铺，已呈星罗棋布之势，竞争激烈，倘若他一走，不但生意会失去许多，就是曾祖父多年调教和培养的这批对"华轩印书铺"忠心耿耿的伙计，也会被别人挖走不少。到时他虽领回一纸高等学堂的毕业证书，可若再想重振、光大曾祖父的事业，实难也。因此，爷爷毅然中断了更有光明前途的学业，留在家里一心一意做起印书铺的掌柜来。在爷爷做出这样的决定时，他是否想起了曾祖父"立言"的话，父亲没说，作为孙子的他也就不得而知了。话说回来，即使爷爷当时有那份读书人以"立言"来追求不朽的宏图大志，可他却生错了时代。当时，国家外有敌寇入侵，内有国、共纷争，地方上更兼土豪、军阀各霸一方，真所谓内忧外患，风雨飘摇。同时乱世之中，也是国家用人之际，尽管爷爷还没有拿到高等学府文凭，可地方长官一听说爷爷回了小镇，便纷至沓来，先是委任小镇公安分局局长，被爷爷婉言拒绝。县太爷以为爷爷是嫌官小，继而委之以团练局长再兼小镇公安分局局长，仍被爷爷婉拒。在爷爷心里，继承好曾祖父开创的事业，比做什么官都重要。

在父亲的讲述里，爷爷这辈子做得最漂亮，也是他一生最引以为傲的，是印刷民国版县志。对于这本记载有曾祖父传记的县志，范戈已经不陌生。从县志的序言里，他知道这部县志从二十世纪二十年代就开始编修，历时十载，耗资数万，成稿十三册，六十五卷。稿成以后，却因国内战火纷飞，民不聊生，县政府财政捉襟见肘，只好束之高阁在县政府档案室内。爷爷听说此事后，主动请缨，出资付印。消息传出，社会各界无不赞扬，有开明且家资丰裕之士，也愿出钱相助，但都被爷爷一一拒绝。先前，爷爷已将曾爷爷的木刻印刷，换成了石印，其工艺已有很大的提高。但为了保证这次印刷质量，也为了以后事业的发展，爷爷倾其家资，从上海和重庆分别购回三号圆盘机、四开铅印机各一部，以及各种字号的铅字、刊条等等，又从万州请来技师，首开县人铅印之风。三个月后，爷爷凭一己之力，完成了这件造福于后代的伟大事业。

后来，当范戈翻阅这套由爷爷亲手印刷的县志的时候，曾以自己的小人之心，忖度过爷爷的君子之腹。他以为爷爷不惜耗尽家资，独力承担这项浩大的工程，原因不外乎有三：其一，是见其中有曾祖父的传记。在爷爷看来，这是荣耀家族、流芳百世的事，刊印于世，一可光宗耀祖，二可表达尽孝之心。其二，或是如曾祖父所说，图书编纂印制也是一种"立言"方式，既可享誉当代，又可名扬后世，所以爷爷不想放弃这样一个千载难逢留名青史的机会。其三，科技的进步，使传统印刷业发生了根本的改变，爷爷或许正想利用这个机会，改变印刷技术，扩大印刷规模，印更多更好的书，主动请缨出资印制被束之高阁的县志，不过是小试牛刀而已。当然，也不排除爷爷那代知识分子与生俱来的"以天下为己任"的家国情怀……不管爷爷当时出于哪一种动机，其功均不可没。

但天有不测风云，何况这又是一个战火连天、风雨飘摇的多事之秋。就在爷爷将煌煌六十多卷县志装印竣事不久，日寇强盗对国民党"陪都"重庆展开史无前例的大轰炸。一日，一队日本飞机向这座美丽的山城倾泻下无数炸弹后，在返回途中，看见这个三面环水、一面靠山的小城，风光旖旎，景色优美，尤其是那些依山势而建的房屋，从空中看去，错错落落，起伏有致，活脱脱一座"小山城"。强盗们此时也不知出于什么心理，顺手扔下十多枚炸弹，其中两枚不偏不歪，落到"华轩印书铺"的屋顶上。随着两声爆炸声响起和随之腾空而起的滚滚浓烟与冲天火光，爷爷倾其家资购回来的两台洋印刷机，瞬间便化为一堆废铁。

经此一劫，爷爷元气大伤。先前印刷县志，几乎耗光了家底，当务之急，是要把被日本强盗炸毁的几间屋子重建起来，使一家人有个栖身之所。于是爷爷四处筹措资金，先在废墟上重建家园。当一家人搬进新建的屋子里时，爷爷已是囊中空空，至于恢复印书铺一事，他也只能从长计议了！

三

第二天吃过早饭，小镇领导带领范戈他们参观小镇的"一区两园"。一行人首先驱车来到小镇北面的经济开发区，范戈下车一看，眼前是一座很大的牌坊，光洁的石块上，镌刻着几个镏金大字：福镇经济开发区。一队丰胸细腰的小镇美女，身着统一的开叉很高的紫色旗袍，袅袅婷婷地来到他们面前，侧身行了一个抱拳古礼，然后莺声齐鸣，道："欢迎参观福镇经济开发区！"说完毕恭毕敬地立在两边，笑吟吟地等范戈他们都进了园子，方才尾随。范戈进了牌坊一看，原来是一个比足球场还大很多的广场，广场正中矗了一只五六米高的大貔貅塑像。范戈不由皱了一下眉毛。他知道貔貅在很早就被人们视为招财神兽。听说明朝定都南京后，因战事初平，国库少银，朱元璋就在国库门口放了一对大貔貅。没多久，两江士绅纷纷捐款，国库很快就装满了。朱元璋便感慨不已，觉得这貔貅还真是有用！后来乾隆皇帝也很信这个，没钱了也玩貔貅。乾隆一死，他的继任者嘉庆帝反腐，扳倒大贪官和珅，一下子国库的钱更多了，于是嘉庆帝内心就非常感谢先皇，认为这都是先帝玩貔貅带来的。当然，这都是一些无稽之谈，范戈压根儿不相信。因为他觉得在二十一世纪的今天，作为政府主办的经济开发区，还用貔貅这样的所谓神兽来象征经济开发、招财进宝，感觉有点儿不对头。但他是游子还乡，不好说什么，只皱了皱眉便罢了。再一看，广场上空拉起了许多横幅，上面写着一条条招商引资标语，如"加大招商引资力度、推进工业强镇战略""亲商、安商、富商，打造优质高效的投资环境"等。还有一条横幅上写着："万众一心，众志成城；快马加鞭，建设西部一流经济开发区！"范戈觉得这标语虽然很鼓舞人心，但"建设西部一流经济开发区"，对于一个川东北小镇来说，目标似乎又太大、太空了一些。正这么想着，小镇领导已经带着他们，往广场四周摆放的一块块做工精美、图文并茂的展示牌走了过去。

到了那儿，一位腰佩小型扬声器的旗袍美女用极悦耳和甜美的声音对他们熟练地讲解起来。范戈一边随着队伍走，一边听，他这才明白，这个经济开发区总面积有两百多公顷，是一个以高新科技为导向，一、二类工业为主导的综合性、生态型开发区。区内现有化工产业区、农副产品加工产业区、畜禽加工区、轻纺工业区、建材工业区、五金机械工业区、模具制造产业区、新型材料产业区、食品加工产业区、服饰工业区、电子信息产业区、行政办公研发区及仓储物流配送区，已入驻企业一百多家。介绍完毕，旗袍小姐对范戈等人又深深鞠了一躬，道："欢迎各位来福镇经济开发区建功立业，你发财，我发展！"说得范戈他们都笑了。

看完展示牌，小镇领导又带着他们驱车沿着宽阔的园区大道，把整个开发区都走马观花地看了一遍，下车参观了食品加工工业区、服饰工业区、五金机械工业区、电子信息产业区等厂家的生产车间。尽管小镇领导在介绍时说这些产业吸纳了小镇多少多少剩余劳动力就业，每年为小城创造多少多少个亿的产值，不过范戈从这些企业的生产规模和挂在展厅展出的样品，就看出这些所谓从沿海发达地区承接转移过来的项目，不过是当地一些淘汰的落后产品。范戈还想看看更多的工厂生产情况，可领导借口时间紧，还得赶下一站参观现代农业产业园，便带着他们匆匆出了经济开发区。

接下来，范戈他们又参观了一个柑橘现代农业园，一个蜂糖李现代农业园，一个青花椒现代农业园，一个柠檬现代农业园，一个富硒茶现代农业园。听了小镇领导介绍，范戈觉得这些所谓的现代农业园，不如直接叫作果园、茶园、花椒园更恰当些。再接下来，领导又带着他们参观一处文旅融合小镇，时间便到了中午，一行人便又匆匆赶回大世界酒楼。下车的时候，随车的小镇政府工作人员抱来一大摞印刷精美的资料，一人发了一本。范戈接过一看，原来是一本《福镇投资指南》。范戈随手翻了一下，见上面列了五十多个投资项目。但他来不及细看，因为吃饭的时间到了。

吃过午饭，范戈回到房中，这才细细翻看起那本投资指南来。不看不知道，一看吓一跳，这五十多个项目涵盖了生物医药、农产品加工、能源化工、智能装备制造、电子信息、新材料、服装服饰、旅游业等诸多领域。再一看每个项目后面的投资预算，少则数千万，多则数百亿。范戈的脑袋顿时大了，这才后悔当初不该一时冲动，被小镇领导热情洋溢的邀请所感动，想也没想就跑了回来。这些项目，哪怕他把全部身家都投进去，也会像一粒石子丢进大河里连泡也不会冒一个呀！从昨天回来开始，他就在思考投资一个什么项目的事，现在一看这个投资指南，他更加泄气了。下午召开的投资座谈会上，他该怎么交代呢？范戈的心绪一时乱了起来，他想闭目午睡一会儿，可此时睡眠像是和他结了仇，他越想睡，睡意越不来光顾他。他有些烦躁起来，看看离开会还有将近两个小时，便决定再出去走走，以打发时间。

推开大世界酒楼的玻璃门，范戈又置身在了一片嘈杂、喧闹的声浪中。他在门前略站了一会儿，思考着往哪儿走。昨天晚上，他已去过了五一街、新民街、建设街和光明街，还剩下向阳街和渡口街没走，便向左走向了向阳街，然后下十多级石梯进入渡口街，到三江码头吹吹河风也好。他刚刚走到向阳街街尾，正准备下石梯的时候，忽然看见旁边有两家书店。一看见书店，喜欢读书的范戈两眼立即放出光来。犹如蜜蜂闻见了花儿的芳香一样，他急忙扑了过去。可是他很快又失望了：有书店不假，可卖的却全是教辅资料！范戈拿起那些资料翻了翻，虽然来不及看内容，可从书的印刷质量和用纸的粗糙来看，便断定都是盗版无疑。但他不是市场监管人员，也不具有文化稽查员的执法资格，翻了翻便放下。他在每排书架上细细搜寻了一遍，希望能发现一本教辅之外的其他书籍，却无一所获。他失望地回到门口，对店员明知故问："你们这儿只卖教辅书吗？"

店员是个四十来岁的中年男人，看了看范戈，反问："还能卖什么书？"

范戈道："比如社会科学、文学作品，还有科技方面的书籍，你们不卖吗？"

店员像患有鼻炎似的"哼"了一声，对范戈愤愤地说："你说的那些书我晓都不晓得，我这儿只卖学娃儿的书！"

范戈悻悻地走了出来。走了两步，又回过身子对店员问：

"镇上还有其他书店吗?"

店员今天大约遇到了不顺心的事,又像是吃了枪药似的对范戈道:"这么个尿包场儿,只我们两家书店都半死不活,还有个铲铲书店!"然后又补了一句:"要不是卖点学娃儿的教辅资料,早就垮杆了!"

范戈心里咯噔了一下,脑海里像是开了一道天窗,阳光和春风一齐涌进了心窝子里。他突然如一个小孩子高兴得双手用力一击,同时嘴里喊出了"书店"两个字。喊完,他不但没生店员的气,反而连说了两个"谢谢"。然后也不再往下面去了,转过身,一边往回走,一边嘴里继续喃喃地说着"书店"两个字,一边又想起家族里和书店结缘的往事。

范戈首先想到的,自然还是爷爷。

爷爷的印书铺被日本鬼子的飞机炸毁以后,他本来还想过几年东山再起,令人没想到的是日本投降后,国共两党又兵戈相见。时局越来越乱,加上旧政府腐败无能,物价飞涨,时日益艰。爷爷在乱世之中,维持一家人生计尚难,又哪有余钱去恢复印书铺?本来凭着爷爷的知识和人缘,到旧政权去寻一个职务并不难,可生性高洁的他一则不愿去和一批污浊不堪的污吏贪官为伍,二则凭他敏锐的眼光早看出国民政府已是沙滩上的危楼摇摇欲坠,退出历史舞台是迟早的事,此时去旧政权觅得一官半职,日后恐不能全身而退!因此他宁愿在家里做一个安贫乐道的寓公，也不去那肮脏的世界里玷污自己的一世清白。好在由曾祖父和他父子俩几十年努力，藏在后楼的近万册图书，因街坊们救火及时，尚未葬身大火之中。爷爷便终日坐拥书城，与那些珍贵的故纸为伴。一日，爷爷突然出来对家人宣布说："我要开家书店！"家人们一听愣了。爷爷见状，以一种深思熟虑的口气道："家里藏书近万，如不与人分享，尽失书的作用也！再说，时局艰难，我虽无力恢复先父伟业，但我们再变卖一些家产，开一家书店，我想还是做得到的，何况小城尚无一家书店！"说罢望着大家。家人们都没吭声，半响奶奶才道："你还有什么家产可卖？"爷爷看着奶奶意味深长地笑了，半响才道："一所书店犹如一所学校，也是传道授业解惑的地方，若某日某不肖之子读了某书，幡然醒悟，浪子回头，从此改变他一生命运，这岂不是如你们佛祖所说，是一桩善事吗？"说完见奶奶还是没说什么，便又道："不唯如此，一家书店还是一座寺庙或一座教堂，人们为什么要往寺庙求神拜佛？难道不是因为寺庙是人们慰藉之地，精神栖居之所吗？书店亦如此也！"

　　奶奶深知爷爷爱书如命，亦明白爷爷对她说这番话的意思。奶奶本出生在大户人家，出嫁时嫁妆颇丰，不过这些嫁妆在后来日寇飞机轰炸之中，大多化为了灰烬，剩下的为了一家人的生存，也早已被爷爷变卖了，只有奶奶的首饰，还被视为命根子般珍藏着。听了爷爷的话，奶奶什么也没说，进里屋捧出一只精美的铁匣子，交给爷爷说："拿去建你的学校、寺庙、教堂吧！"说完，干脆连头上戴着的两根银钗子，也取下来一并递到爷爷手里。

就这样，爷爷凭着变卖奶奶的首饰，再拿出一些珍藏的字画去当铺换回一些钱来，又打通新建房屋的两间临街铺面，开起了小镇第一家书店。和曾祖父用自己名字命名印书铺一样，爷爷将书店命名为"敬文书屋"——爷爷叫范敬文。

爷爷的人脉广，信誉高，做的又是推动社会进步发展、满足人们精神文化需求的利国利民的好事，书店开业之初，他的本钱不够，尽管社会动荡不安，但成都、重庆、万县等地的书局老板，都乐意把书赊给爷爷。爷爷又从家里的藏书中，选出一部分珍本、善本，摆到书架上供人们免费借阅。虽值乱世，但小镇几十年来孕育的人文余韵还在，一听说爷爷开了书店，便朝圣般蜂拥而至。当然其中不乏看热闹的闲人，但大多数人是怀着虔诚的心意，来给爷爷捧场和尽一点微薄之力的。爷爷实行的是开架售书，无论是大人还是小孩，都可以在书架上尽情地翻，尽情地选。爷爷还另辟一间屋子，摆上桌凳，专供一些爱读书又一时囊中羞涩的人在里面阅读。更重要的，是爷爷博阅群书，学识渊博，遇到一些读者对自己想买的书又不十分了解时，爷爷便会从作者到作品，从版本到印刷，从作品内容到作品形式，再到社会影响以及一些有趣的书话……一向读者娓娓道来。久而久之，读者来书店听爷爷谈书，觉得获得的知识比读一本书还多得多，故而更喜欢往爷爷的书店跑了。一时，爷爷的书店不但成了小镇一块读书人荟萃的圣地，而且一股读书的清风又从这里吹向了整个小镇。

不久，毛泽东主席在北京宣布中华人民共和国成立，小镇也迎来了新政权的诞生。共产党重视文化，尊重知识分子，小城新领导了解到爷爷一生光明磊落，做的都是有益于社会和人民的公益事业，又见爷爷家里并不宽裕，便判断他是个可靠的对象，一直鼓励爷爷继续把书店开下去。可是没过几年，新政权建立供销合作社，动员爷爷把书店交出去，交由政府统一经营，爷爷仍可留做店员。爷爷感念新政权的信任，又见大势所趋，二话没说，便把书店交了出去。从此，敬文书屋有了另一个崭新的名字：新华书店，爷爷也由老板变成了一名书店伙计。可是爷爷并没有在新的书店里干多久，原因是爷爷的经营理念和书店领导发生了冲突。爷爷坚持按原来自己书店的方式开架售书，给读者充分选择的权利，书店领导却认为让读者在书架上挑挑拣拣，不但容易把书弄脏和破损，还容易使一些对新政权怀有刻骨仇恨的不法分子顺手牵羊，将书偷走。他找人做了一个长长的柜台，将书架和读者分开，只留一个约两尺宽的出入口供员工进入柜台里面，读者看准了什么样的书让爷爷从书架上取下来交给他就是。爷爷极不习惯这种售书方式，觉得有些对不住读者，便和领导吵了起来。

领导骂他是一个顶着花岗石脑袋从旧社会过来的顽固分子，要他认清时代，否则对他不客气！爷爷一辈子哪受过这样的气，士可杀不可辱，于是愤而辞职。但后来新政权念他对小城文化事业做出的贡献，趁成立小城供销合作社之机，将他安排到供销合作社废品收购门市做一名废品收购员。爷爷听说让他去收购废品，起初不答应，新政权里的人严肃地对他说："新社会可不像旧社会那样可以养闲人，新社会必须人人参加劳动，不劳动者不得食！"说完又说："再说，从旧时代过来的知识分子，必须改造思想，要像劳动人民一样，不怕脏，不怕苦，不怕累，不能和政府讲价钱！"爷爷胳膊拧不过大腿，只得去了。

就这样，爷爷失去了与书打交道的机会，对于爷爷来说，这无异于要了他的命。幸得家里还有几千册藏书，白天他在供销社的废品堆里过日子，自己也仿佛成了一件被世人抛弃的废品。可当晚上回到家里时，扑打扑打身上的灰尘，走进后楼的藏书屋，他立即像是一个富有的帝王，目光明亮，神采奕奕，完全像是变了一个人。他坐拥书城，一卷在手，与先贤古哲话天地鬼神、说自然人生、谈生生死死、论往往复复，笑人痴，亦笑己痴，好不快哉！他用几千册藏书充实着自己的生命，尽管他只是供销社一个收废品的老人，但他觉得自己活出了人生的最高境界。

爷爷没有想到的是，在十年以后中国大地上发生的那场史无前例的浩劫中，这些书不仅给他带来厄运，而且还夺去了他的生命。那天，上百名红卫兵小将高呼口号，一起闯进他家里。那时爷爷已于一年前从供销社退休。回到家里的爷爷便两耳不闻窗外事，成天只与书为伴。这天还没等爷爷弄清是怎么回事，一顶写着"牛鬼蛇神"的纸糊的高帽子便戴到了他头上，然后被红卫兵小将推推搡搡地押到大街上。紧接着，那些红卫兵小将从楼上搬下了所有藏书，堆在大街中央，然后一把火点燃。随着一阵阵火光和烟雾腾空而起，爷爷来不及说什么，只觉得头脑里轰的一声，像是有什么爆炸了，接着眼前发黑，身子就像棉花条一样往前扑了下去。红卫兵小将以为爷爷装死，把他拉起来命令他重新站好，可是手一松，爷爷又往前栽倒了。

爷爷就这样结束了一个读书人的生涯，和他心爱的藏书一道上了天堂。

四

"福镇乡友回乡创业座谈会"就在大世界酒楼的会议厅举行，小镇"四大家"主要领导和分管领导以及工商、税务、金融等十多个部门负责人都来了。会场布置成U字形，红色的会标，橙黄色的桌布，摆在U字形中间开得正艳的两盆月季，加上每个人面前的水果、瓜子和一杯上等的香茗，整个会场显得十分温馨。会议正式开始前，工作人员播放了一部福镇的宣传片。尽管范戈他们对生养之地并不陌生,可还是为影片中那优美的画面和铿锵有力、鼓舞人心的解说词所感动。大家一边看,一边都情不自禁地为家乡这些年的变化和未来的美好蓝图鼓起掌来。影片放完,镇委刘书记致欢迎辞。他首先高度赞扬了小镇各位在外成功人士对家乡的赤子之心和热爱之情,接着阐明县委、县人民政府正在加大招商引资力度,热忱欢迎各位成功的乡友回家乡考察、洽谈、投资,与家乡人民一道携手前进,共创辉煌。书记讲完,主持会议的镇长宣布县上和福镇对回乡投资创业的乡友给予的优惠政策以及优质服务,诸如税收减免、用电优惠、领导包企、一站式服务等等。再接下来,工商、税务、金融等部门头头,也都做了表态性发言,其大意无非是坚决贯彻落实上级精神,为回乡投资创业的乡友当好服务员、为企业当好保护神,保证企业健康发展云云。

头头脑脑讲完后,就轮着范戈这些在外成功人士发言了。他们互相看了一眼,都不吭声,会场一时有些冷清。书记就把目光落到在山西做矿产生意的黄总身上。黄总五十来岁,身材不高,圆头大耳,红光满面,颈粗脖短,不但下巴是双的,颈上的肉也打着褶子。见领导目光盯着自己,知道今天抛砖引玉的重任落到了自己身上,便咳了一声,拿过话筒"噗噗"地吹了两口,不辱使命般讲了起来。他说话中气很足,看得出平常保养很好。他说上午参观了家乡的经济开发区、现代农业示范园区和文旅小镇,让他十分震惊和感动！刚才看了宣传片，在为家乡取得巨大成就骄傲的同时，更对家乡未来的发展充满信心！在听了领导号召回乡创业的殷切希望和一系列优惠政策后，更令他们这些在外游子感到心动！说着话锋一转，庄重承诺："为了回报家乡，感恩家乡，造福家乡，我们山西国际矿业集团决定前期投资五十亿元，在家乡建立国际服饰城，争取三到五年时间，让福镇服饰产业走向全世界……"

头头脑脑一听这话，带头鼓起掌来，其他回乡的成功人士也马上跟了上去。范戈落在了后面，因为当他们鼓掌的时候，范戈还沉浸在黄总宣布的决定和他宏大志愿中。他像是被黄总的话吓住了，无法将一个偏僻的川东北小镇与国际服饰城联系起来。再说，一出手就是五十亿元，还是前期，后期还有多少？还有，这黄总一个大字不识几个的煤矿老板，开服饰城懂行吗……众人的掌声打破了他的怀疑，他急忙把手举起来，刚拍了两下，众人的掌声又停了。

接下来，在海口市从事房地产的博亚开发集团的曹总、在浙江胜威农业科技发展有限公司担任执行董事兼总经理的吴总、广州恒兴新材料公司董事长汪总相继发言。他们的发言和黄总如出一辙，先是感慨一番家乡的巨大变化，接着表达一番对家乡的热爱和报答之情，最后落实到具体的投资项目上。曹总选择的是寨梁子古战场旅游开发项目和白塔湿地公园建设项目，吴总选择的是水果蔬菜深加工项目，汪总选择的是精密加工汽车零配件生产线，投资也都在二三十亿元。范戈在他们发言时，眼睛落到面前的玻璃杯上。他看见杯里一片片碧绿的、尖尖的明前竹叶青茶，在水里慢慢舒展开身子，然后又像一尾尾小鱼缓缓地下沉，那么安详、自在，渐渐心里也安定下来。他听见几个人的投资动辄二三十亿元，心里便蓦然明白大家都在演戏——凭着这些在商海打拼多年、百炼成精的家伙那一颗颗脑袋，难道不明白将几十亿元的资金撒在这样一个非常普通的小镇上，不能取得相应的回报吗？当他看出这一点后，便迅速从刚才的一时激动，一时惊诧，一时又自惭形秽的情绪中平静了下来。现在，他以一种非常冷静和旁观的心情看着会场，突然感到有几分好笑。

终于轮到范戈发言了。汪总把话筒递到他面前，范戈对汪总笑了笑，轻轻将话筒推到了一边。会议室的人都不解地望着他，范戈没理会他们，又朝众人像是表示歉意地微笑了一下，这才开始发言。和前面发言的人一样，他首先也赞扬小镇党委、政府的正确领导和家乡翻天覆地的变化，感谢小镇领导对他们这些在外游子的关心与信任，也表达了自己愿意报效家乡、造福乡梓的赤子之心。他看见小镇领导也在对他频频点头，可就在这时，他突然大声说："我准备在镇上建一家书店……"

话还没完，他不但看见小镇头头脑脑们脸上的表情突然像木偶似的僵硬起来，就是先前发言的黄总、曹总、吴总、汪总和还没来得及发言的其他老总,都像听错了一样瞪大眼睛盯着他。会议室安静了一会儿,突然发出了哧哧的笑声。范戈知道众人是在嘲笑他,似乎在说:"建一家书店,还值得拿到这样的会议上来说?"范戈没管,等众人的嘲笑声停止后,他又清了清喉咙,十分认真地说:"真的,各位领导、老总,我要投资在镇上建一家书店,一家真正的书店!"

话音刚落,镇长轻轻咳了一声,像是提醒地道:"各位老总,我们热忱欢迎你们回家乡投资创业!但我们更希望大家能像黄总、汪总一样,把更大的项目放到家乡来!"说完朝范戈笑了笑,然后又看着大家说:"各位是做生意的,知道一个道理:小投资只能小回报,大投资才能大回报,老总们说是不是?"

听话听音,范戈非常清楚镇长这话是对自己说的。毕竟少年气盛,加上在社会上闯荡不久,年轻人的直率使他不打算退缩,于是他道:"领导说的自然没错,可我想,投资还要考虑到各方面因素。我刚才说小镇变得我都快认不出来了,这是真的。但这是指的物质、硬件建设方面,可精神、软件方面呢?我觉得不但没前进,反而倒退了。我们福镇,过去有"人文蔚起、文风鼎盛"之誉,可如今呢?我了解了一下,镇上除两家卖教辅资料的书店之外,没有一家真正的书店。可别小看了一家好的书店,它虽然不能给小镇带来多大的经济效益,却是地方的一座精神高地,关乎人民群众精神食粮供给!更重要的,书店还是展现一个地方文明程度的最重要窗口，关乎一个地方的文化形象！现在中国人的阅读现状非常令人担心，我曾经看过一份资料，说犹太人每人每年要阅读64本书，俄罗斯人每年每人要阅读55本书，美国人平均每年阅读21本书，日本人每年每人阅读17本书。可我们中国人每年每人阅读多少本书呢？

范戈还要说，书记急忙打断了他的话："范总说得很好，一个地方，不但要有物质文明，也要有精神文明，再说，投资不在大小，只要有利于家乡建设，我们都热忱欢迎！"说完不等范戈再说什么，便看着深圳宏盛电子有限公司的马总说："下面听听马总的意见，啊！"

范戈知道镇书记对他办书店同样不感兴趣，见他把话题岔开了，也就不再说什么。晚上聚餐的时候，范戈明显感受到了小镇领导对自己的冷落——他被领导放到了最后敬酒，而且只是象征性地碰了一下杯。

范戈没把这事记在心上，他为自己的决定高兴。他知道，但凡肯把心思花在书上的人，都是有一定理想、有信念和情怀的人，比如曾祖父、爷爷和父亲。一想到父亲，范戈心里的往事又滚滚而来。

爷爷死的时候，父亲刚满十七岁，才考上福镇高中，可只去上了两周课，那场席卷全国的"革命"烈火便燃烧到了川东北三江河畔这所小镇中学。老师们被打倒，学生们停课闹革命，父亲起初也跟着一伙刚认识不久的学生闹了两次"革命",一次是批斗校长,一次是批斗班主任老师。可他越来越觉得这场革命有些不是滋味,于是便卷起被盖回家了。紧接着,便发生了红卫兵小将来家里烧书和爷爷不幸离开的事。爷爷的死,使父亲遭受到了沉重打击,他没想到自己家竟然也成了"革命"的对象并且爷爷还被夺走了生命。从此,他对任何"革命"都失去了兴趣,也不愿出去见人,只窝在家里像爷爷过去一样与书为伴——父亲受爷爷影响,也从小喜欢读书。从学校回到家里后,父亲无事可干,正好一头扎在爷爷的书堆里,如饥似渴地从书里吸收知识的甘露,来充实自己那颗求知欲正旺盛的头脑。而且父亲有着强烈的占有欲——他发现爷爷的藏书中有自己喜欢的书,不是一本一本去拿来读,而是将那些书都抱到阁楼上自己那间狭小的屋子里,即使是一时读不过来,只要看见那些书,心里不但踏实,而且也有富甲一方的感觉。那天那些像是打了鸡血的红卫兵小将出其不意地冲进家里来"革命"的时候,只注意到了爷爷书架上的藏书,却忽略了阁楼上父亲那块"自留地",因此,父亲得以保留住了爷爷几百本藏书。以后,父亲就躲在屋子里,靠这几百本书来抵抗外面那个狂热的世界。这样过了两年,上山下乡运动掀起序幕,在一阵阵"到农村去,接受贫下中农再教育"和"我们也有两只手,不在城里吃闲饭"的激昂口号中,父亲跟随几个和他同样大小的所谓"知识青年",到了小镇北面一个叫金光大队的山旮旯里插队落户。在那里，他一干就是六年。在那六年里，仍然是那些书在支撑着他的理想和信念。随后，父亲迎来了知青大回城！真是去也汹汹，回也汹汹，大量回城的青年让小镇政府一时难以提供合适的职业，最后父亲被安排到一家叫"三江特醋"的镇办企业。父亲在这家企业里干到退休。

尽管父亲的职业既不高贵，也不体面，工资也不高，身上成天都弥漫着一股酸酸的味道。母亲曾经给他讲过，说她和父亲结婚时，闻不惯他身上的味道，要他天天晚上洗澡。可无论怎么洗，身上那股腌菜缸里的味道仍然没法去掉，后来才慢慢习惯了。后来又遇到改制，企业被一个私人老板承包，他又由主人翁变成了一个打工仔。但父亲仍兢兢业业，随遇而安，在有事干的日子里，他倒不觉得日子怎么漫长！可是一退休，他没什么事干了，这辈子除了种地和做醋，他又没别的什么爱好和特长，便一下觉得日子有些难熬起来。于是乎他又像青年时代那样捧起了书本。

一日，父亲在街上闲逛，忽然看见小城供销社一纸公告，要出售供销社原新华书店的资产。原来还在二十世纪六十年代，上级见散布在各基层的国营书店普遍经营不好，便一纸红头文件，将各地区镇的国营书店划归当地供销社经营，名为扩大供销社业务，实则是将包袱甩给下面。供销社的人又不是傻瓜，岂不明白其中的道道？又不敢违背上级旨意，于是纷纷将书店缩小。有的在百货门市辟出一角，摆上两排书架，陈列上一些图书，有的干脆连书架都不用，直接将书陈列在百货架上，所有基层书店基本名存实亡。因为福镇是全县第二大镇，在上级要求下，书店门市给保留了下来，但也大大缩小了书籍进货的数量，使书店处于一种半死不活、苟延残喘的状态。到了二十世纪九十年代中期，随着市场经济的兴起，如雨后春笋一般冒出来的私营企业，很快打破了由供销社一统天下的垄断局面。没过几年，原先红红火火的供销社纷纷宣布倒台，小镇亦如此。在父亲看见供销社出售书店资产的那个夏天，政府出台了福镇供销社转型的决定。很快，那些建筑完好、地段优越、有一定市场前景的门市和经营项目，便"转型"到了供销社正、副领导名下，一些一般的门市和项目，也转型到了一些中层管理人员手中。唯有那个书店门市，不但位置不好，房屋破破烂烂，更重要的，凡是人都知道卖书不挣钱。在那个"一切向钱看"的时代，谁愿意花钱去干一桩只赔不赚的买卖？在无人问津的情况下，供销社才一纸公告向社会公开出售。

父亲见了这份公告，如获至宝。他立即回去，连母亲也没告诉，便拿出自己一生的积蓄，将书店给买了下来。后来范戈问过父亲为什么要买一个别人都不要的书店，父亲回答说："为你曾祖父，你爷爷，还有老子一家几代人对书的爱好！"他那时小，有些不明白父亲的话，父亲便又摸了摸他的头说："等你长大了就明白了！"

父亲找人来重新装修了屋子，换了灯具，又清理了书架，将一些积满灰尘、长期无人过问的"僵尸"图书，给低价处理了。那时图书的批发渠道已经放开，父亲跑到省城，分别从新华书店发行公司、出版社和书商手里，批发来一批质量高、内容好，符合当代人口味、价廉物美的书籍，给补充到书架上，于是一家崭新的书店，又出现在小镇人面前。那时，小镇人读书的风气虽然没先前浓厚，但总有那么一些人还有着读书的喜好和愿望，尤其是那些上学的孩子。父亲努力在脑海里打捞出爷爷过去开书店时的一些做法，他不但恢复了爷爷开架售书的传统，而且也在屋子两边角落里，摆了两张桌子和几把椅子，供那些选书的人坐下阅读。不但如此，父亲还为那些坐下阅读的人，免费提供一杯茶水。那浓浓的书香味、舒适的环境和父亲周到的服务，渐渐地将一些还揣着读书梦的人，给吸引到了书店里。

在范戈的记忆里，少年的他正是在父亲的书店里，培养起了浓厚的读书兴趣和良好阅读习惯。每天放了学，他连家都顾不得回，就径直来到书店里，先趴在屋角的桌子上做完作业，然后便到书架上选出一本书静静地读起来。尽管有些书是囫囵吞枣，但他还是十分乐意跟随书中的人物和故事，到一个他从没有去过的陌生世界，领略从没领略过的美丽。他十分庆幸在他才开始认识世界的时候，有父亲书店里那么多的书陪伴着他，指导着他，教育着他，熏陶着他，使他认识到了什么是真、善、美，使他度过了比别的孩子更丰富、更美好的少年时代，也奠定了他的人生基础。同时，范戈也看出，自从父亲有了书店，他像是变年轻了，人生更有意义了。有次他突然问范戈："儿子，你说老子是不是在发挥余热？"他道："怎么不是？"父亲便笑了起来，说："哈哈，你老汉儿前半辈子都沉没在时代漩涡中，老了才找到一件值得干的事情，你说老汉儿高不高兴？"

但父亲这话说了没多久，小城又掀起了一股开发热潮。父亲原来开书店的地方，经过小城几年的发展，成为了城市中心地段，一个叫李鸿才的房地产商相中了那儿。他要在那块地段上，投资建一座十七层的四星级酒楼及其配套设施。急着出政绩和依靠土地财政生存的小镇政府正求之不得。于是，一场轰轰烈烈的拆迁运动开始了。父亲在书店拆迁前，找到开发商和小镇政府，要求房屋建成后，在原址还他一个书店的面积，但遭到了开发商和小镇政府的一致拒绝，理由是黄金地段就要出黄金效益，你那书店能给政府提供多少税收和利润？父亲一下哑了，像一个无法回答出老师问题的孩子那样羞愧地低下了头。

在推土机隆隆的声音中，小镇唯一的书店倒下了。同时倒下的，还有父亲。书店没有后，父亲也像失了魂，不久便因病去世。第二年，母亲也跟父亲去了。从此，小镇再无一家真正的书店。

现在，范戈做出在小镇开一家书店的决定，他觉得这个决定是和曾祖父、爷爷、父亲共同做出的。想到这里,他攥起拳头,沉默但是非常坚定地说:"曾祖父、爷爷、爸,为了你们,我也一定要在福镇开一家书店,一定!"

第二章 求 教

一

范戈一边驾驶着他那辆雅阁轿车,一边还在心里思考着书店的事。从做出开书店的决定后,他先是高兴了一阵子,而且信心满满,不但要开,还要开好。像爷爷说的那样,使它成为小镇的一座学校、一座寺庙、一所教堂,或者诚如他在座谈会上所说,成为一个展示小镇文明程度的重要窗口。可是晚上仔细一想,事情却并不那么容易,因为明摆着,这个时代喜欢读书的人越来越少,而且又有了网上书店和电子阅读的冲击,谁都知道开书店几乎是赚不到钱的生意,何况又是在这样一个小城里!自己可不是黄总、曹总、吴总这些有着上亿元资产的大亨,别的不说,就是这辆雅阁车,也是刚和同学合伙办公司的时候,同学买的,他自己只有一辆绿源电动自行车。同学端上"金饭碗"后,觉得开着一辆国产雅阁进出省府机关大门,有些丢面子,于是缠着已经当了副厅长的父亲,给换了一辆进口的宝马,同学便把这辆车送给了范戈。范戈想,要是书店失败了,把自己一点儿老本赔进去不说，还会惹得别人笑话，到时候怎么办？这么想着，他又有些后悔自己没充分考虑，凭着一时冲动便做出了这样的决定。但他又是一个不服输的人，既然话已经说出来了，就绝无回头的道理。再说，一想起曾祖父、爷爷和父亲三代人在小镇传递文化所经历的挫折和顽强的坚守，他就感到自己肩上有一种沉甸甸的使命，有责任继续将小镇文化之根传递下去。当然，没有人强迫他一定要去这样做，正如曾祖父、爷爷当年一样，他们面前本来有很多条飞黄腾达的金光大道，却都选择了在小镇传递文化这条崎岖和狭窄的小路，因为他们是读书人，是现在所称的知识分子。文化之根不由读书人来传递和继承，还能依靠谁？想到这里，范戈有些激动起来，一种强烈的责任感压倒了自己的犹豫和瞻前顾后。他在床沿上重重击了一拳，然后心里暗道："干！即使赔了全部家产，我还有这一百多斤的身子，当"棒棒"下苦力总可以活下去，怕什么！"这么想着，范戈的信心坚定起来。

除此以外，范戈还有一种不服输的思想，那就是别人的书店能生存，自己的书店为什么就一定活不下去？

现在浮现在范戈眼前的，就有这样一家书店。这书店有一个很别致的名字，叫"春之光"，也是一家私营书店，就开在省城离范戈公司只有三百多米远的同一条街道上，范戈上班下班都要打书店过。他是一个爱书之人，每次路过那里，书店都像一块巨大的磁石吸引得他不由自主地停下脚步，然后拐进去看一看。范戈还记得他第一次踏进那书店的情景：书店不大，一百三十平方米左右，却被隔成了三个功能不同的区域。一个区域专卖少儿、青春、武侠、爱情等通俗、畅销的流行读物，一个区域相反，一排排高高的书架上陈列着哲学、历史、宗教、伦理、逻辑等人文社科类及天文、地理、数学、物理、生物、机械等自然科学类书籍。这个区域显然是一个小众光顾的世界，但所占面积最大，有六十平方米的样子。由于书太多，一些书堆在屋角里还没来得及整理上架。范戈看见鲁迅、王蒙和爱尔兰的詹姆斯·乔伊斯、尼日利亚的沃莱·索因卡等外国作家挤在一起。王蒙老头子显得特别超然，脸上挂着一副大度的微笑，而鲁迅、乔伊斯、索因卡像是十分不高兴这种挤在一起的安排，一个个沉着面孔，瞪着眼盯着从他们面前走过的读者，似乎在向读者表达着他们的不满和抗议。

范戈从书架上取出一本名叫《2666》的比砖头还厚的书，他一看作者名字，叫波拉尼奥。这本书肯定才出版不久，他以前没听说过，他准备蹲下来好好看看。刚在书架前面蹲下，忽然听见一个十分甜美的声音在身边响起："先生，后面有椅子，你去坐下慢慢看吧！"范戈抬头一看，见是书店营业员——一个年轻漂亮的姑娘。他急忙从地上站起来，冲姑娘微微一笑，点头说了一声"谢谢"。顺着姑娘的手指看去，这才发现这一排排书架后面，还用隔板隔出了一间小小的咖啡屋，约有二十平米方的样子，摆着几张奶白色的、具有复古风格的小桌子和若干椅子，给人一种淡雅、素静的感觉。范戈拿着书走过去，在一张椅子上坐了下来。

没一会儿，刚才那位姑娘捧着一杯茶走了进来。她把茶杯恭恭敬敬放在范戈面前，又看着范戈甜甜地一笑，说："先生，请喝茶！"说完又补了一句："先生慢慢看，有什么事就叫我！"说完这才转身离去。

范戈看着姑娘的背影，心里似乎被什么给触碰了一下。

从此，范戈成了书店的常客。一来二去，便和那姑娘熟了，不但知道了她姓金名珏，还知道了她是这家书店的"经理"。当然，范戈也知道，这"经理"也只是一个虚名，实际上仍是一个打工的。但他发现金珏对工作十分负责，不管老板在与不在，她都把书店打理得井井有条。去过几次以后，范戈对金珏的好感与日俱增，不但买书时会经常光顾那家书店，有时在构思新的广告方案时，还喜欢将笔记本电脑提到书店的咖啡室，买上一杯咖啡，一边听着舒缓的音乐，一边构思自己的作品。每到这时，金珏都显得十分热情，对于范戈既不买书却在椅子上一坐半天的举动，不但不生气，有时范戈面前的咖啡凉了，她还会端去换一杯热的来。时间久了，反倒是范戈过意不去，于是在离开时，便选上几本自己喜欢的书带走。

一天，当金珏给范戈送来咖啡，正准备离开的时候，范戈终于忍不停住喊住了她:"小金……"

金珏猛地回头看着范戈,虽然脸上仍一如既往地挂着甜甜的微笑,可眉宇间还是露出了几分诧异的神色,她大概是被范戈声音中那带着几分不自然的颤音给弄糊涂了。

范戈见金珏愣愣地看着他,有些不好意思了,忙说:"你的普通话虽然说得非常流利,可有时也难免夹杂着一丝乡音,听你说话的语气和方言,你好像是川东北人,是不是?"

金珏一下释然了,又对范戈笑了笑,道:"可不是,我是巴中通江人!"

一听是通江人,范戈叫了起来:"哦,我们原来还是老乡呀!"

金珏两弯秀气的眉毛立即向上扬了起来:"你是通江哪儿的人?"

范戈道:"我是达州人,过去可在一个锅里舀过饭,还不算是老乡?"

金珏道:"可不是,现在虽说分了家,可仍是老乡呢!"

一攀上老乡,两人都感到亲近了起来。范戈指了指对面的椅子:"坐坐吧,我很早就想和你聊聊呢!"

金珏落落大方地在范戈对面坐了下来,用手支着下巴,显出几分调皮的样子看着范戈说:"聊什么?"

范戈问:"你一直都在这家书店里?"

金珏像是一个听话的学生那样回答范戈道："才不是呢！我大学中文系毕业后，被一家文化公司招去做编辑。那家公司打着文化的招牌，干的却是有损文化的缺德事。比如他们和一些出版社相互勾结，买卖书号出书，只要给钱，什么文理不通、低俗下流的书都出。我干了两年，尽管老板待我不错，但我不愿玷污文化这两个字，便炒了他们的鱿鱼。一位朋友就推荐我到这家民营书店来做了经理……"

听到这里，范戈忙问："你满意现在的职业吗？"

金珏道："怎么说呢？世界上百分之百令人满意的事很少，能基本满意就行嘛！"说完又指了指满屋子琳琅满目的书籍说："不管怎么说，我现在干的事虽然不伟大，却都是真正的文化！特别是看到一些读者发现自己喜欢的书，一边轻轻抚摸着书的封面，一边高兴地发出轻轻的叫声，还有一些读者甚至还会情不自禁地去亲吻书的封面，那样子就像吻情人一样，我就感到自己在干一件非常了不起的事。从这一点说，我是非常喜欢眼下这个职业的！"

范戈没有马上回答她。他想起自己过去喜欢书的一些往事，觉得她说得非常对。过了一会儿他才想到一个问题，又问她："你们书店叫'春之光'，有什么特别的含义吗？"

金珏眼里放出熠熠的光彩来："怎么没有？你看春天来了，春阳暖暖，春花盛开，春风和煦，春雨如酥，多美呀，谁不喜欢春天？对于真正爱书的人来说，走进书店，与书融为一体，沉浸在自己的小天地里，或者进入一种全新的领域，难道不是一种如沐春风、如浴春雨的感觉吗？"她一边说，一边用一双美丽的大眼睛凝视着范戈，似乎想审视出他心里的感受是什么。

范戈急忙避开她的目光，心里却不断在咀嚼她的话。他本想夸她几句，一时又想不起合适的语言，想了想便笑着对她问："这么好的店名，是你给取的吗？"

金珏忙道："我哪有这个水平？是我们老板取的！"

范戈"哦"了一声，又问起她老板来。在金珏的介绍中，范戈才知道金珏的老板原是省内一家出版社的发行部主任，不但工作很敬业，人脉关系也很广，所在出版社的图书发行工作一直走在省内同行的前列。后来省里组建出版集团，将各出版社的发行工作统一收归到集团一个叫"中盘"的机构。金珏的老板这下没多少事干了，于是便从出版社辞了职，利用原来的人脉关系，开了这家"春之光"书店。说完，金珏又笑着用炫耀的口吻对范戈说："我们老板是一个懂书的人！"

范戈见金珏单纯的样子，不禁也笑道："你们老板不但懂书，我看也懂人，不然不会把你这样的得力干将收到他麾下了！"

金珏红了红脸，显出了几分羞涩的神态，借口去给范戈换杯咖啡，站起来走了。

从那以后，范戈到书店更随意了。他也不叫金珏为"小金"了，而是直接称呼"老乡"，在随意中显出几分亲昵。后来，他又在"老乡"前面加上一个"小"字，在亲昵中又透出一种大哥哥对小妹妹特别的呵护的情感。但金珏仍称他为"范总"，显出一种距离感。但不管怎么说，范戈都觉得金珏是一个热情、乐于助人的姑娘，他一边开车一边想："自己没开过书店，回去就去向金珏请教，她一定会助我一臂之力的！"这么一想，他的信心更足了。

二

范戈一跨进公司大门，一屋子年轻人便像商量好似的对他叫了起来："范总，祝贺呀！"

范戈不理解地看着大家："我一没当官，二没发财，祝贺什么？"

设计部的张烨是个刚做母亲的年轻妈妈，平时就是一个快嘴，见范戈一副莫名其妙的样子，便快言快语地道："你有了'情况'还瞒着大伙，快说，什么时候请我们喝喜酒？"

众人也跟在张烨话后纷纷说："就是，这么大的好事不告诉大家，不但要请客，还得罚酒三杯！"

原来，范戈虽然快到而立之年，可还单着身。先前是因为学习，后来是忙于找工作，把谈恋爱的事放到了一边。这两年倒是相过好几次亲，可不是对方看不上他，就是他瞧不上人家，把成家之事给拖了下来。但范戈不着急，姻缘姻缘，他相信在婚姻问题上确实存在着一定的缘分，他不想委屈自己，更不想凑合。现在听了大伙儿的话，却有些纳闷了，便看着大家笑着道："谁说的我有'情况'了，我自己怎么都不知道呀？"

张烨听了这话，立即说："哈，范总还想保密呢，不信问问小李便知道了！"说完对负责办公室工作的小李说："是不是，小李？"

小李是今年才招进公司来的，在范戈眼中，这是一个忠厚和本分的姑娘，所以他才把她安排到办公室负责日常事务。她听了张烨的话，看着范戈说："可不是，你前脚走，人家后脚就打电话来了，声音可甜美着呢，我们猜一定是个大美人！"说完又补充一句："这两天人家可没少打电话呢！"

范戈知道小李不会说谎，但他心里却疑惑，便道："会不会是客户……"

客户部的小孙马上十分肯定地说："客户我们还会不知道？"

小孙这么一说，范戈更糊涂了。正在这时，小李又提醒了一句："她说她是书店的……"

一语未了，范戈拍了一下大腿叫起来："看你们说些什么呀?一定是春之光书店的小金!前些天我到书店去,要买一本机械工业出版社出版的《广告大师奥格威:未公诸于世的选集》,书店里没货,小金做了登记,答应给我想办法。肯定是她找到了这本书,打电话叫我去取书的!"

大家露出了半信半疑的神色。过了一会儿,有人又大胆问了一句:"真的?"

范戈道:"怎么不是真的!"说完有些严肃地看着大家继续说:"你们有谁知道奥格威,啊?"他见大家面面相觑,便又说:"不知道是吧?那'奥美广告公司',该听说过吧?"

张烨插嘴问:"世界十大广告公司之一的'奥美广告公司'?"

范戈道:"不是它还能是谁?我告诉你们,奥格威便是奥美广告公司的创始人,是现代广告业的大师级传奇人物!他创造出了一种崭新的广告文化,开启了现代广告业的新纪元!"

说到这儿,范戈见众人露出了敬佩和惊讶的神情,便换了一种轻松的语气看着大家问:"你们知道早年奥格威做过些什么吗?他可不是什么科班出身,早年做过厨师,当过渔具推销员,后来又在宾夕法尼亚州当农民。1948年用六千美元在纽约创办奥美广告公司!最初创办公司的时候,一共两个人,也没有什么客户,创业的艰难程度你们可想而知。就靠两个人,六千美元,奥格威将奥美广告公司发展成为一个全球性的国际集团。在一百多个国家和地区设有三百五十多个办事机构,并拥有一万多名富有才干和创新思想的专业人士,为众多世界知名品牌提供专业性的策略顾问和传播服务……"

听到这儿,张烨忽然打断了范戈的话:"太励志了!范总,书买回来后你给我们也看看,我们也太孤陋寡闻了!"

小李也迫不及待地说:"就是,就是,我们也洗一下脑!"

范戈道:"这是一本选集,收在这本集子里的,都是过去没有发表过的奥格威的私人书信和备忘录,是奥美全世界各地分公司联手合赠给奥格威的生日礼物!这本集子里的文章非常重要的一点是全面反映了奥格威的广告理念。我觉得我们今天的许多广告人,需要改变的正是观念!"说完用指头点着众人,半真半假地道:"下次的业务培训我们不但要学这本书,我还要出题考考你们,看你们以后还会不会再瞎猜疑了!"

大伙儿一听这话,像是吓着了似的伸了伸舌头,然后便埋头做起自己的事来。

范戈回到总经理办公室,放下包,把小李喊过来问了问他离开这几天公司的情况,又向小李简单交代了几件要办的事。因为心里惦记着那本书,便又拿起包往外面去了。

刚出电梯门,范戈忽然愣住了——金珏正站在电梯门外,看样子正打算进电梯,两人差点儿撞到一起。

两人都有些吃惊。过了一会儿,范戈回过神来,笑了笑问金珏："你到哪儿去？"

金珏也反应了过来，立即扑哧一声笑了，接着将嘴嘟起来，做出生气的样子道："我还没问你呢！你要的书到了，我给你公司打了好几次电话，都说你没在公司。看来你的架子真还不小，非要我送上门是不是？"说完，从包里掏出书交给了范戈。

范戈见金珏专门给他送书来，心里感动得不行，便一边打躬一边道："抱歉抱歉，我回老家去了一趟。刚回来公司的人就告诉我，说有一个书店的女孩打电话找我，我一猜便是你，正说要来取呢，怎么还敢麻烦你亲自送来？"他没敢把大家的猜测告诉她。

金珏长长地出了一口气，道："原来是这样，我还以为是……"说到这里又把话打住了。过了一会儿说的话却与刚才的话有些风马牛不相及："我不送来有什么办法？顾客就是上帝嘛！"说完又道："书我可送到，我得回去了，拜拜！"

范戈见金珏转身要走，急忙喊住了她："金珏……"

金珏感到十分惊奇，因为平时范戈喊的都是"小老乡"。她立即站住，回头看着他。

范戈却一时有些窘了，过了一会儿才说："我送送你……"

金珏又笑了："这么点儿路，你还怕我走丢了么？"

范戈红了红脸，才道："我还有话给你说……"

金珏马上性急地问："什么话？"

范戈迟疑了一下,才鼓起了勇气:"晚上我请你吃饭,你不会拒绝吧?"

金珏一对清亮的眸子凝视着范戈,突然高兴地叫了起来:"好哇,又不是鸿门宴,我为什么要拒绝?"

范戈急忙道:"怎么会是鸿门宴?不过我真的有事请教你!"

金珏见范戈一副真诚的样子,觉得有些好笑,便道:"即使是鸿门宴,我才不怕呢!不过,你可得饿肚子了……"

范戈没明白金珏的话:"我怎么会饿肚子?"

金珏道:"你忘了我们书店晚上的关门时间吗?可要到九点以后呢!"

范戈马上说:"九点就九点,不晚,不晚,我等你!"说完两眼看着金珏,又用征询意见的口吻说:"就在书店旁边的'佳肴道府',可以吧?"

金珏又做出一副调皮的样子反问:"你忘了'客随主便'这句话吗?"

范戈明白金珏答应了,便高兴地笑了起来,说:"那就这样定了,晚上不见不散,啊!"

说完这话,两人才分了手。

三

范戈提前一个小时到了"佳肴道府",这是一家比较高档的食府。范戈原想订一个包间,可到那里一看,用餐的高峰已经过去,偌大一个餐厅只有零星几个客人,显得十分安静,便拣了一张靠窗的桌子坐下。服务员拿来菜单,范戈不知金珏喜欢吃什么,先点了两个这家食府的特色菜,其他等金珏来了再点。等了大约半个小时,金珏提前到了。范戈见金珏上穿一件紫色开司米短衫,下面一条紧身短裙和一条淡黄色的裤袜,脚上是一双闪亮的红色高跟鞋。在衣服和短裙外面,又套了一件米色的风衣,使她显得更加亭亭玉立。范戈一见,忙站起来迎过去:"真快呀,还差半个小时才到九点呢!"

金珏一边脱风衣一边说:"我可是破天荒提前下班呢!"

范戈见金珏脱外套,便提醒她道:"天气还凉着,可别感冒了!"

金珏朝范戈感激地笑了笑:"谢谢,我里面还有一件羊毛衫呢!"说着,用手轻轻拉了拉开司米短衫的领子。范戈顺着金珏的手指看去,看见金珏脖子上的皮肤是那么光滑和白润。再一看,金珏的脸上还施了淡淡的脂粉,比白天看见时还要漂亮。范戈正想找一个合适的词夸她两句,发现金珏也在看他,一时便有点儿不好意思起来。为掩饰自己的窘态,急忙把菜单推到她面前,说:"我已经点了两个菜,你也点两个菜吧!"

金珏道:"我可不知道点什么!"

范戈道:"你喜欢吃什么,就点什么吧!"

金珏将菜单翻来覆去看了一遍,拣两个便宜的菜点了。范戈拿过来,又增加了一个小份的滋补羊肉汤锅,交给了服务生。又叫服务生拿来了两只红酒杯和一瓶"红酒王"葡萄酒。

服务生一走,金珏才看着范戈显出很认真的神情问:"有什么话搞得这么隆重,还专门请客?"

范戈本想等吃饭的时候才告诉金珏开书店的事,此时见金珏一双大眼睛闪动着诚实和善意的光芒,便不由自主说了起来:"我想在老家小镇上开一家书店,但我没有开书店的经验,所以今晚要特地向你这位老师请教一些开书店的经验……"

话还没完,金珏两道秀气的眉毛像是风中的柳叶似的急速地动了动,接着从眸子中飞出两道疑惑的光芒。她没有正面回答范戈的话,却瞪着一双大大的眼睛看着范戈,吃惊地问:"你的广告公司开不下去了……"

范戈见她误会了,马上说:"不,我的广告公司起码在目前还运转得很不错……"

没等范戈说完,金珏又有些着急地问:"那为什么突然想起要在老家开书店了?"

范戈说："因为我老家那个小镇，至今没有一家真正的书店……"说到这里，范戈停了下来，他不知道该怎么表达才能把自己的想法给金珏解释清楚。

金珏见范戈欲言又止，没再追问。过了一会儿，才调皮地笑了笑，对范戈说："你能告诉我，你想开一家什么样的书店吗？"

范戈像被老师的问题考住了一样，半天才说："书店就是书店，还有什么不同？"

金珏看着他严肃地说："当然有！如果你想开一家不赚钱的书店，可以尽管开！如果你想靠开书店赚钱，我劝你趁早打消这个念头……"

范戈有些糊涂了。他正要问，服务生把菜端了上来。范戈只好停止了说话，为金珏和自己斟上了一杯红酒，举起来道："谢谢小老乡赏光，你今晚上能来我感到很高兴……"

范戈说到这里，见金珏挑起眉毛，对他露出了打趣的神情，便立即住了嘴。金珏便道："怎么不说了？"

范戈愣了一下，小心地问："我刚才说错了？"

金珏笑了起来："你刚才怎么又喊起'小老乡'来了？直接叫名字不是挺好的吗？"

范戈想起来了，于是也笑道："下午是我一时口急，要不我还是喊'小金'吧……"

金珏又扑哧笑出了声，道："听你这话，好像你有多老似的，不过才比我大两岁嘛，装什么大呀？"说完又马上说："好了好了，怎么称呼都行，喝了这杯酒，快吃饭吧，你饿坏了是不是？"说完，举杯和范戈碰了一下，又说了一声："谢谢你破费请我吃饭！"说罢一仰脖将酒干了。

两人吃了一会儿菜，范戈还想着金珏先前的话，于是一边吃一边问金珏："刚才你说想靠开书店赚钱，劝我尽早打消这个念头，这个我能理解。因为开书店本大利薄，即使有点儿盈利，也赚不了多少。可你说不图赚钱，却可以尽管开，这话是什么意思？"

金珏沉默了一会儿，才看着范戈说："这有什么不好理解的？明知赚不到钱，还要坚持开，大多是一些有梦想、有追求、有情怀，愿意为这个社会的进步和人类文明做出一点儿贡献的人！你想想，一个人心中有了这样的理想和信念，你还能阻止得住他吗？还不如让他尽管去做好了！"

范戈心里突然荡漾起了一股力量。他觉得金珏说得对极了，像是把他也归入有理想、有情怀的那一类人里，可他却故意问金珏："你觉得春之风的老板也是一个有追求、有情怀的人吗？"

金珏似乎早想到了这一点，立即回答说："既是，也不是！"

范戈对金珏模糊两可的回答有些不满意："为什么这么说？"

金珏道："首先我们老板是一个很会赚钱的人，他还有其他的项目,所以你很少在书店看见他!同时,他从参加工作起,就一直在卖书,和书打了几十年交道,虽然从出版社跳出来了,可心里对书的那种感情怎么割舍得下?于是明知卖书不赚钱,但还是开了这家书店。仅凭这一点来说,我们老板也算得上是一个有情怀的人!"

听了金珏这话,范戈将一片羊肉夹在口中,一边慢慢咀嚼,眼睛一边越过金珏头顶看着玻璃窗外闪烁的路灯,像在思考什么。金珏见他半天没说话,又突然问:"你是不是心里矛盾了?如果矛盾了,就先把梦想、情怀什么的在肚子里多揣一阵子吧,等今后有条件了再去实现它们也不迟。毕竟理想、情怀的实现得靠经济做基础,你说是不是……"

金珏话还没完,范戈叫了起来:"不,我一定要尽快实现自己的理想!"

金珏立即闭了嘴,一双大眼睛一动不动地望着他。

范戈意识到了自己的唐突,不好意思地冲金珏笑了笑,然后说:"对不起,让你见怪了!"

金珏脸上荡出宽容的笑容,但她仍没出声,只怔怔地看着他,等待着他继续说下去。

等了一会儿,范戈长长地出了一口气,像是下定了决心,看着金珏说开了:"我给你讲讲我家族一些事吧!"

说罢,范戈便不慌不忙地将曾祖父、爷爷、父亲的故事和小时候在父亲书店里读书的往事,给金珏讲了一遍。讲完,又将这次回福镇考察时的所见所闻,以及在镇党委、政府举办的座谈会上,他提出开一家书店时受的嘲笑和冷遇,也告诉了金珏。讲完,才对金珏说:"实不相瞒,我没想靠书店赚钱,只想开一家真正的书店,来培育小镇的读书风气,重新点燃家乡被商品经济大潮卷走的人文之光。毕竟小镇曾有过人文蔚起、文风鼎盛的辉煌呀……"

范戈还要说,金珏打断了他的话,感动地说:"你们一家几代人的事迹太令人敬佩了!真的,你曾祖父、爷爷,还有你父亲,实在太伟大了!我不记得是哪个名人说过,童年通过阅读形成的白日梦会延续到成年后的生活中,我知道大概没人能阻止你开这家书店了,也不会再劝你了……"说着,她突然看着范戈反问了一句:"你知道我心中最大的愿望是什么吗?"

范戈摇了摇头。

金珏笑了笑,突然道:"也是开一家书店……"

范戈像是遇到了知音,立即高兴地道:"真的?"

金珏收住笑,很认真地对范戈说:"刚才你给我讲了小时候在父亲书店里读书的故事,可你知道吗,我读中学的时候,也遇到了一位开书店的老奶奶。是她的书店,伴随我度过了六年幸福时光,同时也成就了我现在这个梦想……"

金珏告诉范戈的故事是这样的:

"我出生在离县城十公里的乡下，在乡下读完了小学。从小学三年级开始，就迷上了课外阅读。先是绘本、画册和注音文字，后来就开始读一些故事书和小说。反正从那时开始，我对书就有着一种别样的痴迷。只要能找到的书，我都找来读，真正是废寝忘食、手不释卷！爸爸妈妈说我是书虫投的胎，警告我说书读多了会害'书痨'，还给我举例说湾里过去有个某某，就是害'书痨'死的。我可不管，那时候我的理想就是当一名作家！

"后来我考上了县城中学，开学第一天，我拿到课本翻了一翻，觉得里面的内容好浅好浅，甚至产生了一种失望的情绪。这时我年纪虽然不大，却明显感到课本已经远远不能满足我的求知欲望了！好在学校旁边就开着一家书店。书店不大，只三十多平方米，一面墙壁上陈列着初中一年级到高中三年级的各种教辅资料，一面墙壁上是挤挤擦擦的古今中外文学作品，另一面墙壁上的书就有点儿特殊了，全是旧书，是用来对外出租的。守书店的是一位戴着老花镜的六十多岁的老奶奶，一头花白的齐耳短发用发夹别在耳后，显得既干净又利落。我们都叫她向奶奶。后来我才知道，这书店原来是她老伴儿开的。他们老两口儿都在外地教书，退了休回县城和儿子儿媳妇一起居住。老两口儿闲不住，于是向奶奶老伴儿便开了这家书店。老两口儿都爱书，在几十年教书育人生涯中，别的没积攒下什么，却收藏了上千本图书，于是选出一些适合青少年阅读的拿出来摆在书架上，在卖书的同时开展对外租借。不幸的是,老奶奶的老伴儿一年前突发中风去世了,老奶奶便接过书店继续开了下去。

"那时我走进书店,对那面墙壁上琳琅满目的古今中外的文学作品,只能饱饱眼福,因为我没多的钱去买书。我最钟情的是那面摆着旧书的墙壁,租一本名著拿回寝室读,一周的租金才五毛钱!可我连五毛钱也出不起,因为爸爸妈妈每周给我生活费,是算了又算,不肯多给一分。我只有一放学便跑到书店里,从旧书架上取出一本自己心仪的书,蹲在角落里如饥似渴地读起来。记得那次是读屠格涅夫的《猎人笔记》,我被作者笔下俄罗斯草原的风光吸引住了,恨不得把作品中那些优美的词句全都记在脑海里。我不知你有没有这样的经历,就是当你全神贯注地进入一本书全新的领域中的时候,总是会流连忘返,忘记一切。那天下午我也是这样,不知不觉地到了晚自习时间都不知道,直到老奶奶提醒我才回过神来。我恋恋不舍地将书放进书架,走了几步又回头去看,似乎害怕别人给取走了。正当我快要走出书店时,老奶奶喊住了我:'孩子,你停一停!'我不知道发生了什么事,急忙站了下来。老奶奶走过来问我:'你是不是非常喜欢那本书?'我不知老奶奶这话是什么意思,过了半天才红着脸点了点头。老奶奶什么也没说,过去从书架上取出那本书,对我说:'喜欢就拿回去慢慢看吧,孩子!'我愣了一会儿,从她手里接过那本书,又去口袋里掏钱,却只掏出了一把菜票。老奶奶突然笑了起来，一边笑一边抚摸着我的头说：'孩子，我不要你的五毛钱！你经常来看书，我知道你是一个爱读书的人。爱读书的人，我最喜欢！办书店的目的就是让人多读书，以后想读什么书就到我店里来拿，啊！'当时我都感动得要哭了。我觉得这是世界上最温暖、最动人的语言，这辈子我想忘都无法忘记，因为印象太深了。从此以后，我到老奶奶那儿借书，老奶奶果然没有收过我一分钱。在老奶奶那家袖珍书店里，我不知读了古今中外多少文学名著，使我枯燥的中学生活充满了乐趣和阳光！老奶奶那个给我快乐和幸福的袖珍书店，永远铭刻在我的记忆深处。

"可是等我念完大学回去，老奶奶那个书店已经没了。原来就在我考上大学第二年，老奶奶也因脑溢血离开了这个世界。老奶奶的后人把书店盘出去，被人改成了专门针对学生的串串香店，生意十分兴隆。"

说到这里，金珏还像是沉浸在往事中，半天没说话。过了一会儿，见范戈两眼还怔怔地望着她，才用十分怀念的口吻说了下去："到现在我还忘不了老奶奶那家书店，它让刚进入青春期的我对未来的生活有所寄托，我从心里真诚地感激它！"说完又看着范戈，流露出了一种期待和憧憬的神情，继续说："还记得我跟你说过的一句话吗？我说我现在干的事虽然不伟大，可我还是非常喜欢的！为什么？因为当我一走进书店，我就无限怀念起那幸福的读书时光来！所以从那时起，我就产生了一个愿望，那就是等我积攒起了足够的资金和丰富的经验,我一定在小县城老奶奶开书店的地方,重新开一家书店,给更多的人特别是年轻人,开创一种美好和惬意的读书生活……"

金珏在说这些话的时候,眸子里闪着一种心驰神往的光芒,范戈看着她鼓励地笑了一笑,听她继续说下去。

"我心目中的书店是个什么样子的呢?"金珏果然没辜负范戈的期望,她抬起头看着远处,然后像是自言自语地说了起来:"我理想中的书店,既不能太大,也不能太小,有两百到三百平方米就行了。大了,要投入的本钱多,会增加运营成本。太小,没法做活动,不足以成为一个文化现场……"

范戈突然插了一句:"书店还做什么活动?"

金珏说:"当然要做活动!我理想中的书店,不但要有咖啡厅,还要有专门的场地,可以举办一些音乐会、作家签售活动等等,扩大书店的影响!"

范戈听后沉默起来。金珏却不好意思地笑了笑,说:"我这都是想入非非,我哪开得起两三百平方米的书店?都是老婆婆吃炒豆——说起来香口。这辈子我能开一家老奶奶那样的袖珍书店,一面墙壁挂一些时尚杂志,另两面墙壁的书架上陈列些人文科学和自然科学的书籍,就很不错了!你说是不是?"

范戈被金珏的讲述吸引住了。真是爱书的人都有相似的经历,一种和金珏心心相印的感觉在他心里升了起来。金珏见他半天没吭声,便奇怪地盯着他问:"怎么不说话呢?"

范戈这才说:"我现在终于明白了你为什么喜欢春之光书店这份工作!不过你还没回答,愿不愿意把你办书店的经验告诉我呢!"

金珏听范戈这样问,调皮起来,闪动着一双大眼睛看着他反问:"你说呢?"不等范戈回答,又兀自说了下去:"就凭我们俩共同的梦想,我也没有理由拒绝你。不过今晚上时间不早了,等我回去把自己的一些心得整理好以后,再交给你好不好!"

说完突然拿过葡萄酒瓶,往范戈杯里斟了半杯酒,然后给自己也斟了半杯,举起来落落大方地说:"来,预祝你的书店早日办起来!"

范戈也急忙举杯和金珏碰了一下,说:"也祝你的梦想早日实现!"说罢,两人都把杯里的酒干了。

离开的时候,范戈才记起相识这么久了,他给金珏留的都是公司的电话。于是他把金珏喊住,两人留了手机号码并加了微信,这才回去了。

四

过了几天,金珏果然通过微信给范戈发来一份资料,范戈急忙叫小李给他打印出来。没一时,小李便将厚厚一沓材料给范戈送了过来。范戈接过来一边翻动,一边不由得轻轻念出了声:"开书店步骤:第一,定位与选址。定位与选址对于开一家好的书店非常重要。看起来定位和选址是两个不同的概念,其实是互为依存的一回事!只有先明确了书店定位,根据定位有目的地寻找店址,力求最大限度地锁定目标顾客群体。如果已经有了特定的店址,则需根据书店的所在位置,以及周围现有及潜在的消费群体选择经营项目,同时根据他们的消费习惯与口味建立自己的特色……"

念到这里,范戈突然觉得自己犹如醍醐灌顶,脑洞大开,过去只觉得开家书店很容易,随便什么地方都行,原来还有这么多知识。再一看,下面还有怎么去申请办理营业执照和办理流程,怎么选配图书营业员和图书营业员应具备什么样的素质,图书配置原则,图书陈列和营销绩效核算方式等大大小小几十条。范戈来不及一页一页仔细读下去,他迅速翻动材料,目光只落在其中一些被作者用黑体加粗了的段落上。比如在图书的摆放上,金珏这样说:"图书被摆放在专场中哪一个角落、占多少空间,都有一定的讲究。一般来说,一个书店图书陈列、摆放可分为新书区、畅销书区、促销书区等,使不同的图书都有自己专属的空间。"

说完这番话后,金珏又接着说:"这些专属空间列出后,同属于一个空间的图书摆放也有讲究。比如属于冲动性消费的商品，我们通常说的好卖的商品，例如杂志、新书、畅销书，就应当摆在顾客最容易接近、最容易发现的区域(门口附近或是平面楼层)，以刺激读者购买的欲望；属于目的性购买的商品，例如参考书、工具书，就可以摆设在卖场的深处或是较高的书架上。因为顾客就是要买这些商品，摆得远一些高一些也不会对业绩产生太大的影响……"

再如谈到关联性商品的陈列时，金珏说："关联性商品的陈列已逐渐被书店业者接受而且利用，例如童书区内有儿童图书、教具、玩具、幼教视听商品等，在童书区附近则结合妇女、家庭用书区的规划，便是目前常用的技巧，而在计算机书区、生活书区也可以有类似的组合方式。善用关联性商品的陈列，将会明显地反映在顾客购买数量与购买金额的增长上！"

最后金珏还语重心长地向范戈提出了若干建议。比如谈到书店经营者和读者的关系时，金珏说："书店经营者一定要熟悉读者，熟悉书，为书找读者，为读者找书，是书店联系读者的重要功能。建议你在书店经营中，为读者特别是主要读者建立一个读者联系卡，卡中要详细记录他们是什么专业，平时喜欢购买什么书，通信地址、电话等。遇到新书，就及时同这些读者联系。同样，读者急需的书，则千方百计为他们代查、代找，满足他们的需要，必要时亲自把书送上门去……"

看到这里，范戈激动地在心里说了起来："真是经验之谈呀!一条条都是干货,太好了,怪不得她能把春之光管理得那么好,看样子她真是毫无保留地把看家本领都告诉我了!"

想到这里,范戈抑制不住自己的兴奋,便操起电话,拨通了金珏的手机。手机铃声响了好几遍,金珏才接电话。范戈没等金珏说话,便感激地道:"谢谢你,金珏,你发来的资料可帮我大忙了!"

话刚说完,金珏便在电话那头说道:"真的呀,那你准备怎么谢我呀?"

范戈听金珏这么说,脑海里马上浮现出电话那头金珏娇嗔的可爱样子,想了想才说道:"中午还是老地方,我请你……"

话还没说完,便听金珏说道:"得了吧!我说的那些,还没经过你的实践检验,怎么知道对你有帮助?再说,书店刚进了新书,我手脚都忙得不知往哪儿放,吃饭的事就免了吧!"然后又补了一句:"谢谢你的好意,啊!"说完挂了电话。

范戈突然莫名其妙地产生了几分失落的感觉。他想:"人家帮了自己这么大的忙,来而不往非礼也,可一定得感谢感谢人家!"想了一会儿,他把张烨通知到了自己办公室。

被老板单独叫进办公室,张烨失去了平时的泼辣和快言快语,有点儿小心地问范戈:"范总,有什么事?"

范戈指了一下对面的椅子,等张烨坐下后,才有点儿不好意思地说:"我想给一个女孩子买件礼物,不知道买什么好,想请你给我参谋参谋……"

张烨没等范戈说完,眼睛一亮,就笑起来了:"哈,是给女朋友买吧?前几天说你有'情况',你还不承认,这下包不住了吧?"

范戈说:"什么女朋友?雪地里打灯笼——没影的事,可别瞎猜!"

张烨又自以为是地说:"那就是关系还没正式明确下来!没明确也不要紧,一步步地来,心急吃不了热豆腐,是不是?"

范戈有点儿哭笑不得,便认真地解释说:"真不是女朋友,只是一般的朋友!"

张烨还是不肯相信:"一般的朋友送她礼物做什么?"

范戈说:"她帮了我的忙,得感谢感谢她呢!"说着将面前的资料递给张烨。

张烨接过看了看,便叫了起来:"《书店经营步骤和管理事项》,范总你要开书店?"

范戈朝张烨点了点头,然后把准备在小镇开一家书店的事告诉了她。说完又说:"你看这么厚一沓资料,光写也得花很多时间,我怎么能连感谢都不感谢人家一下呢?"

张烨不说什么了,过了一会儿才问:"这女孩平时有些什么爱好,比如她爱化妆吗?"

范戈想了想,说:"平时我没见过她在脸上涂脂抹粉,但有时也化点儿淡妆，也就是稍稍勾一下眉毛和涂点眼影那种。"

张烨又问："她喜欢在穿着上打扮吗？"

范戈又说："穿着上很朴素，也没见她使用过什么奢侈品！"

张烨有些被难住了的样子，过了一会儿再问："那她有什么特点？"

范戈说："很文雅、很有修养，是属于那种'腹有读书气自华'的知识女性！"

张烨听了这话马上又追问了一句："她的皮肤很白吗？"

范戈点了点头。张烨马上道："那给她买一件饰品吧，项链、手镯什么都行，显得又大气高贵，又不张扬……"

范戈没让张烨往下说，便道："好，就按你说的给她买件饰品！"一边说，一边从抽屉里取出两千块钱递到张烨面前，"可我对那些金银首饰实是外行，这事就拜托你辛苦一下，帮我去买一只回来……"

张烨没想到范戈会把任务交给她，一下愣了。范戈见张烨犹豫，便笑道："怎么，不愿帮忙了？帮忙帮到底，送佛送到西天，我就知道公司里，只有你才能完成这个任务！"

张烨只得把钱收了下来，对范戈问："究竟是买项链还是镯子，范总可得明确告诉一下呀！"

范戈笑着说："你觉得什么好就买什么，这事我全权委托你了！"

张烨听了这话，这才揣上钱走了。走到门口，又想起什么似的回头盯着范戈问："范总，我再问一句，真是一般朋友吗？"

范戈知道她这话的意思，便说："你可别为我省钱，人家给我的资料，可不是能用金钱衡量的呢！"

第二天一上班，张烨交给范戈一只十分精致的盒子和一张发票。范戈看也没看发票，便将它揉成一团扔进了垃圾筒里。然后他打开盒子，这才看见是一只薰衣草翡翠手链。范戈提起来看了看，只见那宝石在一种天然的淡雅中透着晶亮的光芒，真像张烨所说既高雅大气，又不张扬，不但和金珏的气质相符，也和她的皮肤很配。他看了一阵，又小心地装进盒子里，放进提包，给金珏送去了。

走进春之光书店的时候，书店里正好没顾客，金珏在弯腰整理昨天没整理完的书。一见范戈，便拍了拍双手，走过来笑吟吟地问："这么早就来了，今天想买什么书？"

范戈见金珏脸上那一如既往的甜蜜蜜的微笑，心里便有种如饮甘醇的感觉。他还想对金珏说点儿感谢的话，可想想昨天已经说过了，再说像金珏这样冰清玉洁的人，说多了反显得自己俗了，想了想就开门见山地说："今天什么书都不买，我想送样东西给你，但愿你能喜欢！"说罢，从提包里取出手链盒子递了过去。

金珏像是没想到似的愣了一会儿,然后才从范戈手里接过盒子。她先好奇地把盒子翻来覆去地看了看,然后慢慢打开盒盖,接着像小孩子似的发出"哇"的一声欢叫,接着从漆黑的眸子里闪过两道明亮的光芒,然后赧红了脸,对范戈深情地说了一句:"谢谢你!"还想说什么却没说出来,便把身子转了过去。

第三章 媛　媛

一

媛媛一边漫不经心地往指甲上涂着指甲油，一边不时透过玻璃窗朝外面大街上看上一眼。五月的阳光像一把巨大的折扇，照在大世界酒楼蓝色玻璃幕墙上，又从那一块块蓝色玻璃幕墙上反射过来，再从玻璃窗穿透进书店里，在她面前投下一层迷离的、像是来自传说中幽灵世界里的淡蓝色光芒，既缺少生气，也没什么光彩。尽管天气热了起来，可媛媛还是看见街上有很多人和车在走。因为玻璃窗下面墙壁的遮挡，她只能看清人的上半身。她看见男人们都穿着各种颜色的衬衣或T恤，女人们穿着很薄的花衬衫或裙子，有的打着遮阳伞，有的戴着遮阳帽，有的用一副大墨镜遮住了大半边脸，有的把包提在手里，有的挎在肩上。至于车子，媛媛只能看见一个如乌龟壳似的车顶从书店窗下呼啸而过。不过媛媛知道，无论车子和行人，他们去的目标大多是同一方向，或者是去万紫购物，或者是去千红放松自己，或是直奔大世界酒楼。有时候，百无聊赖的媛媛会一直盯着那些红男绿女走进万紫千红大世界那道自动旋转的玻璃大门,她才肯收目光,接着又去目送另一批人如此如此。

就在媛媛无聊得发慌的时候,玻璃门忽然叽嘎响了一声,媛媛抬头一看,见是两个身着连衣裙的姑娘相携着走了进来。媛媛以为她们是来买书的,正想迎过去,突然看见两个姑娘站在门口朝店内看了一眼,其中一个圆脸庞的姑娘瘪了瘪嘴,对另一个瘦高个姑娘说:"屋子里全是书,真的是个书店!"瘦高个姑娘也说:"就是,一点逛头也没有!"一边说,一边拉着圆脸庞的手退了出去。

媛媛见了,立即非常失望冲她们背影"呸"了一声,心里骂道:"门口就写着'灯塔书店'几个字,你们眼睛瞎了吗?"骂完,又气鼓鼓地在凳子上坐了下。

媛媛是灯塔书店的营业员。

灯塔书店就开在万紫千红大世界的斜对面。为什么要开在这儿?开业那天,表叔范戈就曾告诉过她,说这儿是小城的黄金地段,对面又有万紫千红大世界,客流量大,把书店开在这里,可以最大限度地把那些潜在的读者吸引住。说完又用了十分抒情的语气认真地对她说,这儿号称"财富一条街",可人类不光需要吃的、穿的、玩的等物质财富,还要有精神财富。书店开在这里是"查漏补缺",不但是给这条街,也是给整个小镇增添了一抹精神文明之光。尽管这光很微弱,可就像过去三江里的灯塔,会成为小镇里每个读书人心目中最神圣、最亲切、最温暖的地方，使整个小镇因有了书店而灵动、精彩起来！

媛媛明白了表叔把书店命名为"灯塔"的含意。但她对表叔所说的因了他们这家书店，整个小城便会灵动和精彩起来的话，还是有些怀疑。因为她太年轻，还不能理解没经历过的事。但她确实喜欢这儿，因为这儿有李鸿才李老板的万紫千红大世界，比别的街道要热闹。

年轻人喜欢热闹和繁华，她也不例外。尽管她从没去过万紫千红大世界，但每天看到一些人和车辆从那儿出出进进，她一方面对那些人有几分羡慕，另一方面又对里面的世界充满好奇。

对万紫千红大世界，媛媛虽然还很陌生，但对它的主人李鸿才李老板，媛媛却知道得不少。因为李鸿才成了福镇首屈一指的大老板后，他发家致富的传奇经历被四处传扬，爸爸妈妈没少拿李老板的故事来激励她。原来李鸿才老板和她们家都是福镇郊外福坪村的人，李鸿才住的地方叫坪下湾，她们家住的地方叫坪上湾。坪下湾是一块平坝，又叫沱湾，是州河水流经那儿拐了一个弯，形成的一块几百亩大的冲积平原，土地肥沃，地势平坦，和福镇只有一河之隔。现在一桥飞架后，坪下湾就和小镇连接成一体。而坪上湾则在寨子坡上，媛媛家在半山腰一个叫南垭嘴的地方。

李鸿才原来也只是一个普通村民，靠种菜、卖菜为生。用爸爸的话说，和他们这些住在山上的农民一样脸朝黄土背朝天，没什么区别。可爸爸又说，人的运气来了，拿棍棒挡都挡不住！二十世纪九十年代中期，有个叫邓小平的大人物号召不要争论黑猫白猫，只要抓住耗子就是好猫。李鸿才凭借种菜、卖菜锻炼出来的精明头脑，和小舅子联合起来以十分低廉的价格，买下了村里废弃多年的砖瓦窑和破烂的办公用房。砖瓦窑的生意起初很不景气，过了两年，小舅子见无钱可赚，决定撤资。李鸿才不答应小舅子撤资，小舅子非撤不可，两人大吵了一架。后来李鸿才看在亲戚的情分上，赌气退还了小舅子全部资金。两人关系从此搞僵，不但断绝了往来，见了面也是扭头就走，连招呼也不会打一个。

李鸿才的小舅子就住在媛媛家隔壁，也难怪乎媛媛的爸爸对李鸿才的事知道得这么清楚。

李鸿才咬牙坚持了两年，时来运转，小镇和小镇周边的乡村四处兴起了建筑热潮，对砖瓦的需求量大增。李鸿才的砖瓦厂起死回生，不但赚到了第一桶金，成了"大款"，还被上级表彰为勤劳致富能手，镇里的头面人物不但频频光顾沱湾李鸿才家里，还和李鸿才称兄道弟，把酒言欢。又不久，上面提倡"能人治村"，先富带后富，李鸿才顺理成章成了福坪村村委会主任。他依靠原始积累，不但扩大了砖瓦窑，建了新的预制厂，改造了办公大楼，还将家里住房推倒重建。当国家城市化口号愈提愈响亮后，他预见到一个开发的热潮即将掀起，不但及时在自己房顶加盖住房，还带领全村人民在土地上违建"种房"。果然，火热的开发热潮很快如李鸿才所愿来到了。李鸿才所住的坪下湾四五百亩平坦的土地被政府征用，李鸿才光厂房、办公用房、家庭住宅等的拆迁款，就高达一千多万。不仅如此，坪下湾也变成坪下社区，李鸿才的身份又由福坪村委会主任，变成了坪下社区管委会主任。而媛媛家所在的坪上湾，因荒山野岭，无开发利用价值，被合并到另一个叫书房梁的村里，继续过着脸朝黄土背朝天的日子。爸爸说的"运气来了拿棍棒挡都挡不住"的话，并不是忌妒李鸿才，很大程度上是感叹命运对自己不公！他不止一次对媛媛懊悔地说："早知道我就是砸锅卖铁，也把房子搬到坪下湾去了，如果那样，我们今天也发了！"不过，爸爸有时也安慰自己，说："我们没那个命也就算了，你们松明伯（李鸿才的小舅子）比我们还倒霉，看到银子化成水，煮熟的鸭子又飞了，一分钱没赚到不说，还惹了一肚子气憋在心里，真正气死个人了！"

自然，拆迁造成的"点石成金"的梦工厂，并非李鸿才一人，在小镇不断扩张的城镇化热潮中，因土地征用和拆迁赔偿，小镇周边农民的造富神话也在频频上演。已经积累起雄厚财富的李鸿才在小城拥有了举足轻重的地位。他将拆迁补偿款的一千多万元，拿来造了这幢集住宿、餐饮、娱乐、购物于一体的小镇第一高楼，它不但是小镇的标志性建筑，也是大多数小镇人的逐梦之地。

媛媛能到灯塔书店来打工，也是缘分所致——他们家和范戈家不但是亲戚，而且清起来渊源还很深。原来，媛媛的曾外婆，就是当年那位曾经资助过范戈曾祖父在省城和泸县上学的堂兄之女。那年，范戈的曾祖父辞别苦苦挽留他留在军营从戎报国的堂兄后不久，抗战爆发，堂兄和他讲武堂及军事教导队的弟兄一起，奔赴抗日前线，在淞沪会战中和日寇血战沙场。在一次激战中，范戈曾祖父的堂兄和他带领的几百川军健儿，全都血溅疆场，无一人生还。当曾祖父堂兄牺牲的消息传到大后方时，范戈曾祖父堂兄的遗孀因悲痛过度动了胎气，当晚产下了堂兄的遗腹子——一个未足月的又瘦又小的婴儿，那就是媛媛的曾外婆。后来世易时移，这段历史渐渐被人遗忘。直到距那场抵御外敌入侵战争胜利七十多年后，才有人打捞起这段往事，抖落蒙在上面的历史尘埃，拍摄出了一部叫《壮士出川》的电视剧，将那段惊天动地、泣鬼神的悲壮故事和英雄壮歌呈现在了荧幕上。不过此时，对因时代巨大变迁而早已回归平凡生活的英雄后代来说，已没有什么实质性的意义了。

媛媛姓杨，杨、范两家原本喊亲叫戚，两家互为有恩。范戈曾祖父的堂兄为国捐躯后，堂兄的遗孀带着堂兄的遗腹女，从泸县回到小城范戈曾祖父大伯的家里。曾祖父大伯家在乡下，虽有几亩薄田，也只能勉强维持一家人生计。堂兄一死，失去了家庭主要的顶梁柱，现在突然增加两张吃饭的嘴，又处乱世之中，孤儿寡母之艰难可想而知了。范戈的曾祖父听说，亲到乡下，把堂兄遗腹女接到自己身边，视为己出，不但供她吃喝，还送她上学，又不时送些吃穿用度给乡下寡堂嫂，使她不至于挨冻受饿。就这样，两家人都念着对方的恩情，维持了良好的关系。在乡下，虽有"一代亲、二代表，三代四代就算了"的说法，可他们直到父母一代，都还在互相走动，犹如一家人。直到范戈父母去世，范戈兄妹俩外出读书、工作，离开了小镇，两家人方才没再来往。

范戈要在小镇办一家书店的消息，不知怎么就传到媛媛的父母耳朵里。也难怪，小镇不大，有什么事传得比风还快，何况小镇离媛媛住的坪上湾又不远，他们哪有不知道的？这天范戈刚在万紫千红大世界斜对面租好两间门市，找人来将隔墙打通并设计装修，媛媛的妈妈突然找来了。范戈有七八年都没见过这位表姐了，猛一见，差点儿没认出来，直到表姐像小时一样亲热地喊他"弟娃"，他才猛地回过神来："哎呀，是表姐姐，几年不见，你发福了……"

范戈话没说完，表姐就快言快语地打断了他："发啥子福，长胖了，变丑了！要是走在街上，我也认不出你了！喓开的，你一个人回来，怎么不把妹娃子带回来姐姐看看？"

范戈红了脸，说："哪来的妹娃子哟，我一个人都养不活，还养得起妹娃子?"

表姐立即咂了咂嘴皮:"哎哟哟,弟娃说起好造孽呀!姐姐都听说了,弟娃在省城发了大财,上次镇上领导还把你请回来,叫你回老家投资,你答应办一家书店,弟娃生怕姐姐要给你借钱似的……"

范戈惦记着请人设计书店装修的事,不想和表姐浪费更多时间,便问:"表姐,你有什么事,就竹筒倒豆子,快说吧!"

表姐果然道:"姐姐当然有事哦!弟娃还记得你侄女儿吧?"

范戈又一时没反应过来,眨了眨眼才道:"侄女儿……"

表姐马上做出不高兴的表情说:"你看,你看,真是贵人多忘事,媛媛,媛媛呀,你怎么忘记了?小时候你还抱过她,她成天像个小跟班似的跟着你跑。有一次她把你喊哥,我还打了她,说没大没小的……"

范戈禁不住笑了起来,忙问:"媛媛怎么了?"

表姐道:"还能怎么样,长成个大姑娘了!可鬼丫头光长个子不长脑子,读书读不进去,初中毕业考了个县职高。现在职高也毕业了,我叫她去她老汉那儿打工,可他老子说,孩子还小,又是个女娃,外面的世界又很乱,要她在家里待两年再出去。这不是在家里闲着,闲着没事我又怕她出去跟人鬼混。听说弟娃子回家开书店,总得请个卖书的人吧?我一想,这事倒适合她干,清闲，又不挑又不抬，就是拿拿书、收收钱，所以我就来给弟娃子下话了。你就把媛媛收到你的书店里，钱多钱少无所谓，只图她有个事干，别把人耍懒了！"说完定定地看着范戈。

范戈突然有些作难起来。他当然要招店员，但他打算在书店开业前向社会发布招聘广告，招一个像金珏那样既懂书、爱书，又吃苦耐劳的店员。现在表姐突然找了来，刹那间，他又想起了上几辈人的交情，想起媛媛小时候真像一个小妹妹那样黏着他的情形，便感到有些左右作难。他想了想便对表姐说："这样吧，姐姐，明天你带媛媛到我这儿来一趟，我再亲自问问她，怎么样？"

第二天，媛媛果然和她妈一起来了。媛媛真长成一个大姑娘了！她上面穿了一件浅灰色高领绒衫，下面是一条瘦瘦的蓝色牛仔裤，将两条腿衬得格外修长，脚上一双黑色的半高跟皮鞋。一头长长的秀发用皮筋束在脑后，在后脑勺处打了一个短刷子似的结。脸上既没擦粉，也没画眉，小巧的鼻子两边，范戈看见了几颗淡淡的雀斑。范戈想，如果媛媛稍在脸上化些淡妆，就能把那些雀斑遮住。媛媛却没有，范戈知道这是一个纯朴中还保持着几分天真的姑娘。加上从她那对没任何修饰、漂亮的双眼皮大眼睛中，闪动出的诚实善良与对这个世界好奇的光芒，还没说话，范戈便对她生出几分好感来。他在心里把她和金珏比较了一下，觉得他的店里就需要这样纯朴、诚实的姑娘。大约因为长大了，或许由于有好几年没见过范戈，媛媛显得有些害羞，只要一接触范戈的目光，便立即羞涩地把头转向一边。范戈见媛媛腼腆的样子，不但没生气，反而更增添了对她的好感。于是范戈不等媛媛说话，便主动说话："媛媛，到表叔店里卖书，你愿意不愿意？"

范戈话音刚落，媛媛像早就想好了似的，十分响亮地回答说："愿意！"

范戈见她回答得这么干脆，倒有些没有想到，又追问了一句："为什么愿意？"

范戈以为她会说出诸如"我喜欢"之类的话，没想到媛媛迟疑了一会儿，然后非常不满地瞪了她母亲一眼，回头对范戈愤愤地说了一句："免得我妈老抱怨我在家里吃了闲饭……"

话还没完，表姐马上叫了起来："死丫头，我哪时说过你吃了闲饭？我叫你到地里干点儿活，是怕你耍懒了……"

同样，媛媛没等母亲说完，也立即针尖对麦芒地反驳起来："你看见现在有几个年轻人在地里干活的……"

范戈见母女俩斗起嘴来，不由得笑了起来。此时，他更加喜欢媛媛的直率和诚实，于是便道："好了，媛媛，表叔同意聘你了！不过你可要知道，卖书不光是拿拿书、收收钱这么简单，学问可多了！明天你就跟表叔一起到省城，我找一家书店，你去跟那里的大姐姐好好学习一段时间。实习期间，表叔给你基本工资,等书店开业,你就正式上班,好不好?"

媛媛高兴得跳了起来,说:"好!"同时又瞪了母亲一眼,像是说:"怎么样,我现在不是吃闲饭的了吧?"

在这时,范戈又看见了小时候那个可爱的姑娘。

第二天,媛媛随范戈到了省城,范戈把她交给了金珏。

二

灯塔书店开业两个多月了,最让媛媛高兴的是开业那天,来了很多人祝贺。书店大门两边摆满花篮,门口挂了一幅红底黑字的大标语:热烈祝贺灯塔书店开业!街道上也拉了不少横幅,上面除了"热烈祝贺"之类的话外,还有"城市因阅读而精彩""书店是城市的灵魂""书籍是人类进步的阶梯"等鼓励人们走进书店的口号。那些花篮、标语在阳光照耀下,映红了半条街,给人喜气洋洋的感觉。媛媛后来才知道,这些花篮、标语都是范戈表叔在小镇中的"狐朋狗友"们送的。范戈表叔是土生土长的福镇人,从穿开裆裤到高中毕业,都在小镇度过。他的那些小学和初、高中同学,如今混得好的,已经成了小镇的一些实权派人物,最不济的自主创业,也都混得人模狗样。范戈表叔早早就给这些同学发出邀请,说不管那天你们的公务或私务如何忙,也得来给老同学捧个"人场"。那些"狐朋狗友"拗不过老同学的面子，都来了。范戈亲自到镇长办公室去请了镇长。镇长这时没说"小投资只能小回报，大投资才能大回报"的话了，而是拉着范戈的手十分亲热地说："感谢范总以实际行动回报家乡，造福小镇，你即使不来请我我也要来，我不但要来，还要亲自致贺词和剪彩呢！"

听了这话，范戈十分感动，回来对媛媛说："镇长要亲自来致词和剪彩，我还没想到剪彩的事，你快去买几米红绸、几把剪刀回来，我们做好准备！"

媛媛去大百顺商厦买了红绸、剪刀和托盘。可开业那天，镇长却没来，来的是小镇宣传委员代光信和一个负责文化工作的干事。代光信对范戈解释说，镇长眼看都要出门了，突然接到上级电话，要他参加一个重要会议，所以只能委托自己全权代表镇党委和镇政府向灯塔书店开业表示热烈祝贺。范戈听说镇长不能参加，露出了一丝失望的表情，可很快便把这种不快从脸上抹去了。因为高中时，代光信和他同桌三年，今天他一身二任，于公于私，效果都不会比镇长大驾光临差。

果然，当代光信代镇长致完祝贺词和剪彩后，看见一些人转身要走，便立即叫道："各位留步！既然大家来给老同学捧场，那我们就念在同学友谊的分上，每个人都进去选几本书，给老同学的书店来个开门大吉！大家说好不好？"

代光信说完，以为众人会叫好，可却没有人响应。代光信脸上露出了有些挂不住的神情,但他到底不愧是宣传委员,马上又说:"现在国家提倡全民阅读,中央电视台还开辟一档节目号召大家多读书、爱读书、读好书!话说回来,你们把书买回去,即使自己没时间读,留给孩子们以后读也是好的!我过去最怕写作文,后来不但不怕,还越写越喜欢,就是因为爱上了阅读,通过阅读提升了写作能力!农村不是有句俗话,'养儿不读书,不如养头猪'……"

代光信还要讲,范戈表叔另一个同学石一川像是有些不耐烦了,大声喊了起来:"买就买,不就少抽两包烟吗?不买就是假打!"

石一川在福镇派出所工作,和代光信一样,都是小镇的实权派。这一大群"狐朋狗友",平时有什么事都少不得去求到他俩。他俩都这么说了,那些同学不看僧面看佛面,感到不好空着手离开,纷纷涌进了书店。

这天,在媛媛短短的十多年人生中,是她觉得最高兴、最充实也是最忙碌的一天。范戈表叔那么多老同学、老朋友一齐进来选书、买书,书架间到处都是人,好不兴旺的样子。只一会儿,她的收款箱里就收了大半箱花花绿绿的百元、五十元大钞。她快活得像是心里开了花,累得一粒粒细小的汗珠从她小巧端正的鼻尖和光滑的额头上沁了出来。她不但没觉察到,还恨不得再长出两只手才够用。直到范戈表叔那些同学、朋友都拿着书走出书店后,嫒嫒才觉得因为扫码和收款,手臂和手腕都有些酸痛了起来。嫒嫒希望书店天天能这样,越累,她越高兴。因为表叔给她定的是底薪加营业收入提成的付酬方式。也就是说,她卖出的书越多,收入就会越高。她想挣更多的钱,有钱多好哇!不但妈妈不会再唠唠叨叨说自己这么大个人了还吃闲饭,而且有了钱,想买什么就买什么,再没人管着了,世界上还会有人和钱过不去么?

但开业那天一过,书店就没那么热闹了。下午,虽然也有人陆陆续续到书店来,但大多数人只是出于好奇进来看看,只有几个人在书架上翻了半天,最后一人买走了一本书。还有一个出租车师傅,嫒嫒一想起就觉得可笑。师傅大约五十岁,个子不高,身板壮实得像头水牛,一只蒜头鼻子,嘴唇很厚。他把车停在街边,急匆匆走进书店来,一边摘手上脏兮兮的棉线手套,一边大声对着屋子问:"卖书的,有没有戒麻将瘾的书卖?"

范戈和她都在书店里,一听这话,嫒嫒立即抬起头,有些不解地看着他,正要问,范戈先开口道:"大叔,你说的是不是有关赌博危害这一类书?"

那人眨巴了两下眼睛——此人头大脸大鼻大嘴大,就是眼睛不大,和整张脸有些不太相称——像是努力回忆了一阵,然后才道:"我也不晓得是不是,反正如果有戒除赌博的书我就买一本!"

范戈听了这话,就对他说:"大叔,书店暂时没这样的书,不过你可以先登记一下,我们给你找一找,找着了给你打电话!"说罢就叫媛媛登记下来。媛媛问了他的名字,他说他叫张学安,媛媛又问他电话号码,他警惕地看了看媛媛,却不肯说了。过了一会儿突然说:"算了,连药也治不好赌瘾,书又管得到啥子用?"说完就气呼呼地转身走了。媛媛和范戈望着张学安的背影,都有些莫名其妙。

但总的来说,开业第一个月收入还算不错,书店超额完成了营业任务,媛媛得到的提成超过了底薪。第二个月卖出的图书总码洋比第一个月下降了差不多一半,媛媛按照在金珏姐姐那儿学到的图书销售成本核算办法初步算了一算,除去图书进货成本、房租、水电、税收和自己的工资,收不抵支,范戈还要往书店补进来一两千元,她的工资比第一个月也少了好几百块。进入这一个月,进出书店的人越来越少,有时半天也不见一个人来,更不用说买书了。媛媛觉得奇怪,这么多人在外面大街上来来往往,怎么就没人拐到书店来看一看呢?书店还开着空调呢,不买书,进来歇歇凉也好呀!这么大一家书店,难道都没看见?那玻璃门上,不是还写着"推门请进"几个红红的大字吗?

但无论媛媛在心里如何希望人们都能到书店来,光顾书店的人仍然很少。尽管这样,媛媛还是非常负责,每天下班的时候,她都要把地板拖得干干净净,如果等到明天早上才拖地板,地板没干，容易打滑，如果读者不小心摔倒了，可就不得了了。这是省城春之光书店的金珏姐姐告诉她的。第二天一早，她很早就来把书架整理好，再把玻璃和柜台擦干净，然后等待顾客到来。等来等去，她等来的只是金色的阳光像宽阔的扇子一样从对面万紫千红大世界的楼顶斜射下来，投到书店前面的大街上。她从玻璃窗里能看见一束束光线里面有细微的灰尘在上下飞扬。也不知过了多久，阳光从斜射变成了直射，大街上行人比早些时候少了许多，她在屋子里都感到了气温在不断升高。她知道在这个时候，读者更不会来了。可她仍端端正正坐在空空荡荡的柜台后面，一副忠心耿耿、以店为家的模样。这也是省城春之光书店金珏姐姐告诫她的，说不管有无读者来，都不要轻易离开书店。因为说不定你一离开，读者就来了。再说，这也是一个姑娘家保护自己的需要！在这点上，范戈当初真没看走眼，这是一个实诚、纯朴、老实本分的姑娘。

媛媛真希望能有读者来呀！即使不买书，进来翻翻书，那也是好的呀！金珏姐姐和表叔都告诉过她，对顾客翻书，不但不能阻止，还要欢迎他们。无论他们翻多久，都要鼓励，因为顾客通过翻书，知道了书的内容，他们才会买。所以媛媛从没对翻书的读者发过气。有时，她也会像金珏姐姐一样，见顾客站着翻书久了，还会叫他们到旁边凳子上坐着看。可那是才开业头两个月的事，随着顾客越来越少，这样的情况很少了。没有了买书的、翻书的，媛媛退而求其次，希望有人到书店随便看看、聊聊天也是好的。灯塔书店和省城春之光书店一样，是由两间门市打通并成一间的，有一百二十多个平方米。范戈借鉴了春之光书店的装修设计，不但将书店分成了新书区、畅销书区、促销书区三个不同的空间，而且在畅销书区后面隔了一个二十平方米的茶吧。因为范戈说，小城人习惯喝茶，叫咖啡厅还不如叫茶吧更容易被大家接受。虽然名字不同，但灯塔书店茶吧的布置和省城春之光书店的咖啡厅布置完全一样，也有四张小茶几和十多把椅子。范戈还买了当地"秀岭春天"最好的茶叶，嘱咐媛媛只要有客人在茶吧看书，一定要泡上茶端过去，茶水也是免费提供。可这种情况，也只在开业那个月才有，第二个月便很少有人光顾。因为小镇不缺喝茶的地方，或者说小镇人还没养成到书店来一边喝茶一边看书的习惯。没人来，媛媛就显得很孤独和空虚。媛媛不怕吃苦，少挣点儿钱也关系，她最怕的就是寂寞和冷清。一个人坐在书店里，像是守着一个空庙。有时她也翻翻书，可她从小就没养成看书的习惯，翻一会儿又感到索然无趣，于是便又只好去看大街上来来往往的行人和车辆。看见行人和车辆进了万紫千红大世界的玻璃旋转门，便猜想这些人是去购物城购物，还是去娱乐城娱乐抑或住店。这么一想，小姑娘便对那座神秘的宫殿又感到几分好奇起来。

这天，媛媛两眼正呆呆地望着大街，两个女孩做贼似的轻轻地推开书店大门，蹑手蹑脚地来到媛媛背后"哇"了一声。媛媛吓了一跳，急忙回过头。可还没等她完全回过神，两个女孩又是笑，又是跳，将她抱住了。媛媛明白过来，也抱住了两个女孩。

于是三个女孩在书店里嬉闹成了一团。

闹够了，媛媛才盯着她们问："你们什么时候回来的？"

一个蓄马尾辫，穿白色短袖衫、蓝色牛仔短裤的姑娘回答："昨天，工厂的货卖不出，放假了……"

另一个个子较高，穿绿色T恤、白色运动短裤，露着两条长腿的姑娘打断了马尾辫姑娘的话，摇晃着媛媛的手说："可想死我们了！"

原来，两个姑娘都是媛媛从初中到职高十分要好的同学。穿白色短袖衫的叫苏紫，穿绿色T恤的叫叶红，都是土生土长的福镇人。不同的是，她俩职高毕业后就出去打工，而媛媛则留在了家里。

媛媛见苏紫和叶红的目光不断打量着她，便问："你们回来还去不去广州了？"

苏紫说："我们想在家里找份职业，可不知能不能找着。"说完又问媛媛："你怎么卖起书来了？"

媛媛便把范戈开书店的事给她们说了。

叶红听完，便邀请道："好久不见了，和我们出去玩玩，中午我请客！"

媛媛道："那可不行，要是有人来买书怎么办？"

叶红将书店看了看，说："不是没人来买吗？"

媛媛还没答话，苏紫也拉着她说："即使有人来买，不就是卖一本书吗？你可不能重书轻友呀！"

媛媛有些犹豫起来，便问："去哪儿玩？"

叶红道："我们正往万紫千红大世界去，从街上看见是你，就进来叫你一起去玩……"

一听说去万紫千红大世界，媛媛心里咯噔跳了一下，可她还是迟疑着："可……"

苏紫和叶红见媛媛犹豫的样子，便一人拉起媛媛的一条胳膊，道："走哇，走哇，你要是今天不理我们，我们以后也不理你了！"

媛媛又朝书店里看了一眼，才像是下了决心地道："好嘛，我今天就舍命陪君子，不过我可有言在先，一会儿我就要回来！"

说完，锁了书店大门，随苏紫和叶红去了。

从这天起，苏紫和叶红有事没事都逛到书店来，有时带来一包瓜子，有时带来一包麻辣豆腐干，三个小姑娘坐在书店的吧台里，一边往嘴里塞着零食，一边叽叽喳喳地说些有用没用的话。渐渐地，媛媛对书店的事就没过去上心了。一天，来了几个把头发染得像是电视里妖精一样或黄或绿或红的年轻人，在书架上翻了半个多小时,也不知在找什么书。要在平时,媛媛早迎了过去,可看着那些人头顶上怪模怪样的乱发,她坐着没动。那几个人翻了一阵,一本书也没买便离开了,却把书架上的书翻得乱七八糟。媛媛正说去把翻乱的书整理一下,叶红一把将她拉住,说:"整理个啥?我们到万紫千红逛去!"苏紫也道:"就是,整理得再好,反正还是要被人翻乱!"媛媛听见她们这么说,也没表示反对,随着她俩去了。

媛媛有时在心里也觉得这样有些对不起范戈,但又一想,反正也没人来买书,大门开着与关着没有区别。这样一想,也就有些心安理得起来。

媛媛慢慢习惯了。

这样差不多过了二十多天,范戈忽然收到了媛媛一条短信:"表叔:书店经营太难了,没人来买书。这个月卖的书,我估计交房租、水电费都不够。现在都这样,我估计以后还要困难!我和同学在万紫千红大世界重新找到了工作,我不在灯塔书店干了!我在万紫千红大世界工作很好,工资比书店有保证。对不起,表叔!"

范戈读完短信,一下愣了。过了一会儿,他才给媛媛回了两句话:"祝贺媛媛,永远快乐幸福!"

他还想对媛媛说点儿什么,却不知说什么好。

三

  第二天一早，范戈就心急如焚地驱车回到福镇。一回到小镇，范戈便给媛媛打电话，他想找媛媛当面谈谈，告诉她他早已想到了开书店不赚钱，甚至会赔本。他并不是要靠书店来赚钱，而是想慢慢培育福镇的读书风气，让更多人爱上阅读，改变小镇人现在的生活方式。这是一个很漫长的过程，得慢慢来。眼前读者少了一点儿不要紧，但随着人们对读书重要性的认识不断提高，特别是随着经济的发展，那种有钱有闲又有读书梦的人，不会减少，而会增多，到那时人们就会自觉地到书店来。他还想告诉媛媛，无论有没有人进书店，他一定不会让书店关门。只要书店不关门，媛媛就尽可以在书店干下去。如果能赚到一块钱，就是一件很开心的事，如果不能赚钱，最起码眼下那点儿房租水电什么的，他还暂时给得起。他还想给媛媛解释一下为什么他要做这些，因为这不但是他，也是他们家族几代人的心中之梦，既然是梦，实现起来当然没那么容易……总之，他把自己心里的想法都告诉了媛媛。可是当媛媛听了他的话后，始终红着脸不吭声，最后才说了一句："表叔，万紫千红大世界里年轻人多，我和他们在一起感到很快乐！"一听这话，范戈便知道没办法把媛媛留住了。他给她结清了这个月的工资，还多给了她三千块钱，算对她这三个月工作的奖励。

他从心里喜欢这个表侄女儿。

范戈重新起草了一个招聘启事,找了一家广告店打印了几十份,连夜找人贴到小镇的大街小巷。广告贴出的第二天,便有人陆续来报名和打听。来报名的自然也都是年轻人。范戈汲取了媛媛的教训,不再单纯看人是否本分、纯朴和实诚,甚至连吃苦耐劳都排在第二位。他一心想聘一个像金珏那样不但喜欢书、爱读书,而且还懂书的姑娘或小伙子。但一连面试了十几个应聘者,没一个令他满意。正在范戈为这件事着急的时候,他的高中同学石一川突然找了来。

石一川个子很高,因为天热,剪了一个寸头,着一身警服。一见范戈,便露出不满的样子,道:"范大老板,你太不够朋友了!回来也不打一声招呼,嫌老同学会丢你面子是不是?"

范戈知道他说的是玩笑话,忙指着他的警服说:"什么大老板?就凭你这身衣服,往大街一站,谁不怕你三分?要不然,我们换一换,你愿不愿意?"

石一川嘿嘿笑了两声,说:"玩笑归玩笑,正事归正事,你的书店物色到合适的人没有?"

范戈听这话略略吃了一惊,看着他问:"你怎么知道我在招人?"

石一川从口袋里掏出一张招聘启事,对范戈扬着说:"你满大街贴着这玩意儿，瞎子才会不知道！"说完又说："违反市容市貌，要不是你回乡创业投资，造福乡梓，我告诉你，市容办早找上门来了！"

范戈听了这话便笑着道："谢谢你来告诉我，我真不知道这事违反市容市貌！老同学还有什么事？"

范戈心里念着他招人的事呢！

石一川在范戈对面的凳子上坐了下来："来为范大老板排忧解难，算不算我们警察分内的事？"

范戈忙问："什么排忧解难？"

石一川道："你招人的事呀！"

范戈双眼立即放出光芒，忙拱手说："'有困难，找警察'，当然也可以算警察分内之事，不过不知石警官有什么见教？"

石一川把右脚抬起来搁在了左腿上，一边摇晃着脚，一边对范戈说："见教不敢说，但以我愚见，老同学这招聘广告上，把年龄限制在25岁左右，未婚，我觉得实在不妥。你想想，你那书店，既不是风景名胜区，也不是李鸿才万紫和千红那样的场所。年轻人没拖累没负担，好是好，但你那书店是个冷清的地方，二十来岁的年轻人，不管是男是女，正是贪玩的时候，怎么能指望他们能长天白日一个人在店里与冷清、寂寞为伴……"

范戈醍醐灌顶。原来他只想找一个像金珏那样年轻又爱书懂书的人,却忽视了这样的人在小镇,不说绝无仅有,至少是凤毛麟角,可遇不可求。想到这里,他便着急地对石一川说:"可不是这样!我原来那个店员就是因为受不了店里的冷清才走了的!哎呀呀,我把这里也当成省城了!"说完又对石一川问:"老同学有什么主意,快给我说说!"

石一川见范戈着急的样子,笑了一笑,才道:"老同学真要听我的主意呀?"

范戈说:"你就别说半截留半截了,干脆点行不行?"

石一川看着范戈,停了停才说:"我可有言在先,我的主意也不是金点子,今后如有什么闪失,你可别怪是我给你出的馊点子!"

范戈又急忙说:"不会,不会,肯定不会!"

石一川这才道:"依我说,守你这样的店,除了文化以外,年龄最好放宽到四十多岁。比如下岗中年女工,经历过生活磨难,懂得珍惜来之不易的这份工作,这样就不会这山望到那山高了!即使她们想跳槽,可到了这种年纪,一般的企业谁会要她们?而且这样的中年女人,大多孩子都已经成人,也没什么拖累,还不是会一心一意扑到自己的职业上。你说是不是?"

范戈听后不但觉得石一川说得有理,更明白他今天肯定怀有一定目的而来,便开门见山地问:"老同学这话,真使我茅塞顿开!那你身边有没有这样的中年女人?"

石一川说："人是有一个，是我朋友的妻子，高中毕业，今年42岁，原先是县五金电缆厂的工会干部，妇女主任，能说会道，写写画画也行。后来厂子破了产，哪怕她是工会干部、妇女主任，也一样买断工龄下了岗。先在家里相夫教子，现在孩子已经上大学，便想出来找点儿事干。但像她这样在厂里当过干部的人，到大街上打扫卫生或到餐馆端盘子，觉得丢人不会去。想去机关单位找一个轻松点儿的工作，编制在那儿卡着，又怎么进得去？今早上上街买菜，看见了你的招聘广告，觉得这份工作倒挺合她的心意。她本想亲自来见你，但见这广告上白纸黑字写着年龄限制，害怕碰壁，便托我来给老同学说说，看老同学愿不愿意雇她。"说完两眼就紧紧盯住范戈。

范戈在心里仔细掂量了一下：做过工厂工会干部、妇女主任，其素质肯定不会太差；42岁，听了石一川前面那番话，觉得有理，年龄已不是什么问题。重要的是，他现在急需聘一个人，让书店早日恢复营业。何况是老同学受人之托，亲自来向他推荐的呢！他迅速在心里权衡了一下，便道："你这朋友的妻子叫什么名字？"

石一川道："王明玉！姓王的王，明白的明，玉石的玉。"

范戈道："那就麻烦老同学把她带来我看看，行不？"

石一川立即站起来对范戈道："我马上就带她来！"说罢转身要走，却又回头对范戈说："老同学，我可说好，我只是牵线的，用不用是你，啊！"

范戈道："当然是这样，你快去吧！"

没一时，石一川果然带了一个中年女人来。范戈见这个叫王明玉的女人真像一块洁白的宝玉，身材苗条，皮肤白皙，虽已人过中年，身上线条仍凸凹有致，风韵犹存。一头秀发盘在脑后，露出光洁的额头，又给人一种十分干练的感觉。更重要的是，一见面就是一口一句范老板，喊得范戈心里像是灌了一碗蜜糖水。范戈又问了她几个问题，都对答如流。范戈非常满意，不但把她留了下来，中午还请石一川和王明玉一起吃了一顿饭，一是感谢石一川给他推荐了一个好店员，二是欢迎王明玉成为灯塔书店的一员。

四

尽管范戈很欣赏王明玉，但仍然有些不放心，因为她从没做过生意，更没有经营过书店。现在想像媛媛当初一样，把她送到春之光书店跟着金珏学习一段时间也来不及，只能边干边学。他给公司副总杜江打电话，让他暂时负责一下公司的事，自己留下来照管几天灯塔书店，等新店员熟悉了书店业务后就立即回公司。于是从王明玉上班第一天起，范戈就守在她身边，像教小学生一样告诉她作为一名图书销售员，应该具备的知识和素质。

书店营业员也和其他行业的营业员一样，要对自己所卖的商品十分了解。比如你是卖服装的，顾客来买某件衣服，营业员要能够向顾客讲出这件衣服的牌子、面料、洗涤方式，和别的衣服比起来，它的优势在哪儿等等。作为一名图书销售员，没事的时候要对书的知识多了解一些，当读者问到一些书籍的相关信息时，要能准确地告诉他们，为他们提供满意的服务。说完读书，范戈又告诉她，书店不像食品、服饰等行业，顾客多、生意旺、赚钱快，书店在工作环境和工作压力上都存在着比其他行业大得多的压力和负担。营员业处于销售最前线，直接与读者面对面接触，压力和负担更大，因此营业员不但要有良好的文化素质，还要有较高的心理素质。他要求王明玉不要因书店一时冷清便灰心丧气，要对未来充满希望，坚定自信，坚持坚持再坚持。

说到这里，范戈停了下来，目光看着从窗户泻进来的阳光。他知道这番话，既是对王明玉说的，更是说给自己听的。因为事到如今，他比王明玉更需要提振信心。

说完一个图书销售员必须具备的知识和素质后，范戈才对王明玉提出一些工作上的要求。和过去对媛媛一样，他把坚守工作岗位放到了第一位，然后才是搞好店面的日常清洁、保持店面形象以及做好日常销售工作等。在说到搞好店面的清洁工作时，范戈想到了媛媛，便指了柜台、货架和窗户玻璃说："这点媛媛做得很好，你看过了这么几天，这柜台、货架、窗户玻璃以及地面，都还这样干净整洁！"一边说，一边看着王明玉。

最后，范戈才把销售中的一些具体要求，比如如何摆放图书、如何整理书架、如何做好销售记录和盘点、账目统计等工作，对王明玉交代了一遍。王明玉真是一个聪慧的女人，无论范戈说什么，她都一一点头称是，一副谦恭有礼的样子。范戈每说一条，她都向范戈保证："老板放心，我一定做到！"

范戈见王明玉不断向自己保证，觉得像是遇到了一个响鼓不用重锤的学生，自己的教诲和叮嘱反倒显得有些多余。但他还是留了一个心眼，那就是他不但要听其言，还要观其行。在接下来的几天里，他仍然守在书店，一方面继续对王明玉做一些业务上的指导，另一方面看王明玉是不是真像她保证的那样，对他说的话都做到了。王明玉真还不错，不但每天上班准时，而且一来就是整理书架、摆放图书、擦拭玻璃，下班以前拖干净地板，清理干净垃圾，做得井井有条。书店没人来时，也从不乱走，有不懂的地方就向范戈请教，开口说话前仍是一口一个"老板"，弄得范戈都有些不好意思起来，便对她说："王姐，你就叫我范戈好了！"

王明玉说："老板就是老板，大不大，小不小，豌豆混到胡豆炒，那不乱套了？"

范戈听了这话，对王明玉的好感又增加了几分，觉得到底是做过工会干部和妇女主任的人，觉悟和认识事物到底与一般人不同。只不过范戈有时见王明玉会看着外面街道，目光显得有些游离和飘浮。但他以为这是她才到书店来，还没完全适应，偶尔打量打量外面街道也是完全正常的。

过了几天，范戈对王明玉完全放了心，准备回省城。临走前，他又拟出了几条书店营业员岗位职责，找了广告公司给打印出来。那岗位职责是这么定的：

灯塔书店营业员岗位职责

1、坚守工作岗位、不得随意离岗；

2、遵循书店规章制度，做好店面清洁卫生；

3、热情接待读者咨询，了解读者需求并达成销售；

4、做好销售记录、盘点、账目核对等工作，完成销售统计工作；

5、做好图书来货验收、上架陈列摆放、防损等日常工作；

6、完成领导交办的其他任务。

范戈让王明玉把岗位职责给挂在柜台后面墙上，让她每天都读上一遍。王明玉不但照办了，而且和先前一样，向范戈保证她一定做到！

范戈这才放心地离开了小镇。

范戈万万没想到的是，他一走，王明玉便像换了一个人似的在店里走来走去，显得焦躁不安，仿佛肚子里有只小手在抓挠着她的心一样。她掏出电话，似乎要给什么人打电话，过了一会儿又放下，像是还没拿定主意。目光一会儿隔着玻璃窗瞧着大街，没隔多久，又收回来停留在墙壁的《营业员岗位职责》上。匆匆一瞥后又马上把目光移开，嘴角露出一种不屑一顾的表情，同时发出一声轻蔑的"哼"的声音。过了半晌，又掏出手机，随即又塞到衣兜里。

到了下午，王明玉实在忍受不住了，一通电话打出后，不大工夫，便招来了三个和她年龄差不多的男女。几个人见了王明玉，先是埋怨了她一通，接着将书店里里外外看了一遍，目光落到旁边的茶吧里，道："这儿比铁匠巷伍寡妇家的小茶铺安逸多了，又宽敞，又清静，还有空调，以后我们就到这儿来！"说着，便一齐涌到茶吧，一个四十岁出头的光头汉子将手里的小箱子往小桌子上一放，另一个穿红点短袖衫、门牙有些外凸、年龄也在四十五六岁的宽脸颊女人，便急不可耐地将箱子打开，从里面哗啦啦地倒出一副麻将牌来。再一个穿圆领老头衫、土黄色大裤衩、面孔黧黑、身体壮实，年约五十岁的男人立即在一张椅子上坐下，伸过手去，非常熟练地洗起牌来。然后，王明玉与宽脸颊女人、光头汉子也围着桌子坐下来，马上稀里哗啦地垒起了方城。

原来，这王明玉是县五金电缆厂的工会干部、妇女主任不假，还曾获得过市上"五一劳动奖章"和省上"先进工作者"称号。可自从下岗无事可做后，不知怎么染上了赌瘾，靠着丈夫跑出租辛辛苦苦挣来的几个钱，和一群"麻友"在麻将桌上赌得昏天黑地。先还管管孩子的一日三餐，后来连这也不管了，只拿钱让孩子到外面吃去。现在孩子上了大学，她更落得清闲，一天不打麻将就犹如得了大病一般。为这事，两口子架也打过，离婚也闹过，丈夫甚至威胁她，说再打非砍了她的手不可。什么办法都使过了，就是没法让王明玉戒掉赌瘾。丈夫拿她无法，便想给她找份事做，挣钱不挣钱他不计较，只图绊住她的手脚，不让她再和麻友们混在一起，慢慢戒掉她的赌瘾。可王明玉已到了那样的年龄，文化也不高，脏活苦活她不会去干，轻松一点儿的活又没有她的份，找了很久也没找着。那天早上她老公一出车，便看见了范戈贴出的招聘广告。男人顿时眼睛一亮，觉得这事儿倒非常适合她老婆干。于是马上去一家日杂店买了一条软"中华"香烟，用报纸包着找石一川来了。

他知道石一川和范戈是高中同班同学，是在一次喝酒时，石一川亲自告诉他的。

石一川听了王明玉丈夫请托之事，觉得这是小事一桩，又一想假如王明玉有了一个固定职业，从此戒掉了赌瘾，不但挽救了一个家庭，而且对社会安定也有好处，这样成人之美的好事，为什么不可以去做呢？于是在收下王明玉丈夫的烟后，便来向范戈"走马荐明玉"。

可当石一川看见范戈，突然就有些明白了过来，觉得这事并不那么简单。王明玉已深陷赌博的泥淖，要想戒掉何其容易？把她介绍给范戈，如果她还继续赌博，岂不害了老同学？可来都来了，好歹也要替人家说一说才好。好在自己在言谈之间，已经向范戈这小子透露出了某些方面的信息。范戈不但没有听出他话里的弦外之音，而且还非常感激他，这可就怪不得他石一川了。

但王明玉毕竟还是有所畏惧。当看见宽脸颊女人、光头汉子和大裤衩男人提着麻将过来了，她又有些懊悔起来：老板前脚走，自己后脚就把麻友们招来，要是老板知道了，会怎么看自己？可人是她忍不住招来的，三缺一，自己不上，人家这牌又怎么打？于是在坐上去的时候便对三人声明说："我只打两把……"

话还没完，光头汉子说："为什么只打两把？"

王明玉说："我要守店……"

大裤衩男人道："我们难道不是在帮你守店？"

宽脸颊女人也道："就是，我们这是娱乐守店两不误嘛！"

说着，四双手早稀里哗啦地摸起牌来。

就像吸毒的见不得毒品一样，王明玉一上牌桌，早忘了只打两把的话。这一打,就打到了天黑。宽脸颊女人要回去给孙女做饭,几个人才不得不收了摊子。光头汉子站起来,一边捶打着背,一边说:"这儿安是安逸,就是桌子矮了点,明天我搬张麻将桌来……"

宽脸颊女人和大裤衩男人一听这话就叫起来:"好,好,有了麻将桌,就是老母鸡生蛋——呱呱叫!"

王明玉想了一会儿,想答应又不敢答应,半天才看着光头汉子、宽脸颊女人和大裤衩男人问:"要是老板知道了,怎么办?"

光头汉子说:"你老板又不是千里眼、顺风耳,怕个屁!"

宽脸颊女人和大裤衩男人也说:"就是!反正那屋子也摆得有桌子,我们只不过是把小桌子换成大桌子,担啥子心?"

第二天,王明玉刚把书店门打开,光头汉子就顶着一张麻将桌来了。于是从这天起,书店变成了赌场。先还只有王明玉、光头汉子、宽脸颊女人和大裤衩男人四个人赌,后来一些赌友知道了信息,也将在别处的麻将桌搬了过来。再后来,一些闲汉和看客也如蝇逐臭般掺和了进来。于是原先十分清静的书店,这时一片乌烟瘴气,麻将的哗哗声和看客的大呼小叫声响成一片。先前媛媛在店里时,尽管买书的人少,可总有一些学生在放学和假日里,进店里来看一看,或坐在茶吧里翻一会儿书。现在可好,那些想进来看看书的人一推开书店的玻璃门,一看店里这副模样,生怕沾染上什么似的掉头便离开了。

一天,一屋子人赌得正欢,忽然石一川走了进来。原来石一川从这儿路过,突然想起了自己向老同学推荐王明玉的事。他不知王明玉工作得怎么样,旧毛病改了没有,便想进书店看看。等他一推开门,便被眼前的景象惊住了,不由得红了眼,对屋子里大喝了一声:"你们在干什么,啊?"

一屋子的人见是一名警察,横眉竖目,威风凛凛,顿时吓住了。倒是王明玉回过了神,急忙满脸带笑地对石一川说:"哦,原来是大兄弟!他们刚来……"

石一川一张脸黑得像传说中的雷公菩萨,怒不可遏地打断了王明玉的话:"才来,这样子像才来吗?你这样做,让我还有什么脸见你的老板……"

王明玉也不等石一川说完,马上道:"我改,我改,坚决改!"说完,回头对一屋子赌友和看客一边挥手,一边大声道:"快走,快走,叫你们不要来,你们偏要来,下次哪个再来,老娘就不客气了!"一面说,一面给那些人递着眼色。

石一川知道王明玉是在演戏,紧抿着嘴唇没吭声。等一屋赌友和看客走完后,石一川才紧盯着王明玉说:"你这样做太让人失望了!我是看在你丈夫的面子上,才向老同学推荐的你。我在范戈面前,等于是担了保!我警告你,下次再看见你招人聚赌,我立马告诉范戈炒了你的鱿鱼!"

王明玉急忙又赔笑说："大兄弟千万别告诉范老板，我改，坚决改！"

石一川没有回答王明玉的话，转过身气冲冲地走了！

石一川前脚走，刚才离开的那些人马上又回到书店里。他们并没有走远，只是躲到书店外面观察里面的动静，现在见石一川走了，王明玉也安然无恙、毫发未损，一个个便又悄悄溜了回来。石一川虽没对王明玉怎么样，但王明玉心里到底还是有些害怕了，见众人又溜了回来，便道："不打了，真的不打了！"

对于这些正在兴头上的赌客来说，又怎么能轻易罢手？大裤衩男人知道王明玉担心什么，便道："把门锁上，看哪个还能进来？"

众赌徒觉得这确实是好主意，于是也一齐喊道："就是，锁上，锁上！"一边叫喊，一边早有人过去将放在柜台上的那根链子锁给锁在了玻璃门两边的拉手上。

赌徒们现在可以高枕无忧了。

可是，令赌徒们没想到的是，就在他们重回赌桌继续"开战"的时候，王明玉丈夫驾驶的出租汽车刚来到光明街口，一个光头汉子对他招了招手。王明玉丈夫以为是打车的乘客，把车子靠街边停了下来，伸出头对汉子问："到哪儿？"

光头汉子不慌不忙走到驾驶室旁边，将手搭在车窗门上，才看着王明玉丈夫问："你是王明玉的丈夫吧？"

王明玉丈夫愣了一下，不明白地问："干什么？"

光头汉子乜斜着王明玉丈夫说："她欠了我的钱，叫我来向你要，我可守你好几天了！"说罢，从口袋里掏出一张欠条递到王明玉丈夫面前。

王明玉丈夫朝纸条瞥了一眼，见上面写着：今欠到杜方成人民币15000元（大写：壹万伍千元），下面落着王明玉的名字。王明玉丈夫还没看完，只觉得头脑轰的一声，像是要爆炸了。半天才回过神喃喃地问道："又是欠的赌债吧？"

光头汉子道："你不管是欠的什么钱，反正是欠我的钱，她说她没钱，你是她丈夫，你不替她还，谁替她还……"

王明玉丈夫一听火了，大声喝了一声："谁欠你的你去向谁要！"说罢，松开刹车，想把车开走。

光头汉子手疾眼快，还没等王明玉丈夫把车发动起来，便闪到车头前面，堵住车子，并恶狠狠地对王明玉丈夫叫道："想走，没那么容易！欠债还钱，杀人偿命，看你到哪儿去说！"

王明玉的丈夫气得不行。他铁青着脸，眼睛冒火，牙齿像老鼠磨牙般咬得咯吱咯吱响，胸脯一起一伏。此时，对老婆所有的新仇旧恨，都一齐涌了上来。他这才知道，自己千方百计为她找的书店营生，不但没有捆住这个婆娘的手脚，反而更方便了她赌博。这才短短二十多天，她就又给他欠下了一万多块钱。这样下去，苦日子何时才是头呀？他怎么就这样倒霉，摊上这样一个败家的婆娘……他越想越恨，越恨越怒，到最后实在无法忍受心中的怒火，突然打开车门冲回家里拎出一把明晃晃的菜刀，直奔灯塔书店去了……

第四章 风 波

一

范戈是接到福镇派出所的电话，才知道灯塔书店出了血案。派出所一个叫陈刚的警员要他立即回福镇接受有关处理。因为他是书店的法人，现在出现聚众赌博并引发血案，他有不可推诿的责任。范戈听后，整个身子都像被泡进冰窟窿一般，上下凉透了。长这么大，他都没和警察打过交道，并且也不知道案情有多严重，派出所会给他什么样的处理，所以更紧张起来。但不管怎么说，他都必须马上赶回小镇。

回到福镇，范戈第一时间就是去看他的书店。将车开到书店门口，发现书店的玻璃推拉门已经被砸烂，地下全是碎玻璃碴子，那把链子锁还挂在门把手上。大约是为了保护现场，或者是害怕有人进去偷窃图书，警察用几张麻将桌子堵住砸坏的玻璃门并贴上了封条。范戈看了一阵，也不敢贸然推开桌子进去，把车开到大世界酒楼的地下停车场停下，便去了镇政府大院内的小镇派出所。

那个负责此案的陈刚警察接待了他。

陈警官先给范戈倒了一杯水，从抽屉里取出一本卷宗，手指在卷宗表面掸了掸，然后才把整个案情给范戈讲了一遍。原来，王明玉的丈夫被心里的怒火冲昏了头脑，从家里拿出一把明晃晃的菜刀朝灯塔书店赶去，他下决心非要砍断王明玉的一根手指，看她今后还敢不敢赌了。赶到书店见玻璃门锁着，从屋里传出了麻将牌的碰撞和赌徒说话的声音。王明玉丈夫见老婆大白天竟然关着门在屋子里赌，更加怒不可遏，气冲牛斗，便一边用刀拍着玻璃门一边冲屋子里大叫："王明玉，你个臭婆娘给老子出来……"

屋子里的人先没听见喊声，后来宽脸颊女人听见了，告诉了王明玉："王明玉，外面像是有人在叫你！"

王明玉以为是有人买书，便对众人说了一声："你们先打着，我去看看！"

王明玉只朝玻璃门外看了一眼，脸唰的一下变白了，腿也开始打起颤来，忙跑回麻将室磕碰着牙齿对赌友说："不好了，我男人拿着刀要来杀人了……"

赌友们全惊住了，将面前的牌往桌子中间一推，都朝大门口涌来。见王明玉丈夫果然一边挥舞着手里的刀，一边红着眼朝屋里大叫。赌友们慌了，互相瞪着眼不知该怎么办。王明玉双腿哆嗦着想去开门，被宽脸颊女人拉住。众人也说："开不得，开不得，你男人像疯了，进来一刀把你宰了怎么办？"

王明玉不敢再去开门。王明玉丈夫见他们不开门，也顾不得什么，真的像疯了一般举起刀背就砸起玻璃来。玻璃虽然是钢化的，可王明玉丈夫知道怎么砸碎它，只几下便将玻璃砸碎冲了进来。王明玉和众赌徒转身便往书店里面跑。情急之中，有人撞倒了书架，满架的图书掉下来，差点将王明玉丈夫压住了。王明玉丈夫更加生气，爬起来见王明玉穿着高跟鞋，一瘸一瘸地正往门口跑。此时他已完全失去了理智，像扔手榴弹一般，将手里的刀往前面一扔，那刀便朝王明玉飞了过去……

范戈听到这里，吓得魂飞魄散，急忙打断陈警官的话问："王明玉怎么样了？"

陈警官见范戈着急的样子，笑了笑说："没多大问题，你放心！"说完又接着说："那刀飞出去，落到了王明玉的屁股上，砍出了一条十多厘米长、五六厘米深的口子，却没伤到要害。要不是王明玉丈夫扔刀时，胳膊被书架挡了一下，那刀落到王明玉后脑勺上，王明玉早没命了！我们接到报案赶过去时，赌徒们都跑光了，就剩王明玉躺在地上，屁股墩上插了一把刀，血流了一地。她男人傻了一般坐在她旁边。我们马上把王明玉送到了医院。"

范戈又担心地问："他们现在怎么样了？"

陈警官说："王明玉屁股上缝了十几针，止住血后抬回家将养去了。她丈夫看见王明玉流了那么多血，当时吓着了。看见我们过去，直对我们认错，后悔不已。鉴于后果不是很严重，又是两口子间的事，王明玉在医院缝了伤口后，也向我们求情不要追究她丈夫的责任，因为都是由她的错引起的。我们把她丈夫叫来批评一顿，也放他回去了！"

范戈听到这里心里松了一口气，便定定地看着陈警官，等待他继续说下去。

陈警官知道范戈在等待什么，便道："案件发生后，我们确有追究你一定责任的想法。后来我们通过了解，虽然你是书店的法人，可事情确实与你无关，加上镇上也有规定，要保护回乡创业人士的积极性，通过研究，追责的事就免了！"说到这里，突然加重语气，看着范戈正色说道："不过我们可要严肃告诫你，你回乡办书店是好事，可也一定要选对人！王明玉即使养好伤，也不宜再做书店的店员了。因为书店是精神文明之地，她有前科，以后再犯怎么办……"

范戈急忙点头说："不会再聘她了，请陈警官放心！"

范戈说的是真话，吃一堑，长一智，这样的人他怎么还敢留到书店里？

陈警官便从抽屉里拿出两把钥匙，对范戈说："案件算是了结了，这是王明玉交给我们的书店玻璃门的钥匙！"

范戈接了钥匙，谢过陈警官，从小镇派出所走了出来。经过镇政府院子，院子里有几棵又高又直的银杏树，满树的叶片在翠绿中又呈现出一种浅灰的颜色，在地面投下一片浓荫。范戈刚走到树荫下，忽然看见代光信提着一只包，从大门外走了进来。范戈急忙站住了。代光信也看见了他，几步走到他身边，大声问："你什么时候回来的？"

范戈一边向老同学伸出手，一边说："刚到！"两人握了手，范戈才问道："提这么大个包，干什么去了呀？"

代光信说："我们还能干什么？瞎忙呗！"说完又说："刚从县上开会回来，才下车！"说着，拉了范戈的手，道："怎么，走到我办公室门口了，不进去喝口茶，发了财脚也变得金贵起来了是不是？"

范戈想起书店的事，正想找人说说，便道："书店开起后，我回来了几次，每次都想来看你，又怕打扰你公务！我高攀都来不及，还说我脚金贵？"

说着，和代光信一起上了楼。

范戈进到代光信办公室一看，大约十个平方米的样子，里面除了一张电脑桌、一把椅子，靠墙一只三人座的韩式黑色沙发和一只饮水机以外，便是胡乱堆着的一捆捆报纸和各种印着红字的学习资料，有出版社正式出版的书籍，也有各种内部编印的绿皮或白皮书。代光信要去烧水给范戈泡茶，范戈拦住了，说："刚才在陈警官那儿，水已经喝够了，就不麻烦了！"

代光信就从桌子底下的一只纸箱里，拿出一瓶矿泉水递给范戈，范戈接过放到桌子上，才十分好奇地问代光信："这么多学习资料和报纸，怎么不发下去？"

代光信没回答范戈的话，却问："书店的事解决好没有？"

范戈听代光信这么问，吃了一惊，说："你也知道了？"

代光信说："就这么大一块地方，怎么会不知道？听街上人纷纷议论，说开起不久的书店里面杀人了，我的心一下都凉了！后来听派出所的警察回来说了经过，心才放下来！"说完停了一会儿才接着说："幸好只是男人把那婆娘屁股砍了一刀，要真出了人命，你先生真还猫抓糍粑——脱不了爪爪！"

范戈半天才说："我也没想到会出这样的事！"说完又看着代光信问："老同学你说说，我当初是不是真不该开这个书店？"

代光信说："这事怎么说呢？这是你自己的选择。再说，世上也没有后悔药卖！"

范戈道："经过这件事，我真有点儿后悔了。不过既然已经这样了，也只有硬着头皮继续往前走下去！"说完突然想起似的问代光信："哎，老同学，上次开座谈会时，那个表态要投资五十亿元来将小城打造成国际服饰城的矿业老板黄总，还有那个建设寨梁子古战场旅游项目和白塔湿地公园项目的曹总，以及吴总、汪总说的项目，他们都回来投资没有？"

代光信扑哧一笑，然后瘪着嘴说："你信那些吹牛的话，猫儿狗儿都要被骗来杀了吃！不过那个姓曹的倒真投了一千多万打造白塔湿地公园。但名义上是建公园，实际上是傍着河边修几幢高档商品房。现在那个项目，可是镇上重点保护和扶持的对象呢！"

听了这话，范戈有些不明白地问代光信："怎么还要重点保护和扶持呢？"

代光信说："镇上的重点招商项目嘛，不重点保护和支持怎么行？"

范戈还是有些不理解："可明明是挂羊头、卖狗肉，不是修房子卖吗？"

代光信说："修房子卖不是能给镇上带来税收和利润吗？告诉你，凡是能给镇上带来利润的企业，都是书记、镇长亲自在联系和重点保护！"

范戈便不出声了。坐了一会儿，他急着回去打扫和清理书店，便起身向老同学告辞了。

回到书店，范戈搬开挡在玻璃门前面的麻将桌，打开挂在门把手上面的链子锁，踩着满地的玻璃碴走了进去。一看，遍地是书，满屋狼藉，一排书架斜压在另一排书架上，犹如遭到浩劫一般。范戈眉头不由得皱成了一团。看见那些躺在地下的书，他心里像是有人在用鞭子抽着一样。他小心翼翼地走过去，一本一本拾起那些书，拍干净上面的灰尘，摞码在一边。他先清理出能够落脚的地方，想把斜压在另一排书架上的书架扶正，然后再把地下的书重新摆放上去。可书架太沉，他试了几次都败下阵来。正在这时，一个汉子急匆匆地走了进来，双手抱拳，滑稽地朝他打了一躬，然后说道："范老板，对不起，我来给你赔不是了！"

范戈见汉子五十岁左右，矮胖身材，一只蒜头鼻，两片厚嘴唇。范戈一惊，好像在哪儿见过，却一时记不起了，便问："你跟我赔什么礼？"

汉子又朝范戈抱了抱拳说："你好心好意让我婆娘在你店里工作，可我婆娘不争气，我一时气头上把你玻璃门也砸烂了，把你书店也弄得不像样子……"

范戈惊愕不已，忙道："你是王明玉的老公？"

汉子道："范老板忘了？书店开业那天，我还来问你们有没有戒赌瘾的书卖……"

范戈记起来了，叫道："原来是你！你姓张是不是？"

汉子也忙道："正是，张学安！"说完又对范戈打了一躬，说："陈警官打电话告诉我，说你回来了，我就立即赶过来给你赔个不是。千错万错，都是我们两口子的错，希望范老板大人不记小人过，啊！"

范戈听汉子如此说，竟一时感动了，于是就对张学安说："事情都过去了，你就不要再提这事！谁都会犯错误，只要改了就好。回去告诉你老婆，好好养伤，以后汲取教训，不要再赌了！"说完，又弯腰去扶书架。

张学安急忙拉住范戈，道："停下，停下，这书架是塑压板的，重得很，你一个人怎么扶得起来？明天我找人来，给你把书店整理好，打扫干净！"说完又从衣袋里掏出一沓钱来，递到范戈面前说："这是赔你玻璃门的钱。我问了，这玻璃门得重新换，你看够不够，不够就告诉我……"

范戈没想到张学安会这样实诚、厚道，心里更感动了，急忙把他的手挡开，说："算了，张大哥，我也不要你赔我的玻璃了。把钱拿回去给你老婆买点儿营养品补补，祝她早日养好伤！"

张学安再次把钱举到范戈面前，坚持说："这是两码事，损坏别人东西，该赔就一定得赔！"

范戈愈发敬重起这个汉子来，又把钱给挡回去。张学安见范戈不收，便道："那这样，今天你别去做，明天我找做玻璃门和整理书店的一起来，该多少钱我一定照付！"说完，这才走了。

第二天，张学安果然找来两个汉子，加上他三个人，先把书架扶正，在范戈指导下，重新将书陈列到架上。然后找来小城专门安装玻璃门的鸿发门窗公司，量了玻璃推拉门的尺寸，重新制作和安装了新的玻璃门。张学安说得对，那玻璃门确实很贵，每平方米好几百元。范戈要付钱，张学安坚决不让，说谁损坏的谁赔，天经地义，不然还怎么在世上做人？张学安走后，范戈陷入了沉思，他想张学安虽然是社会底层人，但实诚、正直和淳朴，确实是小镇人的性格。他想看在张学安的忠厚和实诚上，把王明玉留下来，可又担心她赌博的习性不改，又会给自己添麻烦。想了很久，还是决定放弃。可他又非常明白，再想在福镇找一个理想的人经营"灯塔书店"，可能非常困难。想了一会儿，他给公司小李打电话，口述了几条要求，让她拟一个招聘书店店员的广告，到一些人才招聘中介去登记然后发布出去。交代完毕后，又想起通过人才公司招聘，时间会拖得很久，眼下怎么办？突然一个主意涌上心头：朋友圈的朋友这么多，为什么不可以把招聘信息发到朋友圈里，让朋友帮忙物色呢？他为自己的发现高兴起来，急忙拟了一个招聘启事，发到朋友圈里。

二

新店员没物色到，范戈不但没办法离开小镇，还必须自己当起书店的"看家婆"来。书店恢复营业后的第三天下午，一位风姿绰约的少妇牵着一个小姑娘，推开书店的新玻璃门走了进来。少妇穿着一件印有红色兰花的淡蓝色吊带背心，露着两只雪白柔嫩的胳膊，下面是一条深色紧身短裙，露出两条细长的小腿。白皙光洁的脖子上挂了一串红色玛瑙，嘴角含笑，一副楚楚动人的样子。小姑娘一头乌黑发亮的头发用绸带系成两只羊角辫，穿着一条粉红色乔其纱连衣短裙，皮肤和她母亲一样，白里透着红。唯一和她母亲不同的是嘴里含着一支塑料吸管，眼睛一边骨碌碌地打量书架上的图书，一边吸着一瓶酸奶饮料。范戈见了，忙起身迎过去，对她们鞠躬道："欢迎光临，大姐买书吗？"

女人对范戈微微一笑，显出了几分不好意思的样子，道："有孩子读的书吗？"

范戈问："几岁了？"

女人将孩子往前拉了拉，回答说："六岁，明年上小学！"

范戈又问："会拼音吗？"

女人又笑吟吟地回答："他们幼儿园中班就开始教拼音。"

范戈就把母女俩带到少儿读物区去。少儿读物和一些时尚杂志都陈列和摆放在畅销区内——时尚杂志挂在墙壁上，下面是两层低矮的柜台，小朋友的读物就在柜台上面。小姑娘一走到柜台前面，突然挣脱妈妈的手，又从嘴里取出塑料吸管，和酸奶饮料瓶一并塞到女人手里。接着扑过去，眼睛一边瞅着那些花花绿绿的书籍，一边像和人争抢似的，打开一本书翻一翻，马上塞到妈妈手里，说："这本要！"说完又拿起一本，又说："这本也要！"没一会儿，年轻女人怀里就抱了一大摞书。范戈从年轻女人手里接过小女孩的酸奶饮料瓶和塑料吸管，然后微笑着对女人说："真是一个喜欢读书的孩子！"

女人十分骄傲地说:"她可以背几十首唐诗了!"

范戈摸了摸小女孩的头,然后蹲下去对她说:"小朋友,叔叔给你选几本书,行不行?"说完,拿起一本日本绘本大师的《奇妙国》,继续对小女孩说:"这本书可有意思了!你知道上楼梯是不是?上楼梯不是往上一层房间去吗?可在这本书里呀,上了几层楼梯去到的地方却和之前在同一个平面上!从一个架在高处的水龙头里流出来的水,流经一个村庄以后却还能从高处流回水龙头里,你说有没有趣……"

小姑娘没等范戈说完,眼睛便瞪得圆圆的,一把将书抢过去,又塞到妈妈的怀里,说:"有趣,我要!"

范戈笑了一笑,转身对少妇说:"中国很多父母在孩子很小的时候就要求背唐诗,认为唐诗背得越多长大就越聪明,其实不是这样的!"说着,又从少妇手里拿过那本《奇妙国》,拍了拍封面接着对她说:"这本书的作者安野光雅,可是一个不得了的人物!他只是一个师范专科学校的毕业生,当过美术老师,后来从事绘本创作、童书设计工作,成为国际童书界'安徒生奖'得主,享誉世界。这本书通过对二维与三维空间的交错安排和巧妙的视角转换,呈现出现实中不可能存在,却又诡异地合乎逻辑的幻想世界。"

说完又取出另外两本书,继续对女人说:"这两本也是那个作家的书,一本《颠倒国》,一本《森林》,和刚才那本书是一套。这本《颠倒国》通过有趣而充满想象力的故事,让小朋友形象地了解'相对'这一抽象的哲学概念。这本《森林》,让小朋友在静谧与动感完美契合的森林里寻找有多少动物隐藏在树叶和草地上!作者就是通过这些有趣和充满想象力的故事,以及极富巧思的手法,来启发孩子的智力并让孩子自然而然地理解并接受……"

女人静静地听着,目光里流露出一种钦佩、感激和崇拜的光芒。范戈说完后,她拉过小女孩说:"你看叔叔懂得真多,你长大也要向叔叔学习。谢谢叔叔给你选书!"

小女孩果然十分懂事和礼貌地对范戈说了一声:"谢谢叔叔!"

范戈突然感到脸颊有些发热。原来,刚才那番话是他学来的,他不久前到春之光书店,看见金珏把这套书和安野光雅另两套书《走进奇妙的数学世界》《旅之绘本》往童书专区最显要的位置摆,一时好奇,向金珏请教,金珏便告诉了他这套书的作者、内容和影响。他听后,便也进了两套回来。刚才他只不过是鹦鹉学舌罢了。想到这里,范戈既为自己对书知之不多感到惭愧,同时心里也对金珏产生出一种莫名其妙的思念来。

他又帮小姑娘选了两套书,一套是《陪孩子一起听故事学诗词》,一套是漫画版的《笑背古诗》。母女俩去吧台结了账后,年轻女人提着一大袋书,却没忙着走。她仍微笑着看着范戈,突然说：“孩子她爸让我来代他向你赔个不是……”

范戈有些糊涂起来，忙打断她的话问：“你丈夫是……”

女人不慌不忙地说：“孩子爸说，他不该介绍王明玉到你书店来……”

范戈突然大叫起来：“你是石一川的爱人？”

女人脸上泛上了一层淡淡的红晕，点了点头。

范戈差点儿跳了起来。他伸出手，似乎想去拥抱女人，可很快又把手缩了回去，只叫道：“原来是嫂子，失礼失礼，你怎么不早说？”

女人说：“你就叫我陈菊吧……”

范戈十分意外，只顾道：“真没想到！我和石一川从高中毕业后，很少见面。我知道他已经结婚，还知道有了孩子，却没想到今天在这儿见到嫂子！”说完又抱起小姑娘问：“叫什么名字？”

小姑娘还没答，陈菊道：“石雅莉！”说完又对小姑娘说："给叔叔亲一个！"

雅莉果然噘起小嘴，在范戈脸上亲了一口。

范戈拍了拍小姑娘，半天都舍不得把她放下来，说："多可爱的孩子！"

陈菊继续刚才的话说：“我家那口子说，他知道王明玉爱赌博，可禁不住张学安求他，便把她推荐给了你。他以为她到了书店，有事情把她套住了，就没有机会赌博，没想到她还是积习难改……"

范戈听陈菊这么说，把小姑娘放了下来，这才回答道："回去告诉一川，以后不要再提这事。其实那两口子还是很好的！"说完便把张学安带人来清理书店和赔偿玻璃推拉门的事，对陈菊说了一遍。

陈菊听完，仍带着负疚的口气说："不管怎么说，还是给书店造成了一些损失和不良影响。我叫他来给你赔个不是，可他说没脸见老同学，让我代他来。说孩子反正喜欢书，就叫我多买一些，别的帮不到你，以后凡是孩子要看什么书，我们都到你书店买！"

范戈心里感动起来，忙说："谢嫂子了，以后有了适合孩子读的好书，我一定给你们推荐！"

说完，陈菊才一手提着书，一手拉着女儿，朝门外走去。范戈把母女俩送到街上，分别时，范戈又亲了亲雅莉。陈菊见了，便对范戈说："她叔，什么时候到家里来，让嫂子做几个菜，你和她爸好好摆摆龙门阵！"

范戈急忙朝陈菊打躬，说："多谢嫂子，我一定从命，一定！"说罢，便看着陈菊拉着小姑娘袅袅婷婷地走了。直到母女俩走远了，范戈还愣在原地。不知怎的，当范戈的目光从陈菊那窈窕的身子和两条赤裸的胳膊上掠过时，心里突然有些悸动起来。也难怪，同学的孩子都这么大了，自己还打着光棍，于是范戈觉得自己生活中确实缺少了点儿什么！

这么想着的时候，范戈又不由自主地朝陈菊的背影望了一眼。可就是这一望，使范戈突然惊住了：前方街道上，一个穿白色短袖衫、墨绿色裙子的年轻姑娘，一手打着淡蓝色遮阳伞，一手拖着一只大大的旅行箱，朝着万紫千红大世界方向走了过来。到达陈菊身边时，站下来向陈菊问了句什么，陈菊回身朝自己方向指点了一下。他又见那姑娘对陈菊点了点头，重新拖着那只沉重的旅行箱款款地朝自己走来了。

一见那熟悉的身影，范戈惊得差点儿叫了起来。他有些不敢相信自己的眼睛，愣了片刻之后，便朝前面跑了过去。

三

范戈没有看错，来人确是金珏！等他走近了，看见金珏还戴了一副太阳镜，不过此时被她推到了头顶上。原先光洁的额头上，冒着一层晶莹的汗珠，衬衫也被汗水濡湿，紧紧贴在后背上。金珏自然也看见了范戈。在两人相遇的那一刹那，都似乎不肯相信的样子，张着嘴傻傻地望着对方，像舞台上忘了词。还是范戈先开口，却问得很傻："你怎么来了？"

金珏没回答范戈的话，只像在春之光书店一样，甜甜一笑，然后反问道:"灯塔书店在哪儿?"

范戈急忙回身往前面一指:"就在那儿!"说完才像是突然想起似的,急忙接过金珏手里的行李箱,"走吧,到书店我们再慢慢说!"

两人肩并肩地到了书店,金珏收了遮阳伞,从头顶上取下太阳镜,又从柜台上的纸巾盒里抽出几张纸巾擦了额头上的汗,将书店打量了一遍,突然高兴地说了一句:"终于回家了……"

范戈有些糊涂地看着她问:"回家……"

金珏笑了起来,说:"你可别乱想!我一看见书就觉得亲切,怎么,书店难道不可以称为我的家吗?"

范戈听这话有些道理,便也笑着对金珏道:"当然可以,欢迎你回家!渴了吧?我去给你倒水!"说着,拿过一只一次性纸杯去饮水机上接水。

金珏果真像回到自己家里一样,急忙夺过范戈手里的杯子,笑嘻嘻地说:"怎么敢劳烦老板动手?"

范戈说:"老板,这儿谁是你的老板?"

金珏瞥了他一眼,说:"你呀,灯塔书店的老板,难道不是吗?"一边说,一边去饮水机上接了一杯水来。

范戈等金珏喝了水,这才正儿八经地对金珏问:"刚才我问你的问题,你还没回答我呢!现在对我说说吧,怎么突然来了?"说完,两眼便亲切地看着她。

金珏两条细长的柳叶眉像蝴蝶扇翅似的跳了两下，接着从一对漆黑的眼珠里飞出两道调皮和快乐的光芒，看着范戈说："我来应聘呀！"

范戈愣住了。

金珏立即打开手机，翻出范戈发到朋友圈的招聘信息，递到他面前问道："这难道不是你发的信息？"

范戈急忙说："是我发的信息，不过……"

金珏没等他说下去，问："怎么，难道我不够条件？"

范戈的脸红了一下，马上说："你当然够条件！不瞒你说，我就是比着你的条件拟的招聘广告……"

金珏突然像小姑娘似的站在范戈面前说："这么说来，老板同意聘用我了哟？"

范戈认真地说："从灯塔书店开业，我就想找一个像你这样懂书、爱书并热爱书店的人，怎么会不愿意聘用你？不过，你可得告诉我，为什么不在春之光书店干了？"

金珏见范戈寻根究底的样子，又忍不住笑了，说："有句古话叫作'良禽择木而栖'，你难道忘了？"

范戈还是有些不明白，说："难道春之光书店是一家假冒伪劣书店？你不是说过，那个老板也是一个有情怀的人吗？"

金珏又扑哧笑出了声，看着范戈说："你愿不愿意听我给你讲一个傻瓜的故事？我原来以为你很聪明，没想到你也有些傻！

春之光书店当然不是一家假冒伪劣书店,不过我觉得,春之光书店的老板和你比起来,可能还是你更有利于实现我的理想……"

范戈感到更加吃惊和不能理解:"为什么?"

金珏像有些急了,说:"哎,你呀,怎么才能让我跟你说明白?"她想了想,突然道:"这么说吧,我和春之光书店的老板吵架了……"

范戈吃惊地看着金珏问:"为什么吵架?"

金珏又看了看范戈,然后平静地说:"这有什么奇怪的?前两天,他要把咖啡厅的椅子撤了!我问为什么?他说现在生意难做!一些人到书店来看书,一坐就是半天,我们不但要贴上茶水,而且那些人看完书就不会再买了!我说,过去你不是非常欢迎读者到书店来看书吗?他说,过去是过去,这半年多时间,书店的利润一直下滑,已经入不敷出!要么,书店不再供应免费茶水,要么,要在书店看书的,必须消费一杯咖啡,每杯30元……我以为听错了,就说,读者有这30元,差不多可以买一本书了。他说他要的就是这效果,就是要让来书店的人要么消费30元咖啡,要么把书买走!我后来实在忍不住了,对他说:'老板,你变化太大了!过去你说书店是传授知识,撒播文明的地方,要像春天一样给人温暖,可现在不让读者在书店看书,是不是有点……'老板有点儿不高兴了,打断我的话说,过去他是那么说过,也是那么做的,可现在情况变了。他是商人,在商言商,总之一句话,他得赚到钱,才能让自己生存下去!说完那些话便对我下命令让我先把椅子撤除一半,剩下的看看再说!我当然无法反对,第二天把咖啡厅的椅子撤走了一半。他像是不放心,还亲自到书店来看我是否执行了他的决定。正好那天又是周末,来看书的人很多,一些读者一看大厅里自己平时坐的椅子没有了,也没有免费茶水了,要在这里看书必须买一杯咖啡,便问这是怎么回事,我也不好把老板的话告诉他们,只说抱歉抱歉,这是书店的规定,那些人一听便气鼓鼓地离开了。剩下几个人,听说没茶水,也不计较,但也没买咖啡,仍在椅子上捧起书本看。老板示意我去把他们赶走。我只能照办。我去对他们说要么买杯咖啡,要么把书买走,这里不再提供免费阅读!那些人看着我,目光里充满了惋惜和鄙视。那都是经常来书店买书和看书的老顾客呀!看着他们的目光,我心里非常难过,觉得自己做了一件很不光彩的事。等他们走了以后,我就对老板说:'老板,我不干了,你另请高明吧!'就这样我炒了老板的鱿鱼。"

金珏讲完,目光定定地看着范戈,仿佛在观察他是不是相信了她的话。其实金珏只讲了她离开春之光书店一半的原因,另一半原因她没讲,那就是在此前,她从朋友圈里看到范戈招聘书店店员的广告。当天晚上,她破天荒地失眠了。冥冥之中,她觉得有一双看不见的大手在推着她做出一个新的决定。正好第二天老板就来安排她撤走咖啡厅椅子,给了她一个离开春之光书店的理由。其实，老板当时再三挽留她，答应把撤除的椅子给重新搬回来。见金珏没点头，又答应给她加薪水，都被她断然拒绝。

范戈听完金珏的话，又惊又喜，半天闭不拢嘴，过了一会儿才喃喃地说："原来是这样，真没想到……"

金珏见范戈相信了她的话，又道："我过去以为他是一个真正的文化人，可如此算计的人，至多只能算一个努力往文化上靠的商人！你说跟着这样的人干，以后会有多大出息？"说着，目光落在后面的茶吧上，又问范戈："你今后不会把后面屋子里的桌子和椅子也撤了吧？"

范戈看着她反问了一句："不管怎么说，省城的条件比这里好，你今后不会后悔？"

金珏也微笑着看着范戈反问："你明知办书店不赚钱，还要坚持办，知其不可为而为之，你后悔不？"

范戈说："我既然选择了，后悔什么？"

金珏也坚定地说："我的选择也是自己做出的，你说我会后悔吗？"

范戈激动地站起来，伸出手，像要拥抱金珏，金珏闭上眼，也像在等待。可范戈很快又把手放了下去，不断搓着手掌，嘴里说："谢谢你，谢谢小老乡……"

金珏没等到什么，又把眼睁开，见范戈红着脸有些手足无措地站在自己面前，便说："你还没说聘不聘我呢。"

范戈回过了神，想告诉她就在刚才陈菊母女买书的时候，他在心里还想着她呢！他还想告诉她，当他在街上认出是她的时候，他的心立即像打鼓一般狂跳了起来。他还想让她摸摸自己身上，这时全身还像被火烤着一般发烫！可是这些他都没说出口。半天，才突然说出一句："从今天开始，我把书店交给你了！"

四

吃晚饭的时候，金珏对范戈说："书店得改造一下……"

范戈停下筷子，看着金珏"哦"了一声，等待她继续说下去。

金珏便说："整个书店的书架都是清一色的双面钢架，感觉太单一了，我得稍做改变。还有，书店功能分区是不错的，但工具书、参考书、文学和社会科学方面的书籍占的空间太大。你可能是比照春之光书店来安排空间的，可你忘了，小城买这些书的读者，肯定不能和省城相比！我想在靠墙壁那里，隔出十到二十平方米的空间来，用六七个平方米做间小卧室，晚上我就住在书店里，既可以守店，也省下了租房的钱。剩下的空间，把现在的儿童读物柜台独立出来，设立一个少儿读物专卖区，扩大少儿读物的品种，除了书籍以外，还可以卖一些玩具、文具、书包等！"说完又看着范戈说："现在家长都望子成龙，我们为什么不可以为孩子们提供更多优质服务，赚他们的钱呢……"

范戈立即心悦诚服地说："你说得太对了！你刚才在大街上碰到的那个少妇和小女孩，就是到店里来买了书往回走呢。"说完停了一下又说："还有，我不会让你住在书店里的！"

金珏以为范戈不同意在书店靠墙角的地方隔出一间小房间来，便又说："即使我不住在书店里，隔出一间小屋子做办公室也可以！没来得及上架的书，也可以堆放在里面，这样书店就不会像现在这样凌乱了。"说完又说："其实我愿意住在书店里呢！我是店员嘛……"

范戈急忙插话说："隔一间小屋子来做个小办公室可以，可你不能住在里面！"

金珏做出一副投降的样子："好，好，我不住在里面！另外，那间茶室得重新粉刷和布置……"

范戈没等她说完，便道："该怎么粉刷和布置，我都听你的！你快吃饭，中午只在县城吃了一碗馄饨，肯定饿坏了！"

金珏真饿了，却说："不饿，真的不饿……"

范戈叫了起来："都五六个小时了，难道那馄饨是铁疙瘩？什么都不说了，快吃快吃！"说完又埋怨地说："你也是，来时也不打个电话……"

金珏想对范戈说："想给你一个惊喜呢！"话到嘴边，却变成了："我怕先给你打了电话，你把我拒之门外呢！"说完，对范戈做出了一副调皮的神色。

吃过晚饭,天完全黑了下来。他们又回到书店,范戈忽然取出两把钥匙交给金珏,说:"这是我楼上房间的钥匙,你就住在那里!"

金珏露出了惊讶的神情:"你在小镇还有房子?"

范戈说:"我可是地道的小镇人呢!我爸爸过去的书店,就开在对面万紫千红大世界那儿。这套房子,就是我爸爸书店被开发商拆迁后,给的还建房!我爸爸妈妈过世后,房子一直空着,这次正好利用起来。媛媛过去就是住在那屋子里的!"说到这儿,忽然想起似的又补了一句:"要不然,我怎么会把书店选在这儿呢!"

金珏"哦"了一声,笑着道:"原来是这样,那我可捡便宜了……"

范戈忙问:"拣什么便宜?"

金珏道:"省了租房的钱,难道不算便宜?"

范戈听了这话也笑了起来,说:"我招店员,包吃包住啊!"说完觉得这话有些不妥,又补了一句:"可不是针对你一个人,过去媛媛也是这样的啊!"一边说,一边拖起金珏的箱子,出门往前边走了约50米,拐进一条巷子,又往前走了30米左右,进入一个小区,乘电梯上了十一楼。范戈从金珏手里拿过钥匙,开了一道防盗门。金珏进去一看,这是一套两居室的小户型,一间屋子堆着书,另一间屋子是卧室。金珏把整个屋子看了一遍,突然对范戈问:"我住了你的屋子,你睡哪儿?"

范戈把手里的钥匙重新交给金珏,说:"你放心,我自有地方!"说完指了客厅里一张折叠小床说:"大前天回来,书店的大门没有修复,我怕有拾破烂的进去把书给搬出来当废纸卖了,便买了这张小床,支在书店里睡了一晚上,没想到又派上用场了……"

金珏没听完,忙说:"那你在家里睡,我去书店睡……"

范戈说:"胡说!你走了一天,洗洗睡吧,明天可就要正式上班了,啊!"说完,不等金珏再说什么,提起小床,一边朝门外走,一边使劲拉上了门。

等他走到楼下,心里却又突然有些懊悔起来——怎么不和金珏再说一会儿话呢?他想重新回去,又觉得这会让金珏多心。他在院子里站了一会儿,才怅然若失地朝书店去了。

第二天,范戈把书店的一些事给金珏做了交代,因为心里欠着公司一大摊子事,他无论如何都得回省城了。他发觉自己在给金珏交代事情的时候,突然有些颠三倒四起来,最后实在没话可说了,就呆呆地看着金珏,一副恋恋不舍的样子。金珏以为范戈对自己还有些不放心,便微笑着对他说:"老板你放心回你的公司去吧,这儿的事我一定办好!"说完又说:"有什么事,我会及时给你汇报的!"

范戈实在找不到话对金珏说了,便说:"那好,我就走了!"

金珏把范戈送到书店门口,看着范戈进了大世界酒楼的地下车库,就在她要转身回书店的时候,范戈在车库门口转过身,对她挥起手来。她也急忙把手举起来,对范戈挥了又挥,直到范戈再次转身进了车库,这才放下手来回到书店。此时她心里也像失去了什么,突然觉得有些孤单和落寞起来。

令金珏没想到的是,半个多小时后,范戈突然又回来了。金珏有些惊喜,又有些疑惑地问:"有什么东西忘了吗?"

范戈看着她说:"都出城走了很长一截路,突然想起有件事忘了交代……"

金珏忙问:"什么事?"

范戈没答,从吧台的台历上撕下一张纸,翻开手机,在纸上写下了代光信和石一川的姓名和电话号码,然后才对金珏说:"这是我的两个老同学,今后遇到了什么麻烦事,你直接给他们打电话求助!我先和他们说一声,请他们多多关照一下书店!"

金珏含情脉脉地看着他:"就这么一个事,你把他们的姓名和电话发到我手机上,不就得了?"

范戈脸红了,半天才说:"我就是想亲自告诉你!"说完,又默默地再看了金珏一阵,然后才说:"我这次真的走了,你保重!"说完,这才又一步一步地朝停在街边的车走去。

第五章 救 星

一

金珏来灯塔书店没几天，就热爱上了这个小镇。首先是小镇下面这三条江，她知道了其中一条江叫巴河。一听巴河两个字，她身上的血液就沸腾了起来，因为这河里的水，有一部分就来自她家乡一条叫诺水的河流。也许，河里的某朵浪花、某道波浪，就是从她老家屋门口那道泉眼里流出来的呢！怪不得范戈把她叫作"小老乡"，原来他们虽然不是来自同一个地方，饮的却是同一条江的水！另一条江叫州河，也同样来自大巴山里，不过是另一座山罢了。两条江在对岸福坪村那儿汇在一起，江面变宽，水流变深，缓缓往东蜿蜒而去，这条江便是渠江。她尤其喜欢渠江的浩渺、平静、清澄。在她的记忆中，家乡那条发源于大山深处的河就像一匹脱缰的暴躁野马，从高高的山上奔腾而下，犹如从天上冲下来的样子，一路过关斩将，时而浪花飞溅，时而鸣声如雷，永远没个安静的时候。可一到这儿，就成为一个安静的孩子，突然变得波澜不惊、宁静乖巧起来，一任阳光抚摸着江面，其波光粼粼，紫气氤氲，真是美不胜收了。

　　金珏是在到小城的第二天早晨，才发现这个小城的美轮美奂。那天早晨当她拉开范戈房间的窗帘时，便不由自主地惊叫了一声："好美呀！"那时一轮朝阳刚好从对面群山后面爬上来，千万道光芒像被泼出来似的，在靠近太阳的地方呈现出一种白热化的色彩，越接近地面，阳光变得越舒展、灿烂，快乐地在山峦、树木、村庄、田野、街道、建筑上跳跃，使目之所及的一切，仿佛都变得年轻、漂亮起来。那三条逶迤的大江，波光潋滟，却平静得像是一块镜子。正是那种在都市里难以感受到的宁静柔和，以及有些奇幻的美景，让金珏陶醉了。

　　晚上，金珏关了书店的门，没急着回楼上的屋子，而是步下台阶，来到江边，沿着小镇政府打造的滨河路，随着散步的人群缓缓向前走去。夜晚的江水隐去了白天清澄靓亮的面目，呈现出一种墨绿的颜色。天上本来有半轮明月，金珏非常渴望能在这样晴朗的夜晚，在一个陌生的地方静静享受一下明月的清辉，遗憾的是新月的银光被两边路灯的光辉所代替。路灯的灯光投射到墨绿色的水面上，被江水拉长，加上两边建筑物上不断变幻的灯光秀，金珏反觉得不如大自然的本色美。在这一点上，金珏和范戈的美学追求完全一样。不过使金珏高兴的是一阵阵凉爽的河风，完全不顾忌人类的打造和作秀，像个调皮的孩子不时从河面无拘无束地吹来，撩起金珏那一头长长的、黑黑的秀发，抚摸着她身上裸露出的每寸肌肤，使她感到非常惬意。这天晚上，她走了很远，才随着最后几个散步的人回到家里。她现在也把范戈那套屋子当作自己的家了。回到屋子里，她突然想起范戈曾经告诉过她小镇曾经被誉为"人文蔚起、文风鼎盛"之地，突然在心里叫了起来："这样钟灵毓秀的地方，怎么会不'人文蔚起、文风鼎盛'？又怎么会不出现范戈曾祖父、爷爷和父亲这样的文化人呢！"

金珏还十分喜欢这座依山傍水的小镇里的建筑。小镇的主建筑雄踞在三江交汇处一个巨大的磐石之上，她曾经请教过来购书的读者，问小镇为什么要建在这样一个石磐之上？一个读者告诉她说："那不是一般的石磐，那是凤凰背！我们老祖宗会风水，把家建在凤凰背上，凤凰是要飞的！"金珏当天晚上出来散步，走出了三四里路以后再回头看小镇，她没看出什么凤凰背，却发现整个小镇仿佛一艘巨轮停泊在万顷碧波之中。她对主体建筑后面那些依山而建、错落有致的房屋也充满好感，觉得这些鳞次栉比的建筑很有层次感，不像大都市的房屋都处在同一个平面上，给人千篇一律的感觉。有时晚上站在窗户前眺望那些房屋中的万点灯火，她会突然生出许多想象。一天，来了一个中年读者，剪着一个寸板头，鼻梁上架着一副眼镜。他给了金珏一张名片，金珏见名片上写着"赵正鹏"三个字，下面写着"福镇文史专家"几个字。金珏忙谦虚地请他说一说小镇的历史。赵正鹏果然名不虚传，一口气就给金珏背出了小镇过去的寺、阁、庵、庙、宫、祠堂、袍哥堂口，以及一些老地名来。寺有五佛罗汉寺、辕门寺、龙台寺；阁有观音阁；庵有玉泉庵；庙有土祖庙、财神庙、火神庙、王爷庙、娘娘庙；宫有禹王宫、万寿宫、文昌宫、龙母宫、天娥宫；神堂有土地堂、福音堂；祠堂有田家祠堂、李家祠堂、王家祠堂。古老地名更多了，他一口气就背出了几十个：麻园、屙屎岩、尿巷子、珠石盘、小石盘、沙湾、凉水井、冯倒拐、十三梯、罐垭口、官山、万鸾院、汪家林坝、蓝布市、豆腐社、鼎罐厂、半边街、鸡市街、纸市街、铜匠街、杂货街、河街、大井街、后街、古井巷、盐店巷、船协巷、万兴巷、铁匠巷、罗汉巷、兴码头、水码头、鱼码头、客码头、渡码头、石灰窑……听得金珏目瞪口呆，心里暗想："天啦，光听这些名字，就知道小镇过去有多么繁荣！"她又问赵正鹏："那些寺、庙、宫、堂还在不在？"

赵正鹏道："早被毁了，即使有幸保存下来的，改革开放后被拆除盖了楼房！"

金珏一听，心里更遗憾不已。当她了解到这些历史的时候，心里突然对这座小镇增添了许多好奇。

金珏到灯塔书店的第三天，媛媛来看她了。媛媛穿了一件白色紧身的V领低胸性感短袖衬衫，一条纯黑色短裙，一双粉红色的高跟鞋。脸上化了妆，涂了粉色的口红和很深的眼影，耳朵上挂了一对水晶耳坠。头发盘在脑后，显得人更妩媚。她是从万紫千红大世界那儿直接跑过来的，一蹦一跳的样子像只调皮、活泼的小鹿。由于激动或奔跑，脸颊上泛着一层红晕，鼻梁两边的几粒细小的雀斑因为化了妆也隐去不见了。她一推开书店的玻璃门，就急不可耐地大声喊叫起来："金珏姐姐……"还没喊完，便扑过来抱住金珏，然后像个撒娇的孩子似的在金珏脸上亲了一下，给金珏的脸上留下一道粉红色的唇印。

　　金珏也抱住了她，在她背上拍了拍，然后松开，捧起媛媛的脸对她说："来，让姐姐好好看看！"说罢，目光便沿着媛媛的脸庞一直看下去。她看见媛媛的脖子是那么光洁，胸部的弧线十分迷人。她的乳房似乎比春天在春之光书店实习时饱满了一些。她记得那次和她一起洗澡，她的一对乳房还像水蜜桃一样小巧。顺着胸部再看下去，金珏的目光落在了媛媛的大腿上。春天时，她没注意到媛媛这双大腿，现在一看，这真是一双令人迷醉的腿，修长、润滑、饱满，没有一丝赘肉。到此时，金珏才看出媛媛还真是一个美人坯子。可她还是提了提媛媛的衣领，又用手指了一下媛媛那道暴露在外的洁白的乳沟，指责地说："媛媛，你不该穿这样低胸的衣服！"

　　媛媛脸红了一下，说："是我们老板要求我们这样穿的，这是工作装，上班时必须穿！"

　　金珏问："你现在干什么工作？"

媛媛往对面指了指,说:"我在斜对面那个大世界酒店大堂里坐吧台,接待客人。"说到这儿,她突然又补了一句:"我还有两个同学,苏紫和叶红,她们一个在万紫卖服装,一个在千红歌厅里!"

金珏听了媛媛这话,没吭声,过了一会儿才问:"你怎么知道我到灯塔书店来了?"

媛媛说:"我听龙哥说的……"

金珏急忙追问:"龙哥是谁?"

媛媛又说:"龙哥是飞哥的朋友。"

金珏还是不明白:"飞哥又是谁?"

媛媛说:"飞哥是我们万紫千红大世界李老板李鸿才李总的儿子!飞哥可有钱了,他什么也不干,却有一部宝马车,没事就拉着他那伙朋友四处去玩。我听见龙哥给飞哥说灯塔书店来了一个漂亮的妹儿,姓金,还是个大学生呢!我猜可能是你,马上就跑来看看,果然是你!"

金珏一看媛媛说到飞哥那副羡慕的样子,便非常严肃地说:"媛媛,你为什么要离开书店?在春之光书店时,我就反复对你说,你这么年轻,在书店工作可以看很多书,这有多好呀!"

媛媛沉默了一阵,才对金珏说:"姐姐,我想看书,可我看不进去呀!"说完,像是有意要回避这一问题,又对金珏说:"姐姐,我要回去上班了,等有了时间我再来看你!"说完,像来时一样，又匆匆忙忙地跑了出去。

　　金珏没再挽留她，只盯着她的背影喊道："媛媛，读不进去，有空多到书店来翻翻书，这对你都有好处的！"

　　也不知媛媛听见还是没有听见，她没有回头。金珏看着媛媛很快就跑过了街道，禁不住在心里感叹起来："多单纯的姑娘呀，还像过去一样！"可是打心眼里说，她还是喜欢那个穿高领绒衫、蓝色牛仔裤，束橡皮筋发辫，纯朴中带着几分天真、腼腆的姑娘。这种姑娘尽管有些土气，但那份"清水出芙蓉，天然去雕饰"的气质令人喜欢和敬佩。她不知道继续这样下去，媛媛会变成什么样，只在心里默默地祝愿她幸福平安。同时，她也不知在这个小镇里，会有什么事在等着自己。

二

　　金珏来到灯塔书店没几天，就发现书店并不像媛媛告诉范戈的那样冷清，还是不时有人到书店来的。金珏最初以为是书店经过她的改造，吸引住了读者。确实，书店经过改造后，给人耳目一新的感觉。首先，金珏找人来调整了一下书架的位置，重新买回了十多个经济型落地全实木立体书柜，摆放在进门两边墙壁处，上面摆着一些热销的书。这样，不但消灭了进门两边靠墙壁无图书的空白，而且这些热销的书还能够吸引住读者的注意力。

变化最大的是茶吧，金珏在原来的墙壁上贴了一层浅灰色的墙纸。金珏喜欢浅灰的色调，她觉得浅灰的色调能给人一种低调和清爽的感觉。同时，金珏征得范戈的同意，将原来圆形的钢化玻璃小茶几和绿色的塑料椅子，换成了棕黄色天然真藤套装组合。浅灰色的墙壁和棕黄色的天然真藤桌椅搭配成一种暖色调，使金珏觉得整个茶吧比原来温馨得多。范戈过去也给茶吧购置了音响和播放设备，可媛媛喜欢那些劲爆、火热的歌曲，王明玉把主要精力投入在打麻将上，别说那些能让人安静、抒情减压的轻音乐，就是再好的曲子在她眼里也是多余的。金珏重新把那些优美的曲子给利用起来。如今，读者一走进书店，整个身心便会浸润在悠扬、舒缓、如水一样轻柔的乐曲中。在这种温馨、舒适的气氛中，如果再给读者泡上一杯香茗，在扑面而来的袅袅茶香里，在读书人一呼一吸之间，感受到的皆是清雅和沉稳。此时再打开一本喜欢的书，沉醉于字里行间，尽情享受阅读乐趣，肯定是人生一大乐事。金珏还在茶吧墙壁上，挂了一些有关读书的警句和名言，在书架四周的墙壁上，不但张贴了标语和图片，还设置了一个图书排行榜，营建出一种洗礼般的气氛。更别出心裁的是，金珏买了一个高达三米高的立柱式书架，矗立在书店大门里面，上面一摞摞书籍互相挤靠。读者一推开玻璃门，看见的便是一座书塔，又像是层峦叠嶂、高耸入云的书山，营造出了一个充满浓浓的文化氛围的空间。

可是金珏很快就看出，在来书店的人中，有些人并不是来看书和买书的。她的到来，吸引了小镇上一些无事可做的浪荡子的目光。他们到书店来，或者只是一睹她的芳颜，或者只是为了和她搭搭讪，或者只是来试探一下自己这只黄鼠狼是否也可以尝上一口天鹅肉。金珏看出了这些人的心思，但她从不表现出自己对他们的不屑和鄙夷。在他们没做出什么出格的事之前，她仍和平常一样，脸上保持着得体而矜持的微笑，对所有进书店的读者一视同仁，该招呼坐的招呼坐，该泡茶的泡茶，落落大方，举止端庄、文雅，倒令这些轻薄子弟不好意思了，自觉收敛起了心里那份想入非非的念头。一些人喝了金珏端去的茶，自觉不过意，临走时也能胡乱买上一本书，这倒增加了书店的生意。临出门时，金玉把他们送到门口，又道"谢谢，欢迎下次再来"，这不卑不亢的态度便从此打消了一部分浪荡子的非分之想。

但对另一个浪荡子来说，金珏这一套就有些不灵了。这人就是媛媛说的"飞哥"——小镇首富李鸿才的公子。

飞哥的年纪和金珏差不多，个子不是很高，身子粗壮结实，一张多肉的长方脸，一对招风大耳，嘴巴前突，一头粗壮厚实的乱发，手指上戴着两只硕大的金戒指。第一天到书店来的时候，穿的是一件方格衬衣，一条深蓝色牛仔裤。和飞哥同时来的那人便是媛媛所说的龙哥。龙哥的年纪看起来要比飞哥小几岁，个子却比飞哥要高，面孔狭长，一对圆滚滚的小眼睛，剪了一个向上高高耸起的螺旋式发型，薄薄的嘴唇一直噘着，像有几分玩世不恭的样子。金珏的目光从他们身上迅速掠过以后，立即在心里做出了判断。她觉得这个叫龙哥的人可能更有攻击性，飞哥则给她一种豪爽的感觉。可过了一会儿，她又推翻了自己的想法，觉得龙哥更耿直，而飞哥的眼睛中，闪烁的则是凌厉、霸道、凶狠的目光。

飞哥是坐着他那辆"宝马"来的。他把车停在书店大门口，和龙哥一前一后跳下车。在大门前，金珏看见他俩停了一下，龙哥推开玻璃门，让飞哥先进，自己随后跟了进来。金珏一如既往地迎了过去，脸庞上挂着惯常的微笑，对他们彬彬有礼地鞠了一躬，道："欢迎光临灯塔书店！二位买什么书？"

飞哥的目光迅速从金珏的脸上掠过，然后定定地瓷在她身上了。金珏见飞哥目不转睛地盯着她，有些不好意思起来，正想再问他们，龙哥指着飞哥对金珏说："这是飞哥！"说完又自我介绍道："我是龙哥！"然后马上又对金珏问："飞哥你知道是谁吗？"

金珏装作不知道地摇了摇头，继续对他们问："请问飞哥和龙哥买什么书？"

金珏说完，目光也犀利地看着飞哥。

飞哥仿佛被金珏的目光抽了一鞭子，轻轻哆嗦了一下回过了神，然后回头盯着龙哥问："你买什么书？"

龙哥也愣住了,过了一会儿才搔了搔了头顶那撮螺旋式的乱发,看着对金珏问:"你说买什么书?"

金珏差点儿笑出声来,知道这对活宝压根儿不是为买书来的。她不愿意戳破他们,仍然笑吟吟地看着他们问:"你们平时都喜欢读些什么书?"

飞哥和龙哥面面相觑,飞哥问龙哥:"你喜欢读什么书?"

龙哥再次搔了搔头,嘴角向上牵出一抹不好意思的微笑,看着金珏问:"你说什么书最好看?"

金珏便把他们带到武侠小说书架前,从中抽出了金庸和古龙的几本小说来,对他们说:"这些武侠小说,情节曲折,故事生动,很好看的,你们不如先买几本看看吧!"说着便把书朝飞哥和龙哥递了过去。

飞哥和龙哥见金珏两眼紧紧地盯着他俩,不但把书接了过去,而且还装模作样地翻了起来。金珏又马上对他们说:"你们可以到茶吧里坐下来先预阅一下……"

龙哥一听这话,忙看着金珏问:"什么叫预阅?"

金珏说:"就是先看看书的内容,如果喜欢,你们就可以买下,如果不喜欢,可以换成喜欢的……"

这话可能对了飞哥的心思,急忙对龙哥说:"去去,看看内容!"龙哥急忙抱起书,往茶吧去了。

金珏见飞哥还想黏在她身边,急忙又对他说:"飞哥你也去那边坐吧,我去给你们泡茶!"说罢,也不等他回答,急忙回到吧台,拿过两只一次性纸杯,泡了两杯茶,先端了一杯送过去。当她把杯子送到飞哥面前,正准备说"请喝茶"的时候,瞥见飞哥两只眼睛一眨不眨地盯着她,流露出一种贪婪和渴望交织的神情,同时搁到桌子上的手朝她手腕伸了过来。金珏早有准备,忙大声说:"小心,烫了手我不负责!"

龙哥马上又把手收了回去。金珏把杯子放到桌子上,迅速把手背在背后,对飞哥欠了欠身子,说:"请喝茶!"说完离开了。

当金珏端来第二杯茶时,不管是飞哥还是龙哥,都不敢造次了。

这时金珏突然变得严肃起来,对他们说:"对不起,请你们去把门口的车移一下,别挡在书店门口!"说完,目光再次不打弯儿地落在飞哥脸上。

飞哥像是没想到似的,过了一会儿才突然对龙哥命令道:"移开,移开,快去移开!"

龙哥马上俯首帖耳地跑了出去。

金珏跟在龙哥后面,回到吧台后面。

很快,龙哥把车移开了,又回到了茶吧。金珏便想:万紫千红大世界离这儿就一两百米远,犯得着开车来吗?这么想着,又朝茶吧瞥去,见书虽然摆在两人面前,却都是一副心不在焉、倍受折磨的样子。金珏心里又不觉好笑起来。正笑着，却瞥见龙哥拿出烟盒，抽出了一支香烟递给了飞哥，飞哥接过来，龙哥掏出打火机给飞哥点燃了烟。金珏又急忙走了过去，再次用了不客气的语气对他们说："非常抱歉，这里是无烟书店，请把烟熄了！"

两人听后，都不满地盯着金珏。金珏没有胆怯，仍然沉着脸，十分倔强地盯着他们。过了一会儿，仍是飞哥先败下阵来，把烟给摁灭了，又用了命令的语气对龙哥道："摁了，摁了，不准吸！"

金珏听了这话，对飞哥莞尔一笑，又十分礼貌地欠了欠身，说了一声："谢谢飞哥！"然后拿过他面前的杯子，去续了一杯水来。

飞哥和龙哥又装模作样地看了一会儿书，看样子实在坚持不住了，便抱着书过来结账。离开时，龙哥朝金珏打了一个响指。金珏像惯常的那样把他们送到门口，又对他们说了一句："欢迎下次再来！"说完回到吧台，忍不住笑了。

金珏以为经过今天这件事，这个叫飞哥的人会像先前那些浪荡子一样熄灭了心里的非分之想。令金珏没想到的是，第二天同一时间，这个飞哥不但又带了跟班龙哥来，而且龙哥怀里还抱了一大把红玫瑰。两人一走进屋子，飞哥径直到茶吧坐下，龙哥抱着花来到吧台前，朝金珏鞠了一躬，把花递到金珏面前说："这是飞哥给你送的花,请你收下!"

金珏做出吃惊的表情:"飞哥为什么要给我送花?"

龙哥迟疑了半天,才说:"飞哥要和你交朋友!"

金珏忍住笑,提高了声音,故意让飞哥听到:"可我还不知道飞哥是谁呀!"

龙哥听了这话,也似乎感到吃惊,说:"飞哥你都不知道?对面万紫千红大世界就是他家开的!"说完又看着金珏,带着夸张的表情补充道:"他家里可有钱了,他什么都能给你买!"

金珏笑了一笑,说:"哦,知道了,你把花放到柜台上吧!"

龙哥果然把花放在金珏面前的吧台上,想去邀功一样屁颠屁颠地往飞哥那儿跑去了。金珏立即从吧台下面拿出一只蓝色的大可乐瓶子,用剪刀拦腰剪开,将鲜花插进半截塑料瓶子里。然后她捧着花瓶,笑容可掬地走到飞哥面前,甜甜地说道:"感谢飞哥给灯塔书店送来鲜花!这几天,我一直觉得书店少了点什么,原来正是少了鲜花的陪衬。有了飞哥送来的玫瑰,这书店真完美无缺了!"

飞哥和龙哥都有些愣住了。金珏没等他们回过神来,马上又说:"我去给飞哥和龙哥倒茶!"说完转身就走。走了几步,又像突然想起似的回头对飞哥说:"飞哥,那花就放在那儿,可不要去乱动,玫瑰有刺哟!"说完这才走了。

像昨天一样,金珏给两人泡了茶,看见飞哥脸上似乎挂上了几分不悦的神情,金珏装作没看见,仍盯着他们问:"昨天的书读了吗?"

龙哥抢在前面炫耀地说:"读了,我和飞哥都读了!"

金珏笑了笑,仍把目光落到飞哥脸上,说:"哦,没想到飞哥和龙哥还是刻苦学习的人,这么快就把那么多书读完了,真令人佩服!"又对他们问:"今天打算读什么书?"

飞哥听到金珏夸奖,脸上又露出了笑容,便看着龙哥问:"你说,今天读什么书?"

龙哥又搔了一阵头顶,没有想起来,便又用征询的口吻对金珏问:"你说读什么书好?"

金珏在心里骂了一句:"一对草包!"嘴上却说:"好,我去给你们找找!"说着走到书架旁,从最上面胡乱取出几本当代作家滞销的作品集,放到他们面前说:"你们看看,不喜欢自己去书架上换就是!"说完,看见有人又进了书店,金珏便趁机对他们说:"有顾客来了,飞哥龙哥,我就不打搅你们看书了!"说着转身迎接新的客人去了。

这天是个周末,来的读者特别是孩子较多,金珏借此把两个浪荡子晾在一边。两个浪荡子见金珏不过来搭理他们,自觉无趣,坐了一阵,又像昨天一样抱了一摞书过来结了账,出门去了。这天,金珏没对他们说"欢迎下次再来",她想彻底冷落这对活宝，使他们不再出现在书店里。

金珏仍然想错了。

三

接下来的几天里，飞哥和和龙哥不但天天来，而且在金珏面前行为举止更加粗鲁起来，一会儿邀请金珏出去吃饭，一会儿又要带金珏到县里一些风景区去玩，一会儿又要金珏和他们一起到商城去给她买东西，露出了一副死缠烂打的无赖面目。这些要求，虽然都被金珏礼貌地拒绝了，但金珏心里明白，她过去是像俗话所说的吃了灯芯草——把这两个活宝轻看了。眼前，这对活宝除了死乞白赖的功夫外，还没有太出格的举动，但说不定哪天飞哥一下急了，野牛进庙堂——要胡来一通，那时怎么办？这么想着的时候，金珏便有些着急了。可此时两个浪荡子除了来缠她以外，什么事也没发生，她又不好告诉范戈，只得在心里暗暗防范而已，同时思考着对付两个浪荡子的策略。

这天，金珏刚把书店的门打开，飞哥和龙哥也像上班一样，准时抱着一把红玫瑰来了。昨天晚上，金珏想了一整夜，终于想出了一个主意，决定敲打敲打这个蚊子叮菩萨——找错了对象的飞哥。因为在金珏心里，这两个浪荡子虽然令人恼恨，此时还算不上太坏。如果他听了自己的话能醒悟过来，那自然是好事，即使不能醒悟，至少也能吓吓他。因此，这次她没有拒绝飞哥的鲜花，从龙哥手里接过鲜花后，仍然感激地对他们说声"谢谢"，然后请他们去茶吧坐下，泡了茶端过去。趁着书店没人来的时候，她也给自己泡了一杯茶，捧在手里，在两个浪荡子中间坐了下来。金珏的举动大约出乎飞哥的意料，他激动得红了脸，显得有点儿手足无措。过了一会儿，突然向金珏侧过身子，张开手，像是打算搂抱她的样子。金珏急忙用茶杯挡住了飞哥的手，严肃了面孔说："坐好，别乱动，要是把茶杯碰翻了，烫着了手可别怪我！"

飞哥又急忙把身子摆正了。

金珏一见，更坚定了自己对这个浪荡子的判断，便像赞扬似的冲飞哥笑了一笑，然后看着他问："飞哥你没蹲过监狱吧？"

飞哥愣了一会儿，才看着金珏瓮声瓮气地反问："我又没犯罪，蹲监狱干什么？"

金珏又回头看着龙哥问："龙哥你也没蹲过，是不是？"

龙哥倒很爽快："蹲监狱不就是蹲号子吗？谁没事去蹲号子？"

金珏点了点头，便娓娓地讲了起来："就是！别说蹲监狱，就是去看一眼监狱，也会很不好受。我告诉你们，我可亲自去看过监狱，因为我有个表哥就在一个监狱管理所工作。我看的那个监狱呀，分甲监、乙监、丙监等等。我先说甲监吧！那个甲监还不及这半间屋子大,墙上靠近天花板的地方,开了一个小窗户,比筛子大不了多少,就是那么一个小洞,还用纸给糊上了。为什么?就是让犯人看不见外面!这么一间屋子,你们猜睡了多少个犯人?我没有数,表哥告诉我,住多少人没有规定,犯人多了就像油坊榨油一样拼命地挤。人数最多时挤了三十个犯人!我问他三十个犯人怎么睡,表哥说,睡觉时必须侧着身,这个人的胸膛紧贴着那个人的后背,就跟罐头里的沙丁鱼一样,而且脑袋必须一律朝外。我还告诉你们,表哥跟我说,半夜如果哪个犯人起来小便,再想回铺上得前后挤半天,有时挤半天也不见得能把身子挤进缝隙里去。唉呀呀,遭那个罪呀,我看了心里都很不忍……"

说着,金珏瞥了飞哥和龙哥一眼,只见两个浪荡子脸上那种不可一世、傲慢和自得的表情没有了,而是皱着眉,瞪着两只大眼,流露出几分不相信的样子。在这种怀疑中间,又分明隐藏着几分惶恐。金珏忍住心里几分小小的得意,继续看着他们说:"这还不算,最使人难以忍受的是靠墙脚放着一只铁皮尿桶,尿桶上盖着一张硬纸板,无论哪个犯人撒尿,都是满屋子臭气……"

说到这里,金珏看见飞哥十分厌恶地扬起手掌,在自己鼻子前挥舞了几下,仿佛真闻到了那种难闻的尿臊气味。金珏见自己的话对两个浪荡子起到了一定的吓唬作用,便又道:"说完了睡觉,再说说'放风'吧!'放风'就是把犯人放出监门,在外面一个小跨院内活动半小时,活动时排队跑步。每天'放风'一次,因表哥那个监狱外面的小院太小,关押的犯人又很多,便只能轮流'放风',有时候要隔好几天才能放出来跑一次,哪像飞哥你们现在这样想走哪儿就走哪儿!我问表哥,如果是有钱人犯了罪被关进这里,待遇会不会好些。我表哥说,休想!法律面前人人平等,只要到了这里,不管你多有钱,我们不收拾你,其他犯人也会把你收拾得服服帖帖……"

金珏还要往下说,可不知什么时候一个读者进来选了一本书,在吧台前叫喊结账。金珏忙从椅子上跳起来就往前奔去。可她还没忘记最后敲打一下他们,跑了两步又回头用规劝的口气对两个浪荡子说:"所以,一个人什么都可以干,犯法的事可千万不能干呀!"

从这天起,一连好几天,飞哥和龙哥这两个浪荡子果然没再来书店骚扰金珏了,金珏很为自己的小伎俩取得的效果感到高兴。其实金珏并没什么表哥在监牢里工作,更没有去看过什么监狱。她对飞哥和龙哥讲的监牢里那些事,是从一本纪实的书里看到的,而且那书里记叙的监狱也是很多年前的监狱。那天晚上,金珏突然想起了那本书,便决定拿里面的故事来镇一镇这两个浪荡子。用今天的话说,也算是一种警示教育吧!

金珏以为从此风平浪静,可以高枕无忧了,没想到她的监狱故事只让飞哥收敛了几天，飞哥又故态复发。这天晚上，金珏从滨河路散步回来，还没走到小区门口，忽然斜刺出一个人来，伸手把她拦住了。从巷道口到小区门口，又恰好没有路灯，金珏吓了一大跳，急忙问："什么人？"

那人急忙嘿嘿地笑了两声，说："姐姐，是我……"

金珏听出是龙哥，便有些生气地问："你想干什么？"

龙哥像是显得很犹豫似的，半天才说："飞哥想请你消夜，让我在这儿等，我可等你好一阵了……"

金珏听了这话，心才安了一些，却仍沉着脸道："我才吃了晚饭，回去告诉你飞哥，我不去！"

金珏说完，要从旁边过去。龙哥又伸手把金珏拦下来，带着哀求的口气说："好姐姐，你还是去吧，不然，飞哥就要骂我连这点儿事情都办不好……"一边说，一边伸手来拉金珏。

金珏急忙闪开，然后气势凛然地提高了声音道："你想干什么，也想去尝尝监狱的滋味是不是？外面街上人来人往的，我要是喊起来，说你在这儿耍流氓，你吃不了兜着走！"说完又大喝一声："让开，不然我就喊了！"

龙哥不知是害怕金珏真的喊起来，还是害怕去监狱，或者两者都有，果然往一边让开，金珏迅速从龙哥身边跑开了。跑到离小区门口几步远的地方，这才停下来，回头对待在一边的龙哥说："龙哥，回去告诉你飞哥，他请我消夜，为什么不亲自来请？连这点儿勇气都没有，还撩什么妹？你让他死了这份心吧！你不要再和他混在一起了，否则，他犯了罪，你跟着吃不了兜着走！"说完，头也不回地进了小区。

金珏彻底看出来了，这个小镇首富的公子是个彻头彻尾的外强中干的草包，如果没有龙哥助纣为虐，恐怕什么事也办不成！因此她现在也要趁此机会打掉龙哥的气焰，让飞哥彻底死了心。

让金珏没想到的是，第二天她开门不久，飞哥果然一个人来了。这次他不但手里抱着一大把红玫瑰，而且从头到脚焕然一新：新衬衣、新裤子、新皮鞋，连过去乱糟糟的头发也焗了发油又认真梳理过，给人的感觉像是换了一颗脑袋，只是那对招风耳和那只大鼻头依然如故。他径直来到吧台前，还没等金珏说什么，便扑通一声朝金珏单膝跪下，然后高高举起手里的玫瑰，像背台词似的大声说："金珏，我可想死你了！我爱你，你嫁给我吧，我一辈子对你好……"说着像被什么卡住了，突然住了声，也不抬头，只把手里的玫瑰高高举着。

金珏没想到飞哥会来这一手，急忙朝大门边望了一眼，红着脸对他说："你干什么呀？还不快起来，让人看见笑话！"

飞哥却像小孩一样倔强起来，道："你不答应我，我就不起来！"

金珏又好气又好笑。她想了想，决定先把他打发走再说。于是便道："你把花放到柜台上吧！"

飞哥果然腾地一下跳起来，带着满脸幸福的笑容，把手里的花恭恭敬敬地放在吧台上，然后才乐滋滋地看着金珏说："你可答应了！那你把门关了，和我到县城去买礼物，你要什么我就给你买什么！"说完又嘿嘿笑了两声。

金珏忙道："谢谢你的好意！可你没见我要看店、卖书吗？"

话还没完，飞哥忙拍了一下胸脯说："你这店里一共有多少书？我全买了？"

金珏以为他吹牛，看着他问："你买这么多书干什么？"

飞哥道："那你不用管，反正我把你店里的书买光了，你就有时间和我一起出去玩了！"

金珏扑哧笑了笑，说："你把我店里的书买光了，难道我们老板不知道去重新进货？"说完又补充了一句："世上的书你都买得完？"

飞哥红了脸，仍赌气地说："那我不管，只要你今天有时间陪我玩就行！你等着！"说完，不等金珏再说什么，突然转过身子，咚咚朝外面走去了。

金珏没管他，她把他放到吧台上的花拿下来，放进茶吧角落的垃圾桶，照常做着自己该做的事。她压根儿不相信这个浪荡子会真来把她书店的书都给买走。

半个多小时后，飞哥果然开着一辆卡车来了。卡车后面，跟着几个扁担上系着竹筐、气喘吁吁的"棒棒"。卡车在书店门口停下,飞哥从驾驶室里跳下来,挺胸腆肚、十分神气地对"棒棒"喊道:"给我进屋搬,把屋子里的书都搬到车上来!"

金珏一看这个浪荡子认了真,这才一下急了,她急忙跑到门边,张开双手,拦住了正要进门的"棒棒",圆睁着双眼,对飞哥喝道:"你想干什么?"

飞哥有些胆怯地道:"买书呀……"

金珏没等他说完,便大声说了一句:"我的书不卖给你!"

这下轮到飞哥吃惊了,过了一会儿才眨着眼睛说:"你不是要卖书吗?"

金珏更气了,接了他的话道:"我卖书不假,但我的书只卖给那些爱书、懂书、喜欢读书的人,对那些四肢发达、腹中空空、头脑简单的白痴,给再多的钱也不卖!对不起,你请回吧!"

说完,她怕飞哥还要在这里无理取闹,趁他发愣的当儿,急忙用链子锁将玻璃门锁上,回到吧台里面。

她相信,再给这个浪荡子一个胆儿,他也不会在外面砸门。

果然,飞哥见金珏锁了门,在外面站了一会儿,只得遣散了"棒棒",开着卡车悻悻地离开了。

金珏这才松了一口气,可心里仍扑通扑通地像敲鼓一般。刚才要是飞哥硬闯进来,指挥"棒棒"搬书,她真还不知道该怎么办。幸好这个浪荡子有这个贼心没那个贼胆。她想把门重新打开，又怕飞哥不死心，再返回来纠缠，不如休息一天，看看这个浪荡子还会不会再来。这么想着，便走到门边朝大街两边看了看，没看见飞哥的影子，这才打开门锁，拉开半边玻璃门走出去，再返身将门锁上，回楼上去了。

到了楼上屋子里，金珏的心彻底安定了下来。这时，她才想起出了这样的事，她应该告诉范戈。先前觉得自己可以让飞哥回心转意，现在看来，不告诉范戈怕是不行的了。想到这里，她掏出手机，把发生的事对范戈讲了一遍。

四

金珏告诉范戈飞哥不断来骚扰和纠缠她的事的第二天下午，范戈突然回来了。书店停业了一天，这天金珏还是打起勇气继续开门营业，但她提高了警惕，一边照顾书店生意，一边不断观察着大街上的动静。她已经打定主意，一旦看见飞哥来了，她就立即把大门关上，省得再和他多费口舌。范戈的车在书店门口停下后，她没有马上认出来，还以为是飞哥换了一辆车，于是立即跑过去。正准备关门，突然看见范戈从驾驶室里钻了出来。金珏一见，张着嘴似乎想喊什么却没有发出声来。过了一会儿才回过神，急忙几步跑了过去，激动地喊了起来："老板……"

范戈抬头看了看金珏，笑着绕到车尾，打开后备箱，从里面搬出两只大箱子，金珏又跑过去，对范戈问："这是什么东西？"

范戈一边关汽车尾盖，一边对金珏说："你等等，我去把车停好了再回来。"说着，重新钻进驾驶室，开着车走了。

金珏果然就站在原来的地方等了起来。

没一会儿，范戈回来了，手里还拿着车钥匙。他来到金珏身边，将车钥匙装进口袋，伸手拉过一只箱子，往前面走了几步，用另一只手推开书店的玻璃门，身子却在门边站了下来。

金珏见范戈站在门边不动，便道："进去呀！"

范戈没答，嘴角荡出一脸笑意，两只眼睛深情、礼貌地看着她。金珏明白了，这就是优秀男人，永远懂得尊重、礼让一个女人。她的心里立即被满满幸福的暖流占据了，便感激地朝范戈笑了一笑，什么也没说，拖着范戈另一只箱子进去了。范戈等金珏进去后，这才松开手，跟在金珏后面跨进书店。

走到吧台边，金珏放下箱子，去给范戈倒了一杯水来，这才盯着他问："你怎么回来了？"

范戈捧着茶杯，看着金珏那淡淡的、如月牙一样弯弯的眉毛，清澈透亮的眸子，微微翕动的玲珑小巧的鼻子和两片微张的、肉感的嘴唇，心里突然也有些慌乱起来。过了一会儿，他才对金珏说了一句："给我把行李拉到那间小屋子里去吧！"

金珏目光又急忙从两只大箱子上掠了一眼,便惊诧地看着范戈问:"你带这么多行李回来干什么?"

范戈把茶杯举到嘴边,抿了一口水才说:"这次我得多住一段时间才会走了……"

话没说完,金珏叫了起来:"你省城的广告公司不开了?"

范戈见金珏着急,便笑了起来,说:"要是省城的广告公司不开了,灯塔书店还靠什么办下去?"

金珏将眉头皱了起来,仍是一头雾水的样子,紧盯着范戈问:"那是为什么?"

范戈看着金珏那对充满疑问的眸子,张了张嘴,又突然闭上了。过了半天,才抱歉似的对金珏笑了一笑,对金珏道:"还是以后再说吧!"

金珏却像小孩子一样露出了不依不饶的样子,说:"不,我现在就要听嘛!"

范戈又过了一会儿,才对金珏说:"那我就告诉你吧!昨天晚上,我做了一个噩梦。我梦见……"

说到这儿,范戈脸上流露出了一副欲言又止、有些不自然的表情。

金珏紧闭着嘴没出声,从一对明亮的眸子里飞出的好奇和疑问的目光,她紧紧盯着范戈,等待着他继续往下说。

又过了一会儿,范戈也像忍不住了,终于接着刚才的话说了一句:"我梦见你被一伙流氓……强奸了……"

金珏的脸腾的一下红了,过了一会儿才说:"你……乱说……"

范戈将目光从金珏脸上移开了一些,换上了一副真诚和严肃的口吻说:"真的!我梦见你被一伙歹徒绑架到一处十分荒凉的地方,被他们剥光衣服强奸了。我跑来救你,也被他们打倒在地。我拼命大叫,醒来身上湿漉漉的,原来是惊出了一身冷汗。"说到这里,又急忙补充说:"我没哄你,真的!天一亮,我就把公司的工作交给副总,并告诉他我要在小镇住上一两个月,也许更长时间,等书店彻底走上正轨后我再回去。公司的工作,反正现在互联网发达,我可以网上办公。我交代完毕后,便打点行李回来了!"

范戈说完以后,屋子里沉默了。街道上来来往往的人多了起来,不知不觉,又到了下班时间。

他们坐得很近,能听见彼此的心跳声。

半天,金珏才打破沉默说:"我知道你为什么做这样一个梦。都怪我,我昨天不该把飞哥这个浪荡子的事告诉你!其实你想多了,我知道怎么自己保护自己的!再说,只要我做到洁身自好,我谅飞哥这个混账东西,再给他一个胆子,他也不敢强奸我!今天他就没再来纠缠我了!"

范戈听了这话,又笑了笑,然后才看着金珏说:"他从今以后可能不会再来骚扰你了！"

金珏一听这话，立即大感不解地问："你怎么知道？"

范戈没正面回答金珏，却问："我让你有事就给我的两个老同学代光信和石一川打电话，为什么你不打呢？"

金珏这才想起范戈曾经给过她代光信和石一川的电话，便道："我不想把这事闹得满城风雨，再说，我到现在还不认识你的两个老同学呢！怎么，这事和他们有关吗？"

范戈说："我害怕这个浪荡子不死心，你给我打了电话后，我就把这事告诉了代光信和石一川。代光信和石一川接到我的电话，就赶到书店来，一见书店关了门，便径直去找了飞哥。你猜他怎么对飞哥说的？他们说你有个亲戚在省里做官，已经有了男朋友，再死乞白赖纠缠你，没他的好果子吃！飞哥一听这话就蔫了……"

金珏听到这里明白了，又马上问："那你为什么还要丢下公司的生意回来？"

范戈说："这你还不明白？虽然飞哥不会来纠缠了，可还有其他什么哥，是不是？虽然福镇自古以来就是民风淳朴之地，可现在是商品经济时代呀！这些年附近得到大量拆迁款和土地补偿款的农民全涌到了小镇上来，一些年轻人手里有了大把大把的钱后，逐渐失去了做人的本分，成天吃喝嫖赌，像飞哥这样的混世魔王可不在少数呀……"说到这里，范戈见金珏听得十分认真，又真诚地说了下去："过去我只想到书店有了你,我便可以高枕无忧!昨天听了你告诉我飞哥纠缠你的事,我才发现自己犯了一个很大的错误,那就是忽视了你是孤身一人独处异乡,又是这么一个年轻漂亮的女孩,小镇这些无所事事的二流子,谁见了不会眼馋?要是你在这里出了什么事,我怎么负得起这个责任?现在知道我回来的原因了吧?我可不愿意你在小镇出任何一点儿事情……"

金珏听着范戈的解释,白皙的脸庞上渐渐涌上一层红晕。她没打断范戈的话,只歪着头,做出一副娇嗔可爱的样子看着他,听他继续说下去。

范戈却不说了,也看着金珏,似乎等着她说话。金珏心里本来有很多话,此时却不知道说什么。尴尬了一会儿,金珏才说:"老板回来就好……"

范戈没等金珏说下去,便道:"以后不要再叫我老板!回来了,我也只是你的一个助手!"

金珏笑了,说:"那好,现在我就要对助手说,从明天起,你就守店!我到小镇各机关和企事业单位走一走。一方面向他们推荐一些书籍,一方面了解了解他们的阅读意向!现在上面不是号召建设学习型机关吗?他们不愿进书店,我们难道不可以上门服务?我不相信一个几万人口的古镇,还养不活一家书店!"

范戈听了这话,像是受到鼓舞似的看着金珏说:"你说得很对，我们不应丧失信心！"

金珏又说："还有一件事，晚上你到楼上睡，我在下面这间小屋子睡！"说着从口袋里掏出钥匙，递到范戈面前。

范戈把钥匙给挡了回去，说："乱弹琴，你可别忘了我回来的任务……"

金珏不明白范戈这话的意思，还认真地看着他问："什么任务？"

范戈说："我可是专为你的安全回来的呀！"

金珏听了这话，脸立即红得像块红绸。

第六章 情 侣

一

范戈真像是金珏的保护神。他一回到小城,不但飞哥、龙哥没再来纠缠过她,连那些喜欢到书店对金珏打点儿"小秋风"的小混混,也都销声匿迹。可是书店一下安静下来,金珏又觉得有些不太自然,因为书店里多了一个英俊而优秀的男人。这个男人高大挺拔的身材、宽厚饱满的胸脯、结实健壮的双腿、双臂上隆起的肌肉、略显沙哑低沉的嗓音,甚至连额头下那两道浓黑的剑眉和那只高挺的鼻梁,以及脖子上粗大的喉结等等,无不让她着迷。她只要一推开书店的玻璃门,就能感觉到一股神秘、阳刚的男人味儿扑面而来。她既迷恋这种气味,又有些害怕这种气味,一走进书店,既想看见范戈,又害怕和范戈面对面。她发现只要和范戈的目光相碰,不但自己心跳加速,脸上会有一种火辣辣的感觉,而且范戈的脸上也会腾起红云。于是她便知道范戈也和自己一样,当四目相碰的时候也产生一种不太自然的慌乱。金珏想尽力回避这种在一起的尴尬,于是便又向范戈提出了去小镇机关和企事业单位推荐书籍和调查读者阅读意向的要求。范戈起初不太同意，因为他知道小镇那些掌握一定权力的头头脑脑，大都没有读书的兴趣。即使一些人对书籍还有一定爱好，却陷进了大大小小的事务中，如果抽得出时间读书，早就进书店来了，何须等到有人去向他们推荐？但对于了解一下读者的阅读意向，范戈倒是十分赞成，于是让金珏去了。

金珏背着包，手里拿着一本笔记本，像一个上门做人口普查的登记员一样信心百倍地出发了。她选定的第一个对象，便是范戈的老同学代光信。之所以选定他，不光因为他和范戈有同学之谊，更重要的，他是小镇分管意识形态工作的领导，建设学习型政府正是他主抓的工作，金珏相信自己一定会得到他的支持。

在代光信凌乱的办公室里，金珏先做了自我介绍。代光信还没听完，便笑着对金珏说："我有时从书店路过，早就认识你了，就是没机会当面交谈……"

金珏忙说："我到福镇来，还没登门拜访代委员，非常抱歉！"

代光信的目光掠过金珏的脸，突然羡慕地说："范戈这小子真是好眼力……"

金珏听出了代光信话里的意思，不由得红了脸，急忙说："我只是他书店的一个营业员……"

代光信又哈哈笑了起来，说："金美女可不要多心哟，我说的也正是他物色了一个好营业员呀！"

　　金珏怕他再就这个话题说下去，忙把来意对代光信讲了。代光信一下子变得严肃起来，说："金美女，我也想读书呀！你回去问问范戈就知道，读初中的时候我和他都被同学称为'书虫'。即使到了高中学习那么忙，我们俩每天晚上躲被窝里，打着手电筒也要偷偷地看几页书呢！"说到这里，代光信又像回到往事中一样笑了起来。

　　金珏听罢，便也笑着对代光信道："现在社会变化很快，代委员又担负了一定的领导职务，更要读书，才跟得上形势呀……"

　　代光信没让金珏继续说下去，便道："美女，谁不想多学点儿知识呀？可你知道我们每个月的时间是怎么安排的吗？我告诉你，忙得屁滚尿流，哪还有时间看书……"

　　金珏听他这么说，忙笑着道："白天没时间，晚上却可以挤出一点儿时间来看看书呀……"

　　代光信似乎料到她会这么说，马上插话道："哈哈，别再说晚上了！不怕你笑，就说今晚上吧，就有好几个检查的饭局要去应酬，一番应酬回去，你说还怎么读书？"说着，又指了墙角一捆捆还没打开的报纸和杂志道："别说读书，你看，这些报纸和杂志我电话都打坏了，可就是没人来拿，只有留到年底卖废纸了哟！"

金珏还想跟他谈谈李克强在政府工作报告中提及的开展全民阅读和建设学习型政府的事,一听他这话,便打消了这个念头。代光信看出了金珏脸上流露出的几分不满的表情,又急忙说:"本来嘛,老同学开的书店,我能帮的岂能不帮?可买书和读书的事,都是个人的行为,我实在无能为力。回去对你东家说说,以后有了机会,我一定尽力而为!"

金珏实在不好再说什么了,便又问了一句像他们这样的基层党政干部一般的阅读意愿是什么。代光信回答得十分干脆:"按我想,只要有时间,什么样的书都会愿意读!"说完又笑一笑补充说:"开卷有益嘛,是不是?"

金珏听他如此说,忽然觉得范戈这个老同学像是一个十分油滑的官油子,什么都说了又等于什么都没说。她不知道他的话有几分真、几分假,感到怪无趣的,便起身告辞了。

接下来金珏又走了几个办公室,结果都和在代光信那儿一样。在一个挂着"水管站"牌子的办公室里,一个四十岁左右的中年女人一听金珏是推荐书籍的,马上便把她赶了出来。

中午回到书店,范戈见金珏无精打采的样子,便笑着问她道:"收获怎么样?"

金珏还有些不愿认输,对范戈笑了一笑,说:"上午我没带上书,下午我再背一些样书去。看见样书,效果可能会好一些!"说完突然扬起眉毛,目光炯炯地看着范戈有些异想天开地说：“要不，我们去买一辆电动三轮车，做一个流动书店，拉到一些机关和学校去卖……”

话没说完，范戈说：“想法很好，可谁拉去卖？”

金珏说：“你是老板，当然是我去卖……”

范戈笑了："得了吧，你在书店里都有混混来骚扰你，还让你蹬三轮出去卖书？小镇就这么大，真喜欢书，书店早成了他们的圣地。不喜欢书，即使给他送到手里，他也照样不喜欢！"

金珏有些沮丧地问："那怎么办？"

范戈笑了笑，说："别着急，书店开着，喜欢的人自然会主动上门！下午有个人要来书店看书，你给她推荐几本，让她就在这里安心地读……"

金珏忙迫不及待地问："谁？"

范戈道："王明玉！"

金珏听到这三个字，吃了一惊，过了一会儿才想了起来："就是你曾经给我讲过那位在书店赌博、被丈夫在屁股上砍了一刀的王明玉？"

范戈说："是的，可她现在不是来书店赌博，而是来读书的……"

金珏像是不肯相信自己的耳朵一样，瞪着一双大眼直愣愣地看着范戈问："真的？"

范戈肯定地点了一下头，说："你刚走，她就来了，已经在书店看了一上午书，刚走不久，下午还要再来！"说完，又对金珏说："你回来得正好，我有事正要出去一下，下午你就待在店里不要外出了。"嘱咐完毕，就匆匆忙忙地朝外面走去了。金珏想问问他有什么事也没来得及。

二

吃过午饭不久，王明玉果然来了。金珏只见她穿了一件粉红色的短袖T恤，一条藏青色的七分裤，裸露出的小腿十分圆润光滑，仿佛镀了铀似的放着光。手里提着一只紫咖条纹的帆布包，头发盘在脑后。金珏看见那段像是用玉石雕琢出来的白皙的脖子，就想起古人"玉颈生香"的成语，心里不由得暗暗感叹道："这真是一个漂亮的女人呀！"

王明玉走到金珏面前，像是不好意思地对她笑了笑，笑容十分灿烂和甜蜜。金珏看见王明玉那两排牙齿雪白整齐，更增添了对她的好感。她从没见过王明玉，但心里认定她正是范戈说过的那个女人。她正想打招呼，王明玉却抢在了她的前面，问："你就是金珏妹子吧？"

金珏急忙微笑着对王明玉说："就是！"说完又马上说："如果我猜得不错，你一定就是明玉大姐……"

王明玉没等她说完，又问："你怎么知道？"

金珏说:"中午老板对我说了,说有个王明玉大姐要到书店来看书。一看你这气质,我猜就是你!"

王明玉脸上马上腾起了一片红霞,说:"真是羞死个先人板板,我这个不争气的东西让你们书店蒙受损失了!"

金珏忙过去拉了她的手说:"明玉姐快别这么说,人都有犯糊涂的时候,只要改了就好!再说,听老板说,书店也没受什么损失。"

王明玉却叹了一口气,拉着金珏在凳子上坐了下来,然后才推心置腹地说:"妹子,都怪我自己不争气!不瞒你说,我过去可不是现在这样子!我从小就喜欢读书,读小学时,就喜欢上了小说和诗歌,那时的理想就是当一个作家或诗人。高中时是班上的学习委员,参加工作不久,就做了厂里的宣传委员。要不是喜欢读书,你说,我怎么能成为工厂的工会主席?可是一下岗,不知道怎么被鬼摸了脑壳,竟然糊里糊涂地迷上了赌博!要不是这次丈夫那一刀,这个家就毁在赌博里了……"

说到这里,王明玉又深深叹了一口气,接着垂下眼睑,目光盯着自己的鞋尖。金珏看出了王明玉内心的不安和懊悔,正想安慰她,王明玉却抬起头,看着金珏继续说:"妹子,你知道我老公原来是干什么的吗?我告诉你,他原来是个警察,和石一川是一个治安组的,所以他才托了石一川把我推荐给你的老板。那年上面开展打击赌博犯罪,他抓到几个赌徒,其中一个赌徒被称为福镇的'赌王'。我老公要治他们的罪。那个赌王便威胁他，说如果治他们的罪，便要把我赌博的事抖出来。老公为了保我，便把几个赌徒私自放了。不久省上开展警风整顿，这事被人告发了，他因为执法犯法，被清理出了公安队伍。没办法，他才开起出租车……"

王明玉说着，突然哽咽起来。金珏听到这里，也非常吃惊，怪不得王明玉的丈夫听说她又欠了赌债的消息后，会愤怒到动刀的程度，这事搁在谁身上都难受呀！但看见王明玉现在一副懊悔不已的样子，心又软了。她立即从吧台上的纸巾盒里取出一张纸递过去，说："事情都过去了，大姐就忘了吧……"

金珏的话还没完，王明玉又突然道："怎么能忘得了？都是我害了他！妹子，你知道，现在找个铁饭碗的职业有多难，何况我老公还是个警察呀！在这个小镇上，警察谁不羡慕？他被清理出警察队伍后，也和我吵过，并且扬言要离婚，可我知道他只是说说，他是舍不得我的。后来果然是这样，他对我说只要改了就好，他永远不会离开我！我收敛了一段时间，狗还是改不了吃屎，不知怎么又鬼使神差地坐到赌桌上去了……"

说着，王明玉目光中闪出了一种悔恨和希望交织的光芒，看着金珏继续说了下去："妹子，就像戒毒一样，这次我要痛下决心，坚决戒除赌瘾！而要戒除赌瘾，首先我要离那些赌徒远远的。怎么才能躲开那些赌徒呢？我想了很久，决定到你们书店来重新拾起书本。我相信书籍能帮助我走出迷途，重新拾起丢失的理想。老公也支持我来你们书店看书，他说，现在就到你们书店来打下秋风，等他把我的赌债还清以后，只要我喜欢，他就给我买很多书来读！现在，我就先到你们书店来白看书了，妹子，不知你会不会嫌我白来店里看书……"

金珏急忙拉着王明玉的手说："我怎么会嫌你呢？看见你改邪归正，我高兴都来不及呢！你说得很对，我记得有位外国作家说过：'阅读通常是一个破蛹而出的经历，而我们会重获新生。我们埋头读书，灵魂神游书中又可能再度融入人躯体，最终改变了我们自己！'老板中午就嘱咐过我，你愿意什么时候来就什么时候来，愿读什么书就读什么书，我举双手热烈欢迎！你说过去喜欢读书，不知你有没有这样的感觉，就是当我们读到一本好书的时候，就像坠入了爱河一样，令人终生难忘！"

王明玉立即心悦诚服地说："怎么不是这样！当和一本好书不期而遇的时候，那样美妙的感觉真是只可意会不可言传！"可说到这里马上又说："妹子，我也不白看，我还可以帮你们做些活儿……"

金珏忙说："我们不要你做什么，只要明玉姐能和过去告别就太好了！"

王明玉听了金珏这话，站了起来对金珏道："听你老板说，大妹子读了很多书，也懂很多书，我已经二十多年没摸过什么书了，也不知现在哪种书好，大妹子你就帮我选几本书读吧！"

金珏马上爽快地说："行，明玉姐！"

说着，便和王明玉一起走到书架边，给她选了一本严歌苓的《小姨多鹤》和一本虹影的《饥饿的女儿》，然后又对她说："明玉姐你先看看吧，别人推荐的书也可能不是最适合你的，最好的书往往是自己在书架上偶然发现的！"

王明玉一边感激地点着头，一边接过书，高兴地到茶吧的小桌子上认真地阅读起来了。

从此以后，王明玉果真履行了自己改邪归正的诺言，每天准时来到书店，除了回去做饭和吃饭的时间，其余时候都十分安静地沉浸在书本里。有一天，金珏给王明玉送茶去，突然问她："明玉姐，你每天只顾读书，也没见你刷过手机，难道没人给你打电话了？"

王明玉抬起头对金珏有些不好意思地说："也不怕金妹子笑话，我把手机交给老公了！"

金珏奇怪地问："为什么？"

王明玉道："我怕那些赌友又打电话来邀请我，就干脆连手机都不用了！"说完又望着金珏说："妹子你不知道，好赌的人也和吸毒的人一样，最怕的就是有人来邀约你！"

金珏看着王明玉的变化，她心里十分高兴，便说："你真是个好姐姐！真应了古人那句"祸兮福所倚，福兮祸所伏"的话,坏事变好事了!"说完又十分真诚地说:"明玉姐,这真的是天大的好事!这说明当你这些日子埋头在书本里时,你真的从原来迷失的自我中摆脱了出来。希腊人把这种状态称为'倒空自己',是为新的灵魂重新进入身体而进行的自我放空!"

王明玉听金珏夸她,不觉红了脸,说:"妹妹莫夸我,我读了这些天的书,越读越觉得回到了青年时代!"说完也幸福地笑了。

范戈这几天常常早出晚归,即使在书店里,也有些心不在焉,像是挂欠着什么事,有些焦虑的样子。金珏想问他,又觉得打听人家隐私不好,便忍住了。这天,金珏正在整理书架上的书,一个二十三四岁的姑娘忽然走了进来,对正在看书的王明玉低声问了句什么,便径直去了书店后面那间既是范戈卧室又是办公室的小房间。金珏没看清姑娘的面孔,但姑娘那件酒红色蕾丝连衣裙却像旗帜一样印在了她的脑海里。她觉得那姑娘犹如一只火狐狸,在她还没看清楚的一瞬间,一闪就闪进了范戈的房间,是那么随意和无拘无束,仿佛那房间就是她的洞穴。突然间,她的心不安地跳了起来,同时,又像喝了一大罐老陈醋,五脏六腑间都是一种酸溜溜的感觉。她急忙丢下手里的活儿,跑到茶吧悄声问王明玉:"刚才那个姑娘是谁?"

王明玉从书本上抬起目光,一眼就看穿了金珏的心思,便笑了一笑,也轻声说:"不知道。她只问了一声范戈在不在,我点了一下头,她就进去了。"

金珏朝屋子瞪了一眼,然后直起身子,朝前跨了一步,似乎也要进屋去,可又立即站住了。她踌躇了几秒钟时间,突然奔到吧台,用一次性纸杯从水壶里倒了一杯白开水,朝那间小屋子走了过去。

她端着茶杯的手有些颤动,杯里的水溢出了不少,烫着了她的手背,但她也没觉得。走进屋子里,映入金珏眼帘的,首先是那姑娘的后背。她这才看清姑娘连衣裙的背部开了两个小圆洞,上面那个小圆大小和一只小元宵差不多,下面比上面那个圆大得多,两只圆连在一起像一个葫芦。从两个圆的中间,不但可以看见姑娘白皙细腻的肌肤,还可以看见脊梁处凹进去的那道浅浅的、润滑的渠沟。接着,金珏又看见了姑娘那对挂在脖颈两侧的绿绿的宝石耳坠。大约因为姑娘在说话时喜欢摆动身子,那对绿宝石也便不断在她耳边摇曳。她端着茶杯走到桌子旁边,看清了姑娘那张脸,那真是一张美丽的面孔呀!鸭蛋形,一对漆黑明亮的大眼睛,上面的两道柳叶眉像是贴上去似的。鼻梁不高,却有棱有角,嘴不大,却很丰满性感,泛着粉红色的光。这样一张狐媚的面孔,男人很难不被她俘获。她将茶杯重重地往她面前一放,想习惯性地对她说一句:"请喝茶!"但因为心里的妒火,话生硬得像是从牙缝里迸出来的一样。更糟糕的是,因为用力,茶杯里的水从纸杯边沿溢出来流到了桌子上。她也没像往常那样说声"对不起",更没有去拿桌布来将茶水擦去,反而用眼睛狠狠地剜了姑娘一眼。姑娘却没在意,脸上继续洋溢着一种幸福和甜蜜的光彩,咧开嘴对金珏甜甜地笑了笑,说:"谢谢!"声音舒缓悦耳,带着一丝活泼的鼻音。姑娘这一连串优雅得体的举止,倒让金珏有些手足无措起来。她只愣了那么片刻的功夫,便自觉地退了出去。

可是金珏并没有走远,她在王明玉看书的小桌子边坐下,似乎想和王明玉拉话。王明玉此时被书中的情节吸引住了,连头也没抬,又暗自发出了笑声。金珏便拿起王明玉面前另一本书,走到另一张桌子边,一边假装看,一边却支棱起耳朵,企图捕捉住屋子里的声音。她虽然听到了两人在屋子里有一搭没一搭的说话,声音却压得很低,她没法听清楚,便愈在心里着急起来。

过了一阵,她突然听到了脚步声,知道他们就要出来了,急忙跳起来跑到书架边,装作整理书架。果然,范戈和姑娘都走了出来。范戈像是很着急,对金珏说了一句:"我出去一趟,很快就回来!"说完,就和姑娘肩并着肩走了。

看着两人的背影,金珏突然觉得自己的心一下被人掏空了,又感到自己像是一个被人遗弃的孤儿,心头压上了一块沉甸甸的石头,像和谁赌气一样坐在椅子上生闷气。

正在这时,一个四十多岁的中年男子忽然走了进来。金珏也没像往常那样走过去问好,目光只淡淡地朝他瞥了一下,仍坐在椅子上没动。男子走到书架间，目光仔细在一排排图书中逡巡着。过了一会儿，他忽然从书架上抽出一本书，认真地翻了翻，然后从口袋里掏出一个小本子和一支笔，低头在本子上写起什么来。写完，又将书放回到了书架上。这样边看边写，大约进行了半个小时。金珏突然走过去大声问："你干什么？"

汉子一惊，急忙将本子塞进口袋里，然后才像是有些不好意思似的对金珏笑了笑，说："不做什么，抄几个书名和定价！"

金珏心情本来不好，一听他这么说更气了，便气咻咻地道："抄书名和定价干什么？"

汉子见金珏一副没好气的样子，心里也有几分不悦起来，便直通通地道："干什么，网上买书呀！"说完又说了一句："我好做个比较！"

金珏听他这么说，气更不打一处来，冲他道："网上买书不知道到网上去查，到这儿来抄书名和定价，我这儿是书店，又不是给你提供比较服务的……"

汉子听金珏这么说，也像是生气了，便看着金珏道："你这是什么态度？谁叫你们实体书店卖得这么贵？同样的书，网上五折六折就能够买到，可你最高只打八五折，我就要来抄一抄，回去做个比较，你又能怎么办……"

金珏气得面色铁青，她还想和汉子争论，王明玉急忙过来把她拉走了。汉子又愤愤地瞪了金珏几眼，这才离开了。

金珏等汉子走后，这才意识到自己今天的失态。过去她也遇到一些到书店抄写书名和定价的读者，并且也知道他们抄书名和定价的目的是要到网上买书，但从来没生气过。她打定主意，等范戈回来，她一定要问清楚姑娘是谁，他和她又是什么关系，否则，她会发疯的。

三

金珏等到晚上九点多钟的时候，范戈也没回来。平时这时候，书店已经关门了，可此时金珏还不准备下班。她知道范戈肯定会回来，她一定要对他问个明白。范戈一直没回来，她心里的疑云完全遮住了头顶的光。她一会儿在一排排书架间漫无目的地踱着步，一会儿又走到书店大门口，身子靠着玻璃推拉门，目光像探照灯一样不断扫视着街道两边，希望在来来往往的人群中发现那个熟悉的人影。就在她望眼欲穿的时候，她终于捕捉到了那个从街道尽头急匆匆走来的男人身影。霎时，像是做了贼一般，她的心脏咚咚地加快了跳动。她害怕被范戈看出她在等他，急忙返身进到吧台里，拿起一块抹布假装擦起柜台来。

没一会儿，范戈洋溢着满脸喜气，果然进了屋，没等金珏开口，便十分诧异地问："怎么还没关门？"

金珏斜了范戈一眼，见他满面春风，心里的醋意更浓了，从脸上挤出一丝笑容，道："你不是也才回来吗？"说完不等范戈再说什么，又马上酸酸地问："什么事这么高兴，是不是交桃花运了？"她特别在"桃花运"三个字上加重了语气。

范戈并没有听出金珏话里那种酸溜溜的味道，仍笑着说："看你说些什么，桃花运是想交就能交上的？"说罢，突然打开包，从里面抽出一个大红请柬，递到了金珏面前。

金珏吃了一惊："这是什么？"

范戈带着一种幸福的笑意看着她，道："请柬呀！"

金珏没接，说："我在小镇无亲无戚，也没朋友，谁给我请柬呀？"

范戈说："你看看就知道了。"

金珏犹豫了一会儿，才从范戈手里接过那个印着大红喜字的请柬。她小心地从塑料薄膜中抽出请柬，打开一看，只见下面写着"范珊"两个字，心里咯噔跳了一下，目光落到范戈身上，似乎明白了什么，却仍装作不明白："范珊是谁？"

范戈说："我妹妹呀！"

金珏的眉毛向上扬了起来，眼睛也睁得溜圆，露出了一副惊讶的神情，过了一会儿才看着范戈问："你妹妹，我怎么从没听你说过呢？"

范戈说："我怎么没给你说过？早些的时候我不是告诉过你吗？我妹妹在省城师范大学读书，很快就要毕业了。"

金珏蹙起眉头，目光落在对面书架上，像是在努力扫描记忆中的图版一样。过了一会儿，仍然对范戈摇着头说："没有，你肯定没告诉过我！"

范戈听了这话，也有些疑惑了。他也皱起眉头想了一会儿，突然咧开嘴，一边朝金珏抱歉地笑着，一边拍着自己的脑袋说："搞错了，搞错了，我记起来了，我对镇领导说过有个妹妹的事，记成是你了，都怪我，都怪我！"说完又马上解释说："我妹妹和她男朋友读的是免费师范生，前不久毕业了，两人都分到我们福镇中学。他们从进入大学就开始恋爱，为了不影响工作，决定在正式上班前把喜事办了。你知道的，我爸妈都不在了，他们又才回到小镇，许多事情不知道该怎么办，所以这段日子，我不得不担起哥哥的责任来呀……"

金珏急忙打断他的话，莫名其妙地对范戈问了一句："你妹妹长得什么样？"

范戈像是被这话问住了，过了一会儿才看着金珏说："下午你不是还给她送过茶吗？"

一听这话，金珏先是瞪着一双大眼傻傻地看着范戈，紧接着，两片胭脂似的红晕爬上脸颊。她突然红着一副面孔朝范戈鞠了一躬，连声说："对不起，对不起，真是对不起……"

范戈听了这话倒有些糊涂起来了，忙看着她问："对不起什么？"

金珏没回答，红着脸跑开了，说："下班了，下班了！"说完这话才回头看着范戈问："你还没吃晚饭吧？"

范戈说："在妹妹那里已经吃过了，你吃过没？"

金珏本来还没吃，听了范戈的话却说："我也吃过了，刚才叫的外卖！"说完又回头对范戈说："这几天你累了，早点儿睡，我回楼上去了！"

说完，金珏拉开玻璃门，几步跑到了大街上。此时，她觉得自己的脚步特别轻快，浑身都充满了力量。再看看街上，一切都让她感到新鲜，连平时最让人讨厌的汽车喇叭声，这时听起来都有些欢愉和可爱。走着走着，她哼起了歌曲《莫斯科郊外的晚上》，和着歌曲的旋律，几乎是连跑带跳地回到了楼上。

第二天范戈起来，去对面一家早餐店吃过早餐，又沿着河边散了一会儿步，回来见书店的大门仍锁着。他开了书店大门，又过了大约半个小时，金珏仍没来上班。范戈掏出手机准备给金珏打电话，想了想又放弃了。因为金珏从来都是准时上下班，她没来一定是有什么事。是什么事呢？难道她感冒了，还没起床？一想到这里，范戈就有些不安起来。他想了一会儿，打算暂停营业一会儿，到楼上看看。当他正要关门时，金珏却一手抱着一把鲜花，一手提着一只礼品盒，像只快乐的小兔子一样蹦跳着走进屋子。范戈十分惊讶地问："你这是给谁送礼呀？"

金珏先对着范戈恭恭敬敬地鞠了一躬，然后才甜甜地叫道：

"生日快乐！"说着，先把手里的鲜花塞到范戈怀里，然后打开礼品盒，取出一只智能变速电动剃须刀和一只会提醒喝水的"小水怪"杯子递给范戈。

范戈捧着礼物愣了半天，他看着鲜花、剃须刀和水杯，心里突然奔涌起一股幸福和甜蜜的暖流来。因为高兴，他的眼睛眯成了三角形，从窄窄的眼缝中迸发出明亮和喜悦的光芒。同时嘴唇轻轻哆嗦着，像是想说什么却又一时说不出来的样子。这样过了一会儿才回过神来，看着金珏问："你是怎么知道我的生日的？连我自己都忘了。"

金珏说："在省城的时候我就打听过了！再说，灯塔书店的工商注册登记上，不是还有你的身份信息吗？"

范戈没作声了，过了一会儿才特别感动地说："我从来不过生日，再说，你也不该送我这么贵重的礼物呀！"

金珏突然撩起衣袖，亮出了手腕上范戈送的那只翡翠手链，对他说："怎么，我的生日你送了这么贵重的礼物，你的生日我送的礼物你不该接受吗？"

范戈十分惊讶，问："那天是你的生日？"

金珏说："难道你没看出那天我有多高兴吗？我想对你说出来，可又不好意思。后来我悄悄向你公司的人打听出了你的生日，便在心里发誓，等你生日那天，哪怕你在天涯海角，我也一定要礼尚往来！"说完又看着范戈补了一句："这难道有什么不对吗?"

范戈听金珏这么说,身上的每根血管和神经都似乎颤动了起来。同时又在心里感叹起世上竟有这样阴差阳错又顺理成章的事。那天他买手链送她,原本是感谢她为自己开书店出谋划策的,竟不偏不倚地碰上了她的生日,这难道不是缘分么?想到这里,他感到全身的血液就要沸腾了,心也怦怦地跳着,跳得有点儿难受,像是在催着他要做点儿什么。他看着金珏那对楚楚动人的眼睛和那张像是熟透了的红苹果一样的面孔,突然将手里的鲜花和礼品往吧台上一放,一把将她抱住了。可当他正准备去亲她的时候,金珏却用力地推开了他,指着书店大门,颤抖着说了一句:"明玉大姐马上就要来看书了……"

范戈急忙跑过去关上玻璃门,并从里面上了锁。接着跑回来,拉起金珏走进里面那间小屋子。范戈重新将金珏抱在怀里,将嘴凑到金珏唇边,突然像只贪吃的野猫一样含住她湿润的上唇。金珏像是窒息一样从胸腔里发出了一声长长的呻吟,双手紧紧地吊在了范戈的脖子上,一边身子微微颤抖,一边却从上到下都在向范戈舒展开来,如一朵鲜花迎接着蜜蜂采蜜一样,紧紧搂抱着范戈不肯松开。

事情发展到这一步,一切都顺理成章了。没过几天,范戈便把自己的东西从书店那间小屋,搬到了楼上金珏住的屋子里。

第七章 老书痴

一

时间过得真快,"秋老虎"才过,"白露"这个节气便脚跟脚地赶来了。天气一天天转凉。白天尤其是中午,阳光还带着几分烤人的热气,即使这样,光线从书店的玻璃门和玻璃窗穿进来,犹如一支支被折断的箭镞,落到房间地面或书架上,显得有些无力。一到夜晚,气温便像水银柱一样迅速下降,清晨起床一看,阳台上那几盆花草的叶片和花瓣上,都挂着一颗颗细小的、如珍珠般的水滴,在晨光的照耀下,晶莹剔透、洁白无瑕。金珏看见喜欢得不得了,伸出纤细的玉指在水滴上沾一下,然后把手指伸进嘴里轻轻吸吮起来,一丝清凉和甘甜的气息立即弥漫到了全身。范戈笑着问她道:"知道'白露'为什么叫'白露'吗?"

金珏回眸一笑,做出万千媚态,却嗔怪道:"就你知道?"说罢,又用手指沾起一滴水珠,正要往嘴里送时,范戈却捉住她的那根玉指,说:"让我也尝尝这甘露是什么味道!"说着低下头,将金珏那根手指含在嘴里用力吮起来。

金珏红了脸。她朝对面屋子看了看,幸好对面屋子窗户上还拉着窗帘。范戈一边吮,一边害怕金珏会跑开似的握住了她的手腕。他的指头感受到了金珏手腕上血管的搏动。那脉搏像不安分的小动物,沿着他的手臂很快窜满他的整个身体,使他身上的血液加快了流动。他感到身体好像要爆炸。于是吐出金珏的手指,一把抱起她进屋子去了。

自从范戈生日那天他们突破了男女间那道防线后,就一直像夫妻一样同居在一起。现在,两人都还像新婚一样处在蜜月当中,恨不得每时每刻都厮守在一起。在这期间,范戈回了几趟省城处理公司一些重要事务,事情一完,就马上赶了回来。他对省城公司的同事们说灯塔书店的业务还没完全打开局面,可只有他心里才知道,他这样做既有书店的因素,更重要的是半天没看见金珏,思念就像一条狠毒的虫子开始噬咬他的心灵来,使他十分难受。

这天,书店突然走进来一个七十来岁的老者,头戴一顶深灰色的针织毛线帽,鼻梁上架着一副高清智能自动变焦的抗蓝光老花镜。上身穿一件黑色的中长款绒棉外套,下面一条咖啡色灯芯绒宽松休闲裤,身材颀长,略显干瘦,虽然脸颊上也有几道深深的皱褶,但面色红润,目光矍铄,步态有力,让人一看,不但会被老人身上那几分仙风道骨所吸引,更重要的是感到在他那颗不大的脑袋里，隐藏了世界上很多深刻的思想。金珏一见，忙迎过去欠了欠身子，微笑着道："大爷，买书吗？"

老人朝金珏点了点头，咧开嘴，露出两颗残缺的门牙，对金珏笑着说："谢谢，不买书，我看看！"

金珏马上对老人做了一个请的手势，退到一边，让老人进去了。

老人走到书架前，一排排看过去。他看得很认真，目光有时只在书脊上匆匆掠过，有时却停留很久，甚至取下来，像抚摸情人一样轻轻地抚摸一遍封面，又翻翻书里内容，像是对这些书有些爱不释手，然后又将书拍了拍，重新放回书架上。他看了很久，金珏在旁边陪着他，见他全神贯注的样子，也不好打搅他。一直等老人看完，金珏以为他要说什么了，可老人除了脸上那副惯常的微笑外，还是什么也不说，又走进茶室四处看了看，甚至连范戈以前住的那间兼做办公室、库房的小屋子，也伸头看了一遍，然后才满意地点着头走出来。那神情，像是某个文化稽查的领导对书店进行突击检查。

走到门口，金珏以为他就要走了，正准备说"欢迎下次光临"的话，老人却突然在吧台前站了下来，看着她说："姑娘，你贵姓？"

金珏忙说："大爷，我姓金，我是书店的营业员，你叫我小金好了！"

老人眼里飞出了几分赞许的光芒，然后又问："你老板是不是姓范？"

金珏不知老人问这些话是什么意思，可一看见老人慈祥和关切的目光，便相信他是个好人，道："是的，大爷，我们老板叫范戈……"

老人接着又问："他人呢，能不能请出来让我见见？"

金珏立即道："他到省城出差去了，今天下午才能回来，大爷！"

老人眼里立即飞出一道失望的神色，可很快又恢复了原样，只轻轻地"哦"了一声。

金珏见状，马上好奇地问："大爷，你找他有事吗？"

老人过了半天才笑着说："你们的书店不错，不错，我有生之年，能在小镇上看见一家真正的书店，死而无憾了！"说罢又看着金珏问："姑娘，你知道琅嬛福地的故事吗？"

金珏问："大爷，是不是'洞天福地'……"

老人摇了摇头："不完全是！洞天福地指的是道家的仙山，如十大洞天、三十六小洞天和七十二福地等。洞天福地多是实址，历代修行者多在其间建庙立观，精勤修行，留下不少人文景观、历史文物和神话传说。琅嬛福地虽也是道家藏书之所，却是虚构的……"

一听到这里，金珏立即说："哎呀，原来不是一回事。大爷，那你快给我讲讲琅嬛福地的故事吧！"

老人见金珏一副虚心好学的样子，又笑了笑，说："那好，那好，我就给你说一说！说是晋朝有个读书人叫张华，读了很多书，特别是天下图谶方技之书，他几乎全看过。因为读了这么多书，这个张华便有些自视甚高，自认为天下没有他没看过的书。有一天，他到一座叫洞山的山游览，遇见一位老者以书为枕躺在一块平石上，张华便过去同他搭讪起来。他拿过老者所枕书一看，里面都是蝌蚪文，张华傻了眼。老人问他：'你看过多少书啊？'张华便吹起牛来：'二十年以内的书没有，若说二十年以外的书，我全都看过的。'老人笑了笑，拉着张华的手走到石壁以下，有道门，进去之后，路很宽，到了一间书房，里面到处是书。张华问是些什么书，老人说是一代一代的历史。又到了第二间，这里的书更多了。张华又问是什么书，老人说是万国志。又到了第三间，房门上了很结实的锁，门口有两条黑狗把门。门上有匾，四个大字是：'琅嬛福地'。张华问：'这是什么地方？'老人回答说是收藏'玉京、紫薇、金真、七瑛、丹书、秘籍'的地方。老人指着那两条狗说是两只'痴龙'，在这里已经看守了两千年。老人开了门，请张华进去，张华一看全部是秦汉以前的书和介绍海外各国情况的书，大多没有见过，张华便有些晕头转向了。离开时对老人说：'改天我得带着干粮来，把这些书看个够。'老人笑而不答，把他送了出来。刚出门，那道石门忽然自动关上。关得严严实实，上面覆盖着青苔，连门缝也找不出来了。张华呆呆地愣了一会儿，深深拜了几拜，这才离开。这是明代张岱在《琅嬛福地记》里记下的故事。接下来，张岱有一首五言诗，其中有这么几句：'……上溯书契前，结绳亦有记。燧前视伏羲，已是其叔季。海外多名邦，九州一黑痣。读书三十乘，千万中一二。方知余见小，春秋问蛞蟥。石彭与凫毛，所见同儿稚……'最后两句是：'坐卧十年许，此中或开示。'"

金珏听完，说："大爷，我明白了，这个故事告诉读书人要谦虚一些，因为世界上的书是多得读不完的……"

大爷打断了她的话说："不全然是这个意思！为什么要把那个洞叫'福地'？因为有书呀！这世界上，哪儿有书，哪儿就是一块福地呀！你们在福镇上开了一家书店，这小镇因为有书的滋润，迟早也会成为一块真正的福地！"

金珏知道今天遇到高人了，忙说："大爷，您老贵姓？"

老人呵呵笑了两声，道："免贵姓黄，名正凯！"说完又对金珏打了一躬，说："小金姑娘，你老板回来，麻烦你转告他一声，有位姓黄的老朽来拜访过他……"

金珏见他又提到范戈，便再一次问："黄大爷，你找我们老板到底有什么事？你能不能先说给我听听，他回来我一定转告他！"

老头想了半晌，突然说："也好，也好，反正老朽也没什么事！不过说来话长……"

金珏没等他说完,便拉起老人的手,说:"黄大爷,不要紧,先到茶室坐坐,我给您老泡茶来!"

说着,她把老人拉到茶室坐下,回来泡了一杯茶,恭恭敬敬端到老人面前放下,这才在他面前坐下,期待地望着他说:"黄大爷,您讲吧!"

老人端起茶杯,吹了一口茶面上的泡沫,轻轻呷了一口,这才慢慢讲了起来。

二

"姑娘,你大概也看出来了,我是本地人。我就住在红石盘黄家湾。红石盘原来属牌坊乡,去年合乡并镇,又划到黑龙潭镇了,离这里有三十多里路。我是在'文革'前一年,从我们牌坊场小学考到福镇中学来的。'文革'你知道吧?我今天讲的这个故事就发生在那时候。

"我从小就喜欢看书,打个不恰当的比方,那时候看见一本喜欢的书,比后来看见我老伴还要高兴。那个时候福镇唯一有书的地方,就是供销社的新华书店,位置就在现在大世界酒楼那儿。书店不大,大约就三十平方米的样子,也就是说只有一间屋子大。我现在还记得书店的正面墙上,挂着马克思、恩格斯、列宁、斯大林和毛泽东的像,还有一张孙中山的像。那时候我们这些从山里来的小娃儿第一次看见孙中山的像,觉得他的脸板着,怪严肃的。我们最喜欢的是毛主席,不管从哪个方向看,他都在对我们微笑。

"书店的书架是红色的,现在我都没弄清楚他们为什么要把书架漆成红色。书架有两米来高,靠墙而立。前面是一排木柜台,也是依墙呈凹形布置,将书店分隔成内外两部分。凹形柜台距离书架大约有一米宽。书店的书全陈列在书架上,至于分没分类陈列,我现在记不清楚了。记得最清楚的是,读者要买哪本书,自己看清楚了,告诉书店的营业员,由营业员给你拿,读者不能进柜台到书架上取。也就是说,你们现在是开架售书,读者可以在书架上任意翻,那个时候不行。

"书店的营业员三十来岁,长得不是很好看,一张马脸。我经常到书店去,从没见她笑过,仿佛别人欠了她什么。那个时候人都很穷,加上多数中国人的文化程度不高,尤其是在我们这样偏远的小城里,除了政府机关工作人员和学校老师及正在读书的学生娃,百分之九十以上的人都是文盲或半文盲。在这种情况下,你说有多少人能进书店呢?机关的工作人员和学校教师,多数也都是'半边户'。什么叫'半边户'?就是只有一个人在机关或学校端铁饭碗,另一半仍然在家里种地。那时工资普遍不高,又是'半边户',所以即使这部分人偶尔到书店买一本书,买书的钱也不知要从牙缝里省多久才能省出来。至于学生娃,没有分文收入,买书更是可望而不可即,因此那书店门前冷落车马稀是可以想见的了!卖书的人端的是铁饭碗,书架上的书卖多卖少与工资无关,但她却非常在意去买书的读者是不是把书弄脏了、弄破了,如果上级来检查,发现书被弄脏或弄破,是要受批评的。因此,她对我们这些学娃儿进书店特别警惕。一是我们的手爪子比较脏,二是容易把书弄破,所以只要一见我们这帮学生娃儿到书店来,就如临大敌,不但把一张本来就长的脸拉得更长,而且杏眼圆睁,就差拿棍子赶我们。偏偏我们这帮学生娃儿读书的瘾又大,任凭她怎么不高兴,我们只要一有时间,就往那唯一的书店跑。不但如此,她越不高兴,我们往书店跑得越勤,像是故意和她作对一样。

"可是不管我们往书店跑得有多勤,到了书店,我们十有八九只能站在柜台外面,看着那些陈列在书架上的书望书止渴。实在忍不住了,便央求那个马脸营业员把自己看中的书拿下来给我们看看,马脸营业员阿姨也像和我们这些学生娃有仇,立即瞪起眼睛说:'要买就拿钱来,不买就走,看啥子看?'我们说:'我们只看一眼呢……'阿姨没等我们说完,便斩钉截铁地道:'看半眼也不行,快滚,少给我啰唆!'我们顿时像泄气的皮球——全蔫了。唉,那时候的学生娃,哪个手里有钱呢?

"我记得那是一个星期四的下午,最后一节课是体育课,我不喜欢体育,一上体育课就逃课。那天下午也是一样,上完前一节课我就逃出来朝书店跑了去。书店平时人就不多,那天下午更冷清,只有几个闲人在书店门口的街檐下坐着摆龙门阵。那个马脸阿姨坐在右边柜台里一张凳子上,手托下巴,眼睛一动不动地望着街檐下几个摆龙门阵的闲人,似乎在专心地听他们说话。我还忘了告诉你,那柜台左边有一道供营业员出入的门。那门是什么样子呢?大约有六十厘米宽,用一块安了铰链的活动翻板拦住,门板下面是空的。马脸营业员阿姨进出时,只需将木板向上掀起。我见马脸阿姨全神贯注地望着外面,便慢悠悠地晃到出入口前,向右望了望,见她并没有发现我,心里突然涌起不顾一切的冲动,竟像猫一样,一弯腰就从翻板下钻了进去。我现在还记得那时心跳得有多厉害,紧张得简直就像要蹦出来的样子。进到柜台里面,我不敢起身,像狗一样四肢着地往前爬了几步,坐在了地板上。此时,我的心里既紧张又高兴,我轻轻拉开书架下格的柜门,抽出一本书来。一瞧封面,呵!一个骑着高头大马的解放军画像即刻震撼了我。原来这是一本描写打仗的书!打仗的书,这可是我最喜欢的呀!于是我开始读了起来。其实现在想起来,那也只是一个很简单的通俗故事,但在我那个年龄,再俗不可耐的故事似乎都有着奇特的吸引力。读着读着,我忘记了一切,只沉浸在了书中的故事里。

"可就在这时,忽然一声尖叫,把我从书中的世界拉了回来。我打了一个哆嗦,抬头一看,马脸阿姨叉着腰站在我面前,仿佛要一口把我吃了。还没等我把书还回去,她一把将我拎了起来,先推了我一把,然后气势汹汹地问我:'你这个小偷儿什么时候进来的?'我脸顿时红了,便喃喃地说:'我不是小偷儿……'没等我话说完,她又推了我一把,提高了声音道:'你躲到这里还不是小偷儿?说,你是怎么钻进来的?'我吓得浑身颤抖起来,过了一会儿才指了指那小门。她更怒不可遏地盯着我问:'你是哪个学校的?'一听她问哪个学校,我不敢回答。她见我埋着头不回答,又问:'你叫什么名字?'我还是不敢回答,只是低头将身子缩成一团。她又一把将我拎起来,眼睛逼视着我问:'你不说,我把你这个偷儿送到派出所去!'我们这些乡下的孩子没见过什么世面,一听说送派出所,我吓得哇的一声就哭了起来。

"这时一个老爷爷走了进来。那老爷爷穿一件蓝布长衫,个子很高,腰板挺得笔直,蓄了一撮山羊胡子。他走到我们面前,隔着柜台问女人:'这孩子怎么了?'女人余怒未消,气冲冲地对老爷爷说:'一个小偷儿,不知什么时候钻到里面偷书!'老爷爷一听,掀开翻板走了进来,抚摸着我的头问:'孩子,你真是进来偷书的吗?'我哭着说:"我没有偷书,我只是悄悄爬进来看书。"老爷爷听了这话,马上看着马脸阿姨问:"是不是这样?"马脸阿姨没说话,老爷爷便看出了我说的是真话,马上拉

起我的手说：'看书好呀，爱学习嘛，可看书就看书，怎么要钻洞洞呢？'我哽咽着说：'我没钱……'

"我话还没完，老人便对女人说：'这孩子不是小偷，是个喜欢读书的孩子，你把他交给我，不要再吓他了！'老爷爷和马脸营业员阿姨大概很熟，听了这话，果然把我交给了老爷爷，但在我临走时，她还嘟囔了一句，但现在我已经记不得这句话了。

"老爷爷领着我一边往外走，一边问我叫什么名字，是不是真的喜欢读书，我说我非常喜欢。他说：'你真喜欢读书就好，我领你到一个地方去！'说着把我带进一个院子。这院子离供销社那个书店很近。他打开一道屋门，我立即哇的一声叫了起来：那屋子有好几排大书橱，上上下下全是书。接着他又开了一道门，屋子里仍然全是书。一见那些书，我的腿像被磁铁磁住了。老爷爷看见我这样，有些骄傲和自豪起来，又对我说：'孩子，你跟我来，还有呢！'说着又把我带到楼上，楼上果然还有一屋子书。不过那都是一些发黄的古书，我看不懂，但我相信那是老爷爷最喜欢的书，不然他不会放到楼上。老爷爷见我发愣的样子，便把我的手拉起来，对我说：'孩子，你以后就到我这儿来拿书看，你喜欢什么书就拿什么书，看完还我就是！'一听这话，我激动得只喊了一声'爷爷'，连感谢的话都说不出来了。

"我刚才不是给你讲过琅嬛福地的故事吗？当然，我那时也不知道这个故事。当我知道后，我觉得当年老爷爷那三个书屋便是琅嬛福地!不过我比那个吃闭门羹的张华幸运,老爷爷说到做到,果然把他那个'琅嬛福地'完全向我敞开了。从此以后,我在老爷爷那里借了很多书看。有时星期天我也不回家里,就在老爷爷书房里捧着一本本书看。我沉浸在书里如醉如痴,忘记了时间,忘记了房间,也忘记了自己。老爷爷也非常喜欢我,他学识又渊博,不但借书给我看,还给我讲了很多书话和一些古今中外读书人的故事。那些故事,至今还烙在我的脑子里!金姑娘什么时候想听,我还可以一字不差地讲出来。用一句俗套的成语来说,真所谓受益匪浅呀!

"可是好景不长,一年过后,'文化大革命'就爆发了。那时我已上初中二年级,学校停了课,红卫兵小将到处搜查'四旧'。我那时也和所有的青少年一样,'破四旧、立四新'的革命热情大得很呢!我和同学们一起破完了城里的'四旧',又到乡下去破,把我们认为是'封、资、修'的东西,统统给砸了、烧了。革命洪流,哪个能阻挡?破完乡下的'四旧'回到城里后,我们的头头又问我们哪儿还有'四旧',不谙世事的我随口说了一句:我知道哪里还有'四旧'的东西!

"一听这话,红卫兵小将们便要我带路去搜查。话说出口,我就有些后悔,可是已经晚了,所有的红卫兵小将都看着我。于是我将红卫兵小将带到老爷爷的院子里,往老爷爷的屋子里指了一指。红卫兵小将立即冲进老爷爷的屋子里,很快将老爷爷押了出来。接着，他们将老爷爷那些书全部搬到大街上，堆成了好几大堆，把老爷爷也押到了那里，然后一边呼口号，一边点燃那些书籍。老爷爷还想抢救那些书，他挣脱红卫兵小将的手，朝书堆扑了过去，可立即被我的同学们拉了回来。就在这时，老爷爷身子突然扑倒在地，浑身抽搐，口角流血。我的同学们只顾烧书，欢庆胜利，老爷爷就这样离开了人世。

"这事在我心里留下了难以磨灭的悔恨。我不知道老爷爷那天看见我没有，但我年龄愈长，愈觉得是自己给老爷爷带去了不幸，罪孽深重，悔不当初。恢复高考后，我考上了地区师范学院，毕业后分到邻县一所中学教书。参加工作以后，一方面由于自己喜欢书，另一方面也是为了补偿心里的愧疚，几十年来我坚持买书、藏书，家里也积了好几千册书，为这事还和儿女翻了脸。十年前退休后，我回到老家居住，把书也搬回了老家。当得知镇上办了一家书店，又听说老板姓范时，特地来书店看看这范老板可是范文灿之后！哦，我还没告诉你，老爷爷叫范文灿。你老板回来后，你可问他一问。如是，黄某还要为当年他爷爷的事，向他当面谢罪。若不是，黄某也想和他交个朋友。拜托了，姑娘！"

老人站起身来对金珏打了一个躬。金珏忙说："黄爷爷，您可别这样，晚辈怎么敢受您这样的大礼？您讲的故事太感人了，我一定向老板转达到！"

黄正凯老人想了想，又道："你给我找支笔来，我给你写个联系方式，免得你忘了。"

金珏见老人如此郑重和认真，跑到吧台拿过一支笔和一张纸。老人接过去，写下了自己的姓名、电话和住址，给了金珏后，才站起身往门外走。金珏把他送到大门外，老人又转身对金珏打了一躬，再次叮嘱道："姑娘，可别忘了，啊！"说完才走了。金珏目送着老人走远后，这才回到店里。

三

晚上十点多钟的时候，范戈回到了福镇。一到家，金珏便拿出黄正凯老人留下的纸条，把他上午来访和所讲的故事以及要托她转告的话，对范戈说了一遍。还没等金珏讲完，范戈便叫了起来："对对对，我爷爷就叫范文灿！他讲的爷爷死的经过，也和父亲告诉我的一模一样。父亲还告诉过我，说当年向红卫兵告密的，就是一个经常到他那儿借书看的学生，没想到他还活着。这太好了，我一定要见到他……"

听到这里，金珏便盯着他问："这么多年过去了，难道你真要对他兴师问罪？"

范戈忙说："你想错了！那是一个狂热的时代，何况他那时还是一个小孩，我怎么会去对他兴师问罪？他不是还有几千册藏书吗？我想看看他的藏书！再说，这年代能够这样安安静静坐拥书城的人太少了，说不定老人家真是一个民间高人呢！"

金珏听到这里，便笑着对范戈说："我就知道，一听说书，你心里就放不下了！"

范戈笑了笑，说："大哥别说二哥，你不也一样，听见书眼睛就放亮光！"说完又说："不行，我得先给这个黄老伯打个电话！"一边说，一边掏出手机，按照黄正凯老人留下的号码拨起电话来。

拨了两遍，没拨通，电话里一个温柔的声音告诉他对方的手机已关机。金珏便道："这么晚了，黄大爷大概关机睡了，明天再说吧！"

范戈有些失望地关了手机，突然说："明天上午我们就到红石盘黄家湾去登门拜访，红石盘那地方我知道……"

金珏犹豫地问："书店明天不营业了？"

范戈说："我给明玉大姐说一说，请她明天帮我们看半天店！"

说完，范戈给王明玉打电话，说他和金珏明天上午要到一个地方办点儿事，请她照看半天书店。王明玉非常爽快地答应了。

第二天上午，王明玉果然比平时提前了一个多小时到书店里来。范戈给她简单交代了几句，便开着那辆雅阁车，载上金珏往乡下去了。

轿车一出城，金珏便被城外深秋的风景给迷住了。空气是这样澄明，温柔干净得仿佛过滤过。她从前面挡风玻璃看出去，远处是山，高处是云，身边是田野，低处是水。车轮摩挲着地面往前方奔驰，远处的山就像接受他们检阅似的不断地向他们走来，然后靠近，再然后与他们的汽车重叠，再再然后新的山又出现在视线之内，山的皱褶与棱角仿佛就是前一座山的翻版。她看着那些向自己不断走来的山峰，突然有些恍惚起来。她不知道自己和范戈究竟是在向前走，还是山在向后走，但她知道，每经过一座山，她和范戈便把自己的气息洒在了山间，和周围的空气融为了一体。再看看高处的云，时而重合成一匹奋蹄扬首的战马，时而连接成一座连绵起伏的山脉，或只是单身飘浮游荡，幻化为美女、怪兽，令人浮想翩翩。金珏觉得他们完全是行走在一幅移动的风景画里，她不知道在这移动的风景里，她和范戈是会很快消失呢，还是也成为一道供别人观赏的风景。

比起远方的山和高处的天空，身边的田野和水就逊色了一些。庄稼已经收割完毕，大地完全敞开了它博大的胸怀，透过稻茬和正在枯萎的野草与小灌木，可以看见深褐色和土黄色的泥土经过一个春夏的奉献，累了似的静静躺在那里。在一块靠河边的狭长的地里，金珏还看见了被主人收了一半的土豆，没来得及收获的那半片地里的土豆苗全枯萎地倒在地上。在枯萎倒伏的土豆秧之间，一些叶片也同样正在枯萎的蒿草仍昂首挺立，将身子直戳戳地刺向天空，有的甚至高达一米，显示这片土地经营的粗放。在一晃而过的瞬间，金珏还发现在一棵蒿草的顶上，竟然还跳跃着一只指头大小的小鸟雀，她看见那鸟雀不断摆动的小脑袋，却没看清它的眼睛。巴河和州河的水瘦了许多，波平如镜，十分忠于职守地映着白云，安静中又让人觉得少了几分夏日的气势和桀骜。金珏想，那沿河两岸的河滩，过去一定有许多芦苇，一些水鸟和水蛇在里面栖息。可现在两边河滩全修成了钢筋水泥的防护堤，没有了芦苇，也没有了水鸟，难免显得有些单调。但汽车进入山间，金珏在溪涧两边看见了芦苇。不过芦苇被季节逼得枯了下去，那像剑一般长长的叶片黄黄的、哀哀的，所幸那芦苇花正被风吹得飞飞扬扬、起起伏伏，像一群白蝴蝶翩翩而舞。溪涧两边还有一丛丛野菊花，花蕾已有黄豆那般大小，有的已经绽裂开，露出了金色的花瓣，探头探脑的样子十分可爱。

汽车进了山坳，金珏眼睛又是一亮，又被满山转黄的枫树和乌桕树叶吸引住了。在太阳照耀下，这些树叶通体金黄，还有其他一些树，金珏叫不出名字，但它们的叶片，有的呈现出麻褐的颜色，有的又呈现出赤金的颜色，还有的呈现出一种素黄的颜色……各种颜色的树叶交织在一起，整个山岗层林尽染，姹紫嫣红，仿佛一幅巨大的、美不胜收的水墨画，看得金珏都呆了。

黄正凯老伯的家就在这幅水墨画里。

他们把车停在前面的公路上，徒步向黄老伯家里走去。

这是一幢老式的全楔式穿斗土木建筑，以石为础，以木制梁、制楔、制柱、制椽，以竹隔墙，以小青瓦为顶，人字形，两分水。宽阶沿，大出檐，格子窗，木瓜垂。上下两层，上层干燥，存放粮食，下层为住房、堂屋、厢房、厨房。整座房屋虽然不大，但造型别致，色彩素雅，古色古香。青石院坝，院子边上几株桂花树正开着一簇簇米粒似的繁花，还没走近院子，一股异香便扑鼻而来。屋角一棵高大的橙子树，树枝被一个个比海碗还大的橙子压弯了腰，被主人用竹竿给撑着。几只鸡悠闲地在院子里踱步，门旁卧着一条土黄色的狗，半眯着眼看着院子里的鸡，像在思考什么。这样的传统乡村院落，从大巴山深处走出来的金珏见过不少，可对于一直在城里长大的范戈来说，就显得十分新奇，不禁连声叫道："好地方，好地方，如此幽静的地方，怪不得黄老伯退了休要回到乡下！"说完又对金珏说："等我们今后老了，也来找一块这样的世外桃源，与日月清风鸡鸭为伴！"

金珏听后正要回答，忽然从墙角下跃起一条大黄狗，一边狂吠，一边气势汹汹地朝他们跑了过来。

金珏吓得急忙躲到范戈身后。范戈站下来，一手护住金珏，一边扬起另一只手朝狗挥舞了一下。狗转身跑了几步，见并没有什么危险威胁到自己，又返身朝范戈和金珏跑了过来。正在这时，喝止声传来，那狗立即偃旗息鼓，乖乖地又退到阶沿上卧下了。

随着喝狗的声音传来，一个老人从屋子里走了出来。金珏一看，正是昨天那位黄正凯大爷。她急忙从范戈背后跳出来，跑过去对老人鞠了一躬，然后甜甜地叫了一声："黄大爷，您好！"说完指了范戈继续说："这就是我们灯塔书店的范老板，特地来看望您老！"

黄正凯脸上的皱纹蚯蚓蠕动般地抖动了几下，然后像是没想到的样子，目光落在范戈脸上看了半天，喃喃地说了起来："像，像……"

金珏忙问："黄爷爷，像什么？"

老人哆嗦着嘴道："像我的恩人范文灿……"

范戈终于有些忍不住，过去拉住了黄正凯老人的手，说："老伯，范文灿就是我爷爷呀……"

老人更加激动，不但嘴唇像风中的树叶一样不断颤抖，连手也有些哆嗦起来。过了好一阵才像是回过了神，说："屋里坐，屋里坐！"一边说，一边将范戈和金珏拉到了屋子里。

进了屋子里一看，范戈和金珏都仿佛走进了一个与外面世界格格不入的时空隧道。屋子中央是一张全实木的老式八仙桌，四条笨重结实的木板凳。靠墙也是两把泛黄的老式木圈椅，这种椅子金珏老家也有一把，老辈人把它叫"太师椅"，过去老人咽气时，就要坐在上面。两把"太师椅"之间是一张小木方桌，桌面油漆斑驳，显然也是一件老古董。方桌上摆着一本翻开的书，老人刚才大约正在读书,听见狗叫才将书放下跑出来的。此外,屋子里还有一把乡下常见的竹躺椅,算是比较现代的物件。黄老伯见范戈和金珏盯着屋子里的老家具目不转睛,像是有些不好意思了,笑了笑对他们说:"不好意思,人老了恋旧,女儿要我把这些老古董扔了,重新给我买沙发茶几这些洋玩意儿,可这些都是祖宗留下来的,一看见它们,就想起祖宗,舍不得扔,舍不得扔!"

范戈听了忙羡慕地说:"老伯,你这里真像神仙住的地方呀!"

老人脸上的皱纹抖了抖,像是有些尴尬的样子,说:"啥神仙住的地方哟?现在农村年轻人都走光了,就剩下一些七老八十的老头老太婆守着这些旧房子等死了……"

范戈听到这里,忙问:"老伯,您就一个人住吗,老伴呢?"

黄老伯忙垂下眼睑,说:"走了,走了。孩子要我到城里去住,我想清静,才不去呢……"

金珏没等老人说完,便担心地说:"老伯,您一个人住在乡下,不觉得孤单和寂寞吗?"

黄老伯呵呵一笑,说:"有这么多书陪伴我,怎么会觉得孤单和寂寞呢?"说完转移开了话题,看着范戈说:"我有个远房表侄在镇上打工,他回来告诉我,说镇上开了一家书店,挺好的，老板姓范。我心里就暗想，姓范，会不会是恩人范文灿的后人呢？于是就想来看个究竟，还真是！"说完又笑了起来。笑完，突然站起来对范戈恭恭敬敬行了一个礼，继续说："你既是范文灿之后，请接受老夫一个真诚的道歉，都怪我当年年少不懂事，才使你祖父罹患大难，真是罪过……"

范戈急忙过去拉起他的手说："怎么能怪您呢，黄老伯？那是时代造成的，即使黄老伯您没有无意中说出那句话，我爷爷那么多书，小镇上谁不知道？他迟早也会遭此厄运的。老伯再不要把这事记在心里了！"

黄老伯说："你爷爷死时，眼睛瞪得圆圆的，像是死不瞑目的样子。至今那对眼睛还印在我心里，只要一想起那对眼睛，一种罪恶感就涌上我心头。年龄越大，这种负罪感就越深。昨天晚上我还做了一个梦，梦境里先是出现一家书店，布置既像灯塔书店，又好像是别的书店，书架上陈列着琳琅满目的图书。我像年轻时一样，在那儿贪婪地读呀，读呀！忽然一阵狂风袭来，书店忽然被掀翻了四壁和顶棚，图书如雪片一样四处飞舞。可是那四处飞舞的图书很快又聚到了一起，眨眼之间，又变成了你爷爷那三间藏书的小屋。我走了进去，屋子里却没有你爷爷，我大声喊：'范爷爷，范爷爷……'没听见你爷爷回答，却听见一阵哭声。我循声找去，却看见你爷爷扑到地上，抱着一抱纸灰在大哭不止。我回头一看，屋子里的书一本也没有了，再一看，你爷爷也不见了……我哭喊着醒来,就再也没睡着了。唉,这或者就叫日有所思,夜有所梦吧!不管怎么说,你做了一件很了不起的事。不管时代怎么变化,人类离不开知识,离不开知识就离不开书籍,是不是?你在小镇上开办这样一家书店,传播知识和文化,功莫大焉,令老夫钦佩。因此,老夫还是要向你行一个礼,请接受老夫一拜!"

说着,老人又要向范戈行礼,被范戈拉住了,说:"老伯千万使不得!范戈所为,也仅仅想为喜欢读书的人提供一个安顿心灵的地方而已……"

老人马上又接过话去:"你说得太好了!我第一次走进你爷爷藏书的屋子时,看见那么多书,就好像走进了一个神奇的世界。觉得那屋子因有了藏书,顿时变得好阔大、好深邃、好安静、好温暖,与外面的世界迥然相异。那份惊奇、兴奋、震惊、震撼,真是无法言表。满架的书籍,如一颗颗敞开的心扉,期待有缘者来此相会。当然,这是我后来才意识到的!现在想来,我和你爷爷的缘分虽然只有短短的一年多,可是在那一年多的时间里,在你爷爷的帮助下,我读了四大文学名著,读了《史记》《唐诗》《宋词》和《元曲》,更读了不少近代文学名家的作品。是你爷爷为我打开了知识的'天窗',让我看到了一个丰富多彩的世界,帮我养成了长期阅读的习惯,这种习惯一直保持到现在!我真的感谢你爷爷呀!"

说到这里，老人突然长长地叹了一口气，像是触痛了什么心事的样子。范戈忙问："老伯，你怎么了？"

过了一会儿，老人才痛心疾首地说："可惜呀，可惜，现在人们都不读书了！你看看满大街，不是麻将馆，就是洗脚房、按摩房什么的！即使不进麻将馆、洗脚房的人，一闲下来，就是玩手机，打游戏，刷微信。现在中国人似乎都无法坐下来安静地读一本书了！一个不读书的民族，令人担忧呀！"

范戈听完老人一番饱含忧虑的话，对老人更加敬重起来，忙说："是呀，老伯！在准备开这家书店的时候，就把我们国家的阅读情况对镇上领导说了。我说目前我们国家人均阅读量不足，也因为这样，我才下决心要开这家书店！"

老人听了又忙说："现在国家号召开展全民阅读，建设学习型社会，上面把问题看准了！一个不爱读书的民族，是没有希望的民族。可现在一切以经济为中心，要真正实现全民阅读，老夫恐怕等不到那一天了……"

范戈听老人这么说，忙道："老伯，你身子这么棒，看得到的，看得到的！"说到这儿，怕老人再伤感，忙把话岔了开去："老伯，我们想看看您的藏书，您不会拒绝吧？"

老人马上爽快地说："怎么会拒绝？你们跟我来！"说罢起身，将范戈和金珏往楼上带。

到了楼上，范戈和金珏果然看见了一屋子的书，老人指了指说:"乡下潮湿,所以这书只能摆放在楼上。这书架都是用山上的柏木做成的,可结实着呢!"

范戈和金珏用力吸了一口气,果然从油墨的香气中闻到了一种木材的味道。范戈走近书架,一一看过去,首先一排社科类的书籍映入他的眼帘,比如《第三次浪潮》《大趋势》《精神分析引论》等等。然后是《三国演义》《水浒传》《红楼梦》《西游记》等古典名著。接下来是汉译外国文学名著,如《根》《飘》《汤姆叔叔的小屋》《百年孤独》等。中国近现代作品有《鲁迅全集》、王蒙的《组织部来了个年轻人》、刘心武的《班主任》、张洁的《沉重的翅膀》等,还有北岛的《回答》、顾城的《黑眼睛》、舒婷的《致橡树》等等。范戈随手抽出王蒙的《组织部来了个年轻人》,发现老人像对待图书馆藏书一样,不但给书籍分了类,而且还编了号,更是肃然起敬,于是便说:"老伯,这些书就是你的一笔文化资本,是值得向世人夸耀的战利品,拥有这么一笔财富,真幸福呀!"

老人听了这话,又带着几分自豪的口吻说:"还有呢!"

说着,老人走到一只柜子边,打开柜盖,范戈和金珏过去一看,眼睛立即亮了:原来是一柜子古书!范戈随手取出一本,翻了翻,发现纸张已经发黄,线装繁体竖排本。他看了看封面,上面有一排繁体字:《片石斋集》。再看看作者姓名:清李生撰。范戈自然不知道这李生是谁,正准备放回去,老人突然对他说:

"你看看，这书是谁的？"

范戈果然看见封面左下角写着"华轩印书铺刊刻"。范戈立即叫出声来："啊，原来是我曾祖父印刷的呀！"

老人说："这柜子里的书，大多数都是一些孤本、善本，平时都不给人看的。其中有很多都出自你曾祖父之手！"

听了这话，范戈十分感动地说："当年为了研究我曾祖父印书铺的情况，我到县档案馆都只找到两本，一本《廑居随笔》，一本《拟咏史乐府》。黄伯这些书是从哪儿来的？"

老人说："从'文化大革命'后期开始，我用了几十年的时间来找这些书，怎么找不到？"说完又看着范戈手里捧着的书说："我总算给这些流浪的书籍找到一个家了！"

范戈抚摸着那本书的封面，说："老伯，这个时代多需要你这样守护文化精华的人呀！"

老人见范戈捧着那本书爱不释手，便说："过奖了！你既然喜欢这本书，现在就物归原主吧！"

一听这话，范戈马上将书放下，说："使不得，老伯！马克思曾说过一句话：'收集也是一种商品崇拜'，我怎么敢夺人之爱呢！"他深知一位爱书成痴的人，对书的感情是何等真挚和强烈。

果然黄老伯有些不舍，见范戈将书放下了，也不再说叫他拿走的话，却说："也好，那就让老夫替你代为保管好了！"

说完这话，几人下楼来。范戈见时候不早了，便要告辞。老人要留他们吃饭，也被范戈拒绝了，说："我们来看您老，也没买什么礼物，怎好再给您老添麻烦？您老要是不嫌弃，多来书店走走，晚生还要向您老请教呢！"

老人听了这话，荡漾着满脸的笑纹对范戈拱手说："承蒙信任，老夫领情！"说完，三人便挥手告别。

从此，黄老伯果然隔三岔五从乡下来到书店，与范戈和金珏交流一些读书心得和书事。一来二去，老人与范戈、金珏竟成了莫逆之交。不过这是后话。

却说这天中午时分，范戈和金珏的车刚走到离小镇不远的三岔路口，一辆白色的宝马轿车朝他们迎面驶来。就在宝马车和他们的雅阁车即将擦身而过时，金珏看见宝马车的副驾驶座上坐的是媛媛，便朝媛媛招了一下手，并大声喊了一声："媛媛！"媛媛没注意到范戈和金珏，隔着玻璃窗也没听见金珏的喊声，汽车呼的一声便过去了，然后拐上了去县城的公路。金珏侧过头对范戈说："媛媛在飞哥的车上！"

范戈全神贯注地盯着路面的一个浅坑，等车子驶过了那口浅坑后才看着金珏问："是吗？"

金珏说："可不是！媛媛变了，头发染得像个绿色妖姬，耳朵上挂着两只比鸡蛋还大的银耳圈。"

范戈沉默了半晌，才说："这孩子大约因为书店的事，觉得有些不好意思来见我,回来这么久了,我也没去看她。她妈去她爸那儿打工了,家里再没其他亲人。你抽时间找她谈一谈,可别被一些不三不四的人引上了邪路!"

金珏答应了一声,两人便不再说话,像是都沉浸在了车轮和路面摩擦时发出的嚓嚓的声音里。

第八章　琅嬛福地

一

时间在慢慢流淌，不知不觉，冬天就来了。书店的生意也和以前一样，无论范戈和金珏使出怎样的招数，光顾书店的人仍寥寥无几。随着冬季的来临，这种冷清的局面更严重了。范戈和金珏看见书店经营越来越惨淡，都有些发愁。有时，范戈看着书架上紧紧挤在一起的书，觉得那些死去或活着的古今中外大名鼎鼎的作家、艺术家、哲学家、科学家、思想家……都从书架上走了下来，店里到处都是涌动的人和涌动的思想。他聆听着他们的高谈阔论和言语交锋摩擦出的思想火花，感到无比快乐、幸福。他想，这么美妙的享受，人们为什么不进来感受感受呢？哪怕不买，进来逛一逛，这儿看一看，那儿翻一翻，感受一下书的气息，享受享受这份难得的清静，和神交已久的书里的人物聊几句天，难道不是人生难得的乐趣吗？可这只是他的想法，尽管他在心里一千遍一万遍地呼唤和劝说，但当他的目光顺着延伸的书架滑向屋子里时，偌大的空间里只有满架的书籍，还是缺少读者的气息。他的内心不由得也变得有些苍凉起来。

当然,随着天气越来越冷,由于书店里开着暖气,还是吸引了一些闲人来"打秋风"。这天上午,几个大腹便便的中年男人走进来,大大咧咧走到茶吧的椅子上坐下。金珏以为他们要买书,急忙泡了茶端过去,几个男人却在那儿大声地吹起昨天晚上打牌的手气来。谈了一会儿,这个话题似乎没什么说的了,又旁若无人地转到女人的一些艳事上。金珏听他们说得如此下流,又不好去赶他们,便想起原先春之光书店的老板撤咖啡厅椅子的事,恨不得此时也将茶吧的椅子给拆了。下午,几个女人又大摇大摆地走进书店,看见茶室没人,一个女人说:"这儿还热火(暖和),我们就在这儿摆龙门阵!"一伙女人果真去看书的椅子上坐下来。坐下不说,一个人还大叫了起来:"美女,把空调开高点嘛!"金珏有了教训,一看她们的模样就不是读书的,更不是买书的,便道:"空调已经开到最高了!"这伙人听了没再说什么,可过了一会儿又叫了起来:"美女,懂不懂得做生意?茶都不泡一杯!"金珏只得给她们泡了茶。几个女人一边扯着自己身上的衣服,谈了一会儿时装,接着便谈起了男人,说的那些话也同样令金珏脸红。

晚上范戈回来,金珏把白天发生的事给他讲了,建议也把茶吧的椅子撤去。范戈沉吟了半响才说:"撤它做什么?你不要指望每个人进书店都看书、买书,他们能到书店来坐坐,感受感受书店的气息,也是好的!"

金珏道:"看他们那副粗俗的样子,即使在书店里坐上一百年,也恐怕改变不了什么。"

范戈道:"改变不了什么也不要紧,在如今只重视物质生活的社会,我们不能要求每个人都懂得读书和逛书店的乐趣!我们开书店的目的,不就是想传承文化吗?文化如水,是一个慢慢浸润和熏陶的过程,他们来坐久了,说不定就慢慢被感染了!"

金珏知道范戈是在鼓励和宽慰她,其实他看见书店现在这种状况,心里比她着急,便不再说什么了。

金珏猜得不错,这些日子范戈都在思考书店如何摆脱门前冷落车马稀的局面。就在那天下午,他去找了代光信。他先对代光信谈了一番阅读的重要性,又对他说了书店目前的处境,然后问老同学有没有什么办法可以改善书店的生意,代光信听完马上说:"你说的阅读的重要性怎么不是这样!还记得这么一段话,好像是一个学者说的,他说一个人的精神发育史,应该是一个人的阅读史,而一个民族的精神发育史,在很大程度上取决于全民族的阅读水平!所以你说得很对,读书不仅仅影响到个人,还影响到整个民族,整个社会!"可说到这里,他马上又转换了口气,说:"我也知道阅读重要,十分重要,可现在是市场经济,阅读越来越被泛娱乐化和快餐化的信息获取方式取代,读者不进书店,我们也不能把他们往书店硬拽是不是……"

范戈嘴唇动了动，正想反驳代光信。代光信似乎看出了范戈眼里的不满，没等范戈开口，又立即道："不过我倒有一个主意，可以提高书店的影响力和美誉度！"

范戈忙说："你快说来听听！"

代光信说："我把县电视台请来给书店做一期节目。只要节目在电视上一播，不就扩大影响了吗？"

范戈眼睛一亮，又担心地问："电视台会来吗？"

代光信肯定地说："你放心，我请了他们，他们肯定会来！再说，你刚才不是说过了，现在不正在倡导全民阅读吗？书店不是卖衣服鞋子的商店，它不仅是党的重要思想宣传阵地，也关乎满足人民群众精神文化生活需求、推动社会发展进步进程，这么好的宣传点子，他们说不定正求之不得呢！不过，我们得为这次活动定一个主题……"

范戈一听，马上说："你是做宣传工作的，你说定什么主题就定什么主题！"

代光信果然皱着眉头想了半天，然后说："有了！就这个主题：'只有书香，才能强镇——福镇开展全民阅读、建设书香型社会纪实'！"

范戈听老同学这么说，急忙站起来一边朝代光信打躬，一边说："好，好，这和老同学的工作正好相符。那就拜托老同学帮忙联系联系！"说完又对代光信问："需要我们书店做些什么准备……"

代光信说:"什么都不需要你们准备,我自有安排,你回去听我的信息吧!"

范戈兴冲冲地回来了。因为心里还怀着几分感动和期许,听了金珏告诉他上午和下午书店发生的事,便觉得没多大一回事,就开导了金珏一通。开导完毕,才把代光信要请县电视台来给书店做一期节目的事告诉了金珏。金珏一听,也高兴得忘记了白天的事。

果然,第二天代光信就给范戈打电话,说明天上午十点,县电视台准时来书店拍摄节目。

范戈和金珏都有些紧张起来。因为他们不知道电视台要拍摄些什么,也不知道该怎么准备。范戈想再问问代光信,又想起他"自有安排"的话,觉得老是去麻烦老同学也不好,便打消了这个念头。

果然第二天上午书店一开门,福镇中心小学一位年轻女老师便带着三十多个学生一齐涌到书店里。这些穿着宽大校服的学生一进书店,就像一群从笼里放出的小鸟,一边哇哇地叫着嚷着,一边朝书架扑了过去。也许在他们短短的人生中,还没有看见过这么多书,便一下忘记了教室里那些枯燥的学习和考试,欢呼雀跃起来。他们从书架上抽出自己喜欢的书,有的是漫画书,有的是小说,有的是作文书……学生们都表现出了一个共同的特点,那就是当找到一本自己喜欢的书时便发出兴奋的叫声，特别是那些女孩子！一时间，书架上的书被他们翻乱了，有的把自己不喜欢的书随手丢到柜台上。一些孩子找到了中意的书，便兴奋地跑到茶室，坐在椅子上安静地读起来。很快茶室坐满了，一些没找到座位的孩子便捧着书本，靠着书架席地而坐。除了开业那天，书店从来没有这样热闹过，这种场面让范戈和金珏想起了自己早年贪婪的阅读岁月，眼眶都禁不住湿润了起来。他们想，要是这些孩子不老是被关在教室里做题和考试，放学后不被家长逼着参加各种各样的培训班，那他们就会成为书店的常客而不只是被安排来做道具了。他们觉得像现在这个样子，书店才像书店。即使书被他们翻乱了，即使他们叽叽喳喳吵着了自己，他们也感到非常幸福和快乐！

没一会儿，代光信带着县电视台的记者——一个年轻漂亮、手持话筒的女主持人和一个扛摄像机的摄影师走进了书店。孩子们又都抬起头，瞪着好奇的大眼看着记者和他们手里的话筒与摄像机。女老师朝他们挥了挥手，又"嘘"了一声示意他们保持安静。孩子们又马上把头埋进了书本上。可学生们这时显然有些心不在焉，有的把书页翻得哗哗响，有的虽然脸埋在书本上，目光却不断偷偷觑看着记者。

代光信把两个记者带到范戈和金珏面前做了介绍，范戈、金珏和他们握了手，扛摄像机的记者对范戈做了一番简短的交代后，把摄像机往肩上一扛，拍摄便开始了。女主持人开始在一排排书架之间徜徉，一手持话筒，一手指着书架上琳琅满目的书籍，用十分富有激情的声音抑扬顿挫、声情并茂地说了起来：

"观众朋友们：这里是福镇灯塔书店！城市因书店而灵动，因阅读而精彩，因文化而文明。我们党历来重视书店建设，无论是在什么时期，书店都发挥了重要作用。这是为什么呢？我们来听听福镇宣传委员代光信同志对这一问题的认识！"

说完，女记者把话筒举到了代光信面前。代光信轻轻清了一声喉咙，便对着话筒有条有理地说了起来："主持人这一问题问得很好，不过你刚才已经做了很好的回答，我这里只是补充一下！第一，书店是党的重要宣传思想阵地，党必须牢牢抓住意识形态工作主动权。不管什么时候，书店这块思想宣传阵地都不能丢！第二，主持人刚才说得对，城市因书店而灵动，因阅读而精彩，书店是一座城市的精神高地，关系到人民群众精神食粮的供给。现在人民群众的物质生活水平普遍提高了，物质生活水平提高后，大家的精神食粮绝不能少，这是关系到人民群众向往美好生活的大是大非问题！第三，对一座城市而言，书店不仅是这座城市的文化标志，还是这个城市的灵魂，是展现这座城市文明程度的最重要窗口，关乎城市文明及文化形象。我们福镇是一个文化底蕴非常深厚的地方，历史上曾获得过'人文蔚起，文风鼎盛'的美誉，进入中国特色社会主义新时代，我们更应该继承和弘扬这种优秀传统文化精神。基于以上认识，我们福镇党委、政府开展了全民阅读、建设书香型福镇活动，以办好书店为突破口，响亮地提出了'只有书香，才能强镇'的口号。为了实现'书香'和'强镇'的目的，我们十分重视书店建设，把办好书店纳入到镇委、镇政府的重要议事日程，积极帮助书店解决具体问题。下一步，我们将进一步推动全社会阅读的热潮，增强阅读消费，让阅读真正成为人们的生活方式，让书店在阅读市场消费的强力支撑下，实现可持续发展。"

代光信讲完，女主持人收回话筒，又在书架中间边走边说："'只有书香，才能强镇'，这个口号提得太好了！是的，城市文明是由全体市民共同建设和塑造的，市民素质是由书籍影响形成的。城市文明不能缺了书店，市民素质提升离不开书店。那么，这家书店为什么叫灯塔书店呢？我们请问一下书店的主人范戈先生！"说着，把话筒递到了范戈面前。

范戈没有准备，见女主持人把话筒递到了自己面前，一时有些慌乱了。过了一会儿，他才说："在今天这个物欲横流的时代，我觉得我们都像坐在一条船上，行驶在汪洋大海之中。灯塔的光虽然微弱，却很温暖，指引着正确航向。在这个时代，我们书店起的作用可能很小，但希望它发出的微弱火苗，能点亮整个城市的文化之光！"

女记者听了这话，非常赞叹地点了点头，接着便又对着话筒说:"是的,书店是一座城市的灯塔,书店在每个人的心目中,都是神圣的、亲切的、温暖的,我相信每个人对书店都保留了一份永恒的记忆!下面我们听听小朋友怎么说。"说着,眼睛便落在旁边小读者身上。

这时,一个坐在地上的男孩子朝女记者举了举手,接着站了起来,像课堂上回答老师问题似的对着女记者手里的话筒大声说:"范叔叔开的这家书店太好了,我和同学们经常来这儿看书,学知识,学文化,对提高我们的学习成绩很有帮助!"

小男孩说完,一个胖胖的小女孩又举手说:"我很喜欢到这儿来读书,在温暖明亮的灯光下,书香扑面而来。书店真是传播知识的好场所!"

范戈一听小男孩和小女孩的话,便知道也是老师事先写好的台词。但不管怎么说,他今天见证了一个"高大上"的新闻采访。他不得不佩服电视台两个记者的专业水平,以及老同学代光信高超的组织能力。他觉得以前小看了这位老同学,单凭他今天组织的这场采访,既宣传了自己政绩,又确实为他的书店打了广告,一石二鸟,方方面面都满意,做一个小小的镇宣传委员,真还有些委屈了他。

采访一结束,那些被安排来做群众演员的小读者,在老师的带领下,立即作鸟兽散。一些孩子的眼神中流露出了恋恋不舍的神情,可他们的使命已经完成,最后还是在老师的催促下离开了书店。等人们都走光以后,金珏和范戈才去把那些被娃娃们翻乱和丢到茶几、椅子及地下的书收拢来,重新摆到书架上。当金珏把那些书摆完,突然发现有些不对头,便对范戈说:"不对,漫画书少了好几本,你找完没有?"

范戈说:"所有的书我都收完了!"

金珏道:"我再看看其他的书。"一边说,一边走到书架前面,将刚才归拢的书细细看了一遍,又叫了起来:"作文书也少了两本,肯定是被那些学生给顺手牵羊偷走了……"

范戈说:"不会吧……"

金珏马上说:"我在春之光书店里就遇到过这样的事!有一次,店里来了一大群穿着宽大校服的女学生,我还暗自高兴,以为生意上门啦,没想到她们是一窝女贼,事前早计划好了。其中一个女生拿了一本字典跟我讨价还价,另外的学生却将看中的书偷偷给扎在宽大校服里的裤腰上,然后大摇大摆地走了出去。走过我身边时,还故意朝我摊了摊手,表示手里可是什么也没有。等晚上整理书架对账时,我才发现书架上少了几本热门的书。我觉得不对劲,仔细一想,就只有下午几个姑娘翻过那几本书,于是产生了怀疑。第二次,当那几个女孩再次来到书店故技重演时,被我抓住了。我问上次的书是不是她们偷的,她们死也不承认,还反咬我一口,说拿不出证据,她们就要告我诬赖,弄得我哭笑不得。这几本书也肯定是被孩子们塞到校服里偷走了!你赶快去找他们老师，让他们把书还回来！"

范戈听完金珏的话，有些犹豫地说："拿就拿走了呗！自古以来，偷书都不算偷嘛！只要她们喜欢，把书拿回去认真读了，我们损失点儿也不算什么！"

金珏马上有些讥讽地说："哟，你什么时候变得这么大方了？我们卖好几本书，才能赚到一二十块钱，可被偷走一本书就全赔进去了，这书店还怎么开下去？"

范戈见金珏生气了，便过去抱着她的肩说："好了，这些孩子大多数是周边村里的留守儿童，父母给她们的钱不多，她们没钱买书，就想出这种办法来顺手牵羊，我们就原谅他们一次，好不好？如果我们这时去给老师说了，孩子们就要背上小偷的骂名，你看这些孩子多可爱呀。来来来，庆祝一下今天电视节目采访成功！"

说着，正要噘起嘴唇朝金珏脸上凑过去，突然一个小女孩推开门走了进来，手里举着五元钱稚声稚气地喊道："叔叔，我要买书！"

范戈和金珏急忙松开，金珏正想说五元钱买不到一本书，但范戈却已经跑了过去，抱起了小女孩说："雅莉，你哪儿来的钱买书？"

雅莉在范戈怀抱里，仍高举着钱骄傲地说："妈妈给我买零食的钱，我不吃零食，我要买书！"

范戈急忙在雅莉脸上亲了一口，回头对金珏说："这是我老同学石一川的女儿，她妈妈叫陈菊，你第一天来的时候在街上见过的！"

金珏急忙说："哦，我想起来了，好漂亮的小姑娘！"说着就要过去抱雅莉去童书专区。

没一会儿，雅莉便举着两本书出来了，高兴地对范戈和金珏喊了一声："叔叔再见！阿姨再见！"喊完，一溜烟就跑了。

金珏等小姑娘跑远了，这才对范戈说："五元钱买一本书都不够，你还给她选了两本，这哪像做生意的？"

范戈笑着说："今天尽遇到高兴的事，我连五元钱都没要她的，这样爱读书的孩子多了，我们书店还愁没生意吗？"说罢又说："我们刚才的庆祝仪式还没做，来来来，继续做我们的功课！"一边说，一边走过去重新将金珏抱住了。

二

电视节目播出后的第三天，黄老伯又来了。过去黄老伯都是一个人来，这次却带了一个小伙子。小伙子二十岁出头的样子，干瘦，面黝黑，穿一件袖子已经开花的灰色羽绒服，头上还戴着一顶红色安全帽。看见范戈和金珏，他憨厚地笑了一笑，露出一排整齐洁白的牙齿。黄老伯不等范戈开口，便对他说："世侄呀,老朽又要给你添麻烦了,不知你肯不肯给老夫这个面子?"

范戈见黄老伯欲言又止的样子,便道:"有什么事老伯尽管讲!"

黄老伯便道:"上次你和小金到我家里来,我不是给你们说过我有个远房表侄在镇上打工吗,正是他回来告诉我镇上开了一家书店的消息,老夫这才有缘认识你们。这表侄就是他,姓伍名浩。说起这娃,也是个苦命人!十二岁他老爹开着三轮车进城卖菜,连人带车翻到沟里,车毁人亡。没两年,母亲又患了宫颈癌,没钱医治,丢下他们兄弟俩也走了。先前兄弟俩相依为命,哥哥对他也还好,可哥哥结婚后,嫂子不仁,老嫌他是个白吃饭的。因此这娃初中一毕业,便出来打工挣钱,不但养活自己,还得给哥嫂拿些钱回去……"

范戈和金珏听了黄老伯这话,心里就有些酸楚起来。范戈看了看伍浩,见他低着头,便问:"你在哪儿打工,做什么的?"

伍浩这才抬起头对范戈说:"原来在县城的建筑工地上做工,后来听说我们镇建白塔湿地公园,就回来在那儿打小工……"

范戈没等伍浩说完,便道:"我知道那儿,老板姓曹,是镇上重点招商引资项目,说是建湿地公园,实际上是在江边建高档商品房!"

伍浩说:"可不是,已经建成几幢了,还在继续建。"

范戈还想问问建成的商品房是什么样子，黄老伯却接了刚才的话说："这娃子命苦，偏是一个读书的料。读初中时，门门功课都是全校第一，没机会读书后，还是手不释卷，把读书看得比吃饭还重要！没钱买书，我那儿就成了他的'琅嬛福地'！实话实说，他并不是我什么表侄，我是见这娃肯用功读书，太喜欢他了，便认了他做我的表侄！不但我那儿成了他的'琅嬛福地'，就是打工那么苦，那么累，也从来没忘记读书……"

说到这儿，金珏忽然叫了起来："哦，我想起来了，过去你是不是经常在下雨天到我们书店来看书？"

伍浩红着脸点了点头。

金珏又问："怎么这段时间没见你到书店来了？"

伍浩过了一会儿才答："冬天的雨不大，湿路不湿衣，一般下雨天也要干活儿。"

金珏心里叹息了一声，没再问什么了。黄老伯又对范戈和金珏说："这娃子虽然命运不济，但志向远大，下决心要与命运抗争！他说虽然不能在学校念书了，但条条道路通罗马，他要通过自学取得大学文凭！你们猜怎么样？在打工期间，他不但自学完了高中课程，还通过自考取得了大专学历……"

范戈和金珏听到这里，都惊讶地叫出了声："真的？"

伍浩见范戈和金珏目不转睛地看着他，脸立即红得和头上安全帽一个颜色。他嘴唇动了动，像是害羞似的没说出来。

黄老伯忙说："他不好意思，其实这又不是做贼，怕什么？我告诉你们吧，这娃现在正在攻读自考本科，本科毕业后，他还要考研究生、博士生呢……"

范戈和金珏又"哇"地叫出了声。过了一会儿，范戈突然想起黄老伯告诉他这些肯定有目的，于是便看着伍浩问："小伍，你现在有什么困难？如果需要我们帮助，我们一定……"

伍浩还没答，黄老伯就瞅着范戈说："世侄果然是明白人！这么给你说吧，你知道他现在学习，靠的都是晚上和下雨天不上工的时候。可你也知道他的工友，十几二十几个人住在一个工棚里，一下班或闲下来，不是打牌赌博就是满嘴的下流话，他哪里能安心学习？眼看还有一个多月就是本科期末考试了，可他连个安静的复习的地方都没有！不哄世侄说，老夫前两次来，看见你后面那间小屋，除了堆放一些杂物外，不像住人的样子。老夫今天特地带他来见你，不知世侄能不能让他晚上住在你书店里，反正白塔离这儿又不远，年轻人腿劲儿好，半小时就跑到了，如遇到同事的摩托车顺路回来，也就几分钟的事。虽说书店不值得贼偷，可防人之心不可无。如果世侄答应，一则他可以在晚上帮你们看看店，二则可以给他一个读书和复习功课的地方。遇到下雨天不上工，还可以帮你们整理整理图书，做做清洁，也可以当半个伙计，你们看行不行？"

范戈一听黄老伯这话，脸立即有些发起烧来。原来自从他和金珏同床共枕后，那间小屋除了堆放杂物，确实很久没人住，没想到这点竟被黄老伯看了出来。如果晚上能有个人帮忙看看店，又有什么不可以的？可店里突然住进一个陌生的大小伙子，毕竟有些不方便，于是便又拿眼去看金珏。黄老伯以为范戈不答应，便又说："老夫教书育人一生，绝不会看错一个人。这娃眼前虽然处在困境当中，日后必成大器！诚如古人所云，天将降大任于斯人也，必先苦其心志，劳其筋骨，饿其体肤，空乏其身，行拂乱其所为，所以动心忍性，曾益其所不能！再说，这娃品德端正，心性仁慈，老夫可以向你保证，这娃住在你这店里，除了读书学习外，绝不会给你添半点儿麻烦……"

范戈急忙道："老伯想到哪儿去了，我怎么不会相信你？再说，书店里除了书，也没别的财物，能给我添什么麻烦？"说到这里，怕黄老伯再多心，也不等金珏说什么，便道："既是老伯来说，我有什么不答应的呢？"说完又看了一眼金珏，继续笑着说："成人之美，美美与共，各美其美，这是好事呀！"

金珏见范戈不断拿眼看她，知道他这话是针对自己说的，便也笑着对伍浩道："书店里的活儿并不多，整理图书和打扫清洁这些，我们自己会做。你到这里来，只管专心学习，争取尽快取得本科文凭，然后继续奋斗，我们尽量为你提供帮助！"说完又像一个大姐姐似的叮嘱道："不过你白天打工很辛苦，晚上可别太熬夜了！还有，书店里的书，你喜欢看哪方面的尽管看……"

黄老伯大喜过望，还没等金珏说完，便一把抓住了范戈的手道："雪中送炭，雪中送炭，请接受老夫一拜！"

说罢，黄老伯要给范戈行礼，被范戈一把拉住了，说："老伯这是干什么？这屋子晚上空着也是空着，只要小伍能实现自己的心愿，我们大家都高兴呀！"说着，就从钥匙串上解一把钥匙，递给伍浩，对他说："你什么时候搬来都行！早上如果你上工早，把门锁上就是。另外，金珏刚才说得对，你也不要熬夜太久了，学习重要，身体更重要！"

伍浩嘴唇哆嗦着，伸手接过钥匙，想说什么却没说出来。范戈看见小伙子眼里蒙着一层晶莹的泪花，心里更疼痛起来，便拍了拍他的肩，说："有志者，事竟成，祝你成功！"说完突然对伍浩问："你知道王明玉不？"

小伙子想了半天，看着范戈摇了摇头。

范戈说："她是我们书店招的第二任店员。曾经是个文学青年，有过作家梦。"接着就把王明玉的事给他讲了一遍。

伍浩听完，马上叫了起来："哦，我想起来了！当时工地上的人也在传，说她屁股墩上挨了一刀！"接着又扑闪着一对大眼睛关切地问："后来她怎么样了？"

范戈说："经过这回事后，她决心痛改前非，重新做人，每天都躲到我们书店来读书。为了摆脱那些赌鬼对她的诱惑和纠缠，她连手机都不用了。读了一段时间的书，现在完全被书本迷住了,成了托尔斯泰、福克纳、弗吉尼亚·伍尔夫、简·奥斯汀、莫言、海明威等中外大作家的忠实粉丝。彻底摆脱那些赌鬼后,她来书店的时间少了,但每天都在家里安静地阅读。她告诉我们说她以后一定要以自己的经历为素材,写一部书告诉世人远离赌博、亲近阅读。她说,完全是阅读改变了她的世界!我相信她一定会成功,你也一定会成功!"

伍浩听完十分感动,突然抓住了范戈的手说:"谢谢,我一定会努力的!"

范戈握了握伍浩的手,感觉小伙子的手像一块粗糙的树皮,却十分有力。

当天晚上,伍浩便把铺盖卷从工地上搬到了灯塔书店。从此,小伙子白天打工,晚上回到书店,不是捧着一本书苦读,就是伏在桌上做作业。这真是一个好小伙子,每天晚上不但苦读到深夜,还十分勤快。尽管范戈和金珏都对他说过不需要他打扫店里的卫生和整理图书,但每天早上范戈和金珏一打开书店的大门,便看见里面的图书已整理得工工整整,卫生也做得干干净净。范戈和金珏更喜欢起这个热爱学习和勤快的小伙子来。

三

一大早,省城广告公司副总给范戈打来电话,说年末快到了，公司财务结算的许多票据需要他签字才能入账，问什么时候回去。范戈才记起这段时间把精力都投入到书店上面，差点儿把省城广告业务都忘了，答应下午就赶回省城。

吃过午饭，范戈向金珏交代了一下，正要出门，王明玉忽然慌慌张张地跑了过来。人还没跨进书店的门，就在外面大叫了起来："不好了，不好了，媛媛跳河了……"

范戈和金珏立即惊得目瞪口呆，瞪着大眼愣愣地看着王明玉。过了半天范戈才回过神，像是吓着了似的颤抖着问："你说什么？"

王明玉把刚才的话重复了一遍，又说："这丫头选择在大家吃中午饭的时候去跳河，看来是真想寻死……"

范戈没等她继续说下去，又追着问："她现在怎么样了？"

王明玉按住胸口，说："也是她命不该死，恰好我那口子送了一个客人从土城坝回来，路过水码头的时候正碰见她往河里跳！我那口子急忙刹住车，连羽绒服都没来得及脱就跳到了河里。这么冷的天气，幸亏我那口子是在河边长大的人，水性好，才把她救起来……"

金珏打断她问："她现在在哪儿？"

王明玉说："我那口子把她拉到我家里了！我给她换上我的衣服后，问她叫什么名字，她不肯说。我那口子才说她原来在你们书店打工，他来你们书店问过书，认得她！我又问她家住在哪儿，家里有什么亲人，又问她镇上有没有什么亲戚，她都不肯说，所以我才跑来告诉你们……"

范戈再也顾不得回省城的事了，立即对金珏说："关门，关门，我们去看看！"一边说一边就往外走。金珏关了书店大门，小跑着追上了范戈和王明玉。范戈一边走，一边对金珏问："上次从黄老伯家回来的路上，我让你抽时间问问媛媛，你问过没有？"

金珏说："怎么没有？可她像是有什么瞒着我，支支吾吾的。我只得提醒她不要和不三不四的人来往！"

范戈不再说什么了。

到了王明玉家里，果然见媛媛躺在王明玉床上，头发披散着，脸黄黄的，身子蜷在一床厚厚的棉被下面，仍在瑟瑟发抖，显然还没从惊恐和死亡的阴影中回过神来。范戈见了，一种巨大的悲悯和疼痛的感觉立即袭了上来。他奔到床前，颤抖着喊了一声："媛媛……"

媛媛睁开眼睛，见是范戈、金珏，嘴唇突然像风中树叶般急遽抖动起来。金珏挤到范戈前面，俯下身子，正准备去拉媛媛的手，媛媛却突然坐起身子，一把抱住金珏放声大哭起来。

金珏也急忙抱住媛媛，一边拍打着她的背，一边安慰地说："媛媛，别哭，别哭，有什么委屈告诉我们，啊……"

王明玉见媛媛只穿着自己的一件睡衣，又急忙将一件羽绒服披到她身上,对媛媛说:"姑娘,别哭了,你身子还没暖过来,还是睡下吧,可别感冒了!"

媛媛还是一边哆嗦,一边伤心地哭着。

范戈心里被媛媛的哭声弄得很不好受,又见媛媛的身子像个小孩子一样紧紧贴在金珏身上,越加难受,便从床头柜上的纸巾盒中抽出两张纸巾,过去一边给媛媛擦泪,一边对她说:"媛媛,你为什么要去寻短见?你难道不知道人的生命只有一次吗?要是你爸妈知道了,你不知道他们会有多伤心呀!你究竟受了什么委屈,告诉表叔好不好?"

范戈的话音刚落,媛媛更加伤心起来。一边哭一边抽搐,像是要背过气似的。正在这时,王明玉的丈夫张学安进来了。一见范戈和金珏,忙问他们吃过饭没有,范戈回答说吃过了。张学安见媛媛哭得伤心,便对范戈说:"这孩子一定是遭受了什么难以承受的打击,要不然不会连命都不要!你们让她先安静安静,等过后再问她!"

范戈觉得张学安这话很对,便对金珏道:"也好,我们都先出去,你留在这儿陪陪她!"

金珏说了一声:"行!"一边说,一边脱了鞋子爬到床上,把媛媛像孩子似的抱在怀里,陪着她在被窝里躺下了。

范戈、张学安和王明玉便拉上门,来到客厅里。张学安招呼范戈在沙发上坐下,王明玉去泡了一杯茶放到范戈面前。张学安又对范戈讲起了救媛媛的经过，王明玉收起屋角一堆水淋淋的湿衣服放进洗衣机里，范戈估计那正是媛媛和张学安的衣服。王明玉拧开洗衣机龙头，正往里面放水，外面忽然响起了敲门声，又忙把龙头拧上，跑去开门。她把门打开一条缝，伸出脑袋对外面的人说了几句什么，又把门关上，回头看着张学安："县电视台的，说来采访你见义勇为、舍己救人的英雄事迹，我说要问问你再说。"

张学安忙说："什么英雄事迹？你告诉他们，我只是一个被驱逐出警察队伍的人，我不接受什么采访！"

范戈忙问："这么快县电视台怎么知道了？"

张学安说："我救人的时候，江边还有几个人，他们不救人，只站在岸上给110打电话。等110赶来后，我已经把人救了起来，肯定是他们也给电视台打了电话嘛！"说完又对王明玉挥了一下手说："你就说我没有在家里。"

王明玉又把门打开，没一会儿又关上门回头说："他们问到哪儿去了！"

张学安生气了，对妻子狠狠地说："你告诉他们死了，让他们找去！"

王明玉脸上露出了犹豫的神色，范戈觉得媛媛跳江的原因还没弄清楚，就闹得满世界都知道也不好，便对张学安说："不接受采访也好，我去跟他们说说！"说完起身过去打开门一看，原来还是上次来给他们书店做节目的两个记者。范戈对他们说了张学安不接受采访的理由,又对他们说等把媛媛跳江的原因弄清楚了,他再主动和他们联系。两个记者听了范戈这话,只得提着机器走了。

范戈回到屋里,对张学安说:"我给他们说,等把媛媛跳江的原因弄清楚后,你再接受他们的采访……"

张学安像是和范戈有气,大声说:"弄清楚了我也不接受什么采访!什么见义勇为?人家也是一条命,而且还是一朵刚绽开的花苞,难道可以见死不救吗?等我弄清是哪个狗杂种把姑娘逼得连命都不要了,一刀宰了他龟儿子……"

张学安越说声音越高,越气愤,王明玉急忙对他"嘘"了一声,又指了指卧房的门,小声说:"又不是吵架,吼这么凶做什么?"

张学安果然住了声。

正在这时,卧房的门悄无声息地开了,紧接着,金珏蹑手蹑脚地走了出来,然后又轻轻地拉上门。范戈、张学安和王明玉的目光唰地落到了金珏身上。

范戈等金珏走近了,忙压低声音问:"媛媛睡着了?"

金珏点了点头,又"嗯"了一声。

范戈又问:"她给你说了些什么?"

金珏突然鼓起了腮帮,两只大眼里喷出了怒火,过了一会儿,才咬着牙关骂了两句:"是李鸿才的儿子飞哥,这个狗养的是畜生……"

范戈、张学安和王明玉一听这话,不约而同地叫了起来:"他怎么了?"

金珏说:"他花言巧语地把媛媛骗出去吃饭,媛媛喝醉后,他强奸了她。强奸了她后,又花言巧语地骗媛媛说要和她结婚,继续玩弄媛媛。前些日子,媛媛发现自己怀孕了,催他结婚,可这个流氓坏子说:'你只要去把孩子引了,我们马上就结婚。'媛媛信以为真,几天前到医院去做了人工流产,回来给飞哥说时,飞哥却突然变了脸,说:'谁知道你怀的是哪个的野种,想来讹诈我?我怎么会和你结婚?你也不吐泡口水照照,你是什么东西,配得上我吗?'媛媛知道受骗了,可又没办法,一时气不过,便去寻短见……"

金珏话还没完,王明玉便叫了起来:"天啦,原来还是这么回事!这么说,这丫头还在月子里哟?"

金珏说:"可不是,她做了流产手术还不到一个星期……"

王明玉非常痛心地说:"这孩子怎么这么糊涂?这么大冷的天,才引了产就去跳河,今后落下了一身病又怎么办?"

听了这话,张学安马上道:"她连命都不想要了,还顾得上什么身体?"说完牙齿咬得咯吱咯吱响,恶狠狠地骂了一句:"狗日的李恒飞,老子非宰了你不可!"

范戈心里也非常愤怒，捧着头想了半天，才道："学安大叔说得对，这事不能算了！如果像媛媛这样的女孩都得不到保护，坏人会更嚣张！"想到这儿，他又想到了金珏受骚扰的事，便又对张学安道："大叔，你在公安干过，你看这事怎么办好？"

张学安道："我已离开公安了，要不，我一把铐子就去把姓李的拷来，一通审问，看他承认不承认！"说完想了想，又对范戈说："你把老同学石一川叫来，我们合计合计！"

范戈听张学安这么说，果然掏出手机给石一川打电话。没一会儿，石一川来了，一进门就匆匆忙忙地问："老同学有什么事呀……"

范戈还没回答，张学安便瓮声瓮气地说："人命关天的事！"

石一川盯着张学安问："什么人命关天的事？"

张学安正要答，范戈拍了拍沙发说："坐下，坐下，听我慢慢说！"

石一川在沙发上坐下来，范戈便把媛媛的事对他说了一遍。然后问："怎么样，警察同志？人民警察爱人民，你看怎么办？"

石一川听完范戈的话，一拳击在茶几上，道："又是这个家伙……"

张学安忙问："你这话是什么意思？"

石一川道:"张哥你离开了公安不知道,这两年我们所里接到几起报案,都涉及李恒飞这人。报案人称李恒飞用哄骗、引诱、恐吓和死缠烂打的手段,诱奸和强奸了好几个女孩,其中有个女孩还是未成年人。奇怪的是,我们去调查的时候,报案人又改了口,说那些女孩是和李恒飞谈恋爱,自愿的,不要我们去调查了。有的干脆还推翻了先前的话,说没有这回事……"

张学安忙说:"明摆着的,仗着有几个臭钱,拿钱把被害人买通了!"

石一川道:"可不是这样!张哥你也是知道的,民不举,官不究,被害人否定了这回事,我们也没办法,所以这小子一直逍遥法外!"

范戈听石一川这么说,便道:"这次受害人被逼着去跳江,事情明摆着,再说媛媛也肯定豁出来了,老同学你就尽管大胆地办案……"

石一川却摇了摇头,说:"老同学你想得太简单了!张大哥是清楚的,我们办案讲的是证据。媛媛说是李恒飞将她灌醉了强奸了她,可她当时留下了什么证据?还有,媛媛把肚子里的孩子也打了,唯一的证据也没有了,姓李的会那么容易承认吗?"

范戈有些为难了,便道:"这么说起来,我们拿这个流氓就没办法了哟……"

一语未了,卧房门忽然吱呀一声开了。众人回头一看,见媛媛穿着王明玉的条纹睡衣，铁青着脸，目露凶光，倚靠着门框站着，胸脯一起一伏，紧咬着牙关说："我的仇我自己报，你们不要管，表叔你只给我找一把刀，我要亲手报仇！"

范戈听了媛媛这话吃了一惊。他想起媛媛的太祖父——那位在抗日战争中血洒疆场的泸县讲武堂的军事教官，心里竟莫名其妙地有些感动起来，于是便说："你说的什么呀，媛媛？我相信给你一把刀，你真会去杀了这个坏蛋，因为你身上流着你太祖父的血！但如果真让你去报仇，岂不是让我们这么多福镇男儿都羞死吗？"

王明玉见媛媛只穿着一件单薄的睡衣，倚着门框的身子还在不断发抖，便对她说："傻丫头，你表叔说得对！我最近看了一本书才知道，原来我们都是巴人后裔。书里说我们祖先个个都是忠勇之士、铁血男儿，帮秦始皇统一六国时，手持盾牌，前歌后舞，所向无敌！战争结束后，秦始皇为了感谢我们祖先，特地免除了巴地的赋税。我们祖先打仗时跳的兵戈舞，后来保留下来，就是现在的《巴渝舞》。所以即使报仇也轮不到你！你还不赶快到床上去躺着，你今后落一身病怎么办？"

金珏听了王明玉这话，又急忙过去搀媛媛，媛媛却固执地不愿到床上去。张学安便道："这事你们都不用管了，交给我，我现在是平头百姓一个。俗话说大路不平旁人铲，我一定为媛媛出了这口气！"

说完，大家不再说这个话题了，也不问张学安怎样去为媛媛出这口气。众人又商量了一下媛媛的事，大家一致决定媛媛被李恒飞强奸一事，就到此为止，连媛媛的父母也不告诉。范戈和金珏把媛媛接到家里去住一段日子，然后再到她爸爸妈妈打工那儿去。商量完毕，范戈和金珏正要走，石一川突然从口袋里掏出一百元钱来塞到范戈手里。范戈忙问："这是干什么？"

石一川道："雅莉买书的钱呀！"

范戈明白了，马上又把钱还到石一川手里，说："那是我送给雅莉的礼物，孩子喜欢读书，难道我这个当叔叔的鼓励鼓励她不应该吗？"

石一川道："别打肿脸充胖子了，谁不知道现在读书的人少，喜欢读书的人来了你们都免费送书，还怎么做生意！"说完将钱塞到范戈一只衣袋里，抢先出了门。

果然不久后，飞哥就遭到了报应。据说那天晚上凌晨时分，飞哥从铁匠巷赌场回去，突然从寂静的巷子里窜出三个彪形大汉，其中一人从背后一把将他拦腰抱住，另一人迅速将一双臭袜子塞到他嘴里，再一人猛地将一个麻袋套在他头上，架进一辆遮住号牌的车里，向河边开了去。到了河边僻静阴暗处，再将他架出车外，然后三人将他一顿猛揍。揍过后，又将他抬起来在河里浸了一遍水，才像扔死猪一样扔在河滩上。第二天一早，气息奄奄的飞哥才被一个赶早场的乡下人在河滩上发现。

李鸿才立即向福镇派出所报了案。

这个案子的侦破任务落到了石一川身上。

石一川侦查了一段时间,没侦查出什么线索。李鸿才三天两头去催案,石一川被催急了,便对李鸿才说:"我们在案发现场发现了一支录音笔,大概是作案人慌忙中遗落的。录音笔中记录了你公子调戏、诱骗、强奸女孩子的口供,有的女孩子还是未成年人。我们估计,作案人十有八九是那些受害的女孩子的亲属,你说,我们是查下去呢,还是不查?"

李鸿才顿时目瞪口呆,不但不再来派出所催案,第二天还包了一个大红包送到石一川手里。石一川把这个红包转给了媛媛。飞哥在医院躺了半个多月出来后,从此便老实多了。

四

这真是一个多事的冬天,范戈和金珏刚把媛媛的事处理好,黄老伯又突然去世了。黄老伯自从把伍浩送到范戈这儿后,已经有一段时间没到书店来了。范戈正说抽时间和金珏再到红石盘乡下去看看他,可这天上午范戈和金珏刚打开书店大门,伍浩却突然来了。范戈和金珏把媛媛接回家里照顾后,伍浩知道范戈楼上只有一间卧室,便自觉地又回工地住了,把书店那间屋子又让给了范戈,直到媛媛走后,他才又回到书店里。但这几天他又没来了。范戈见伍浩眼睑浮肿发红，面色也比以前憔悴了一些，像是遇到了什么不幸的事一样。范戈便问："这几天晚上你怎么没来书店睡？"

伍浩嘴唇哆嗦了几下，像是要哭泣的样子。过了一会儿才突然说："黄大伯去世了……"

一句话没有说完，范戈和金珏都同时叫了起来："什么？"

伍浩又说了一句："黄大伯是脑血管破裂，还没来得及送到医院就走了……"

范戈和金珏似乎还不肯相信自己的耳朵，又问："他的身体看起来那么硬朗，精神也好，红光满面的，怎么说走就走了？"

伍浩说："恰恰是红光满面的假象害了他，竟然连自己有高血压都不知道！他大约是到楼上去取书，从楼梯上摔下来引发脑溢血的。他没亲人在身边，幸好有一个邻居从他院子里经过，听到屋子里哐当的响声，跑进屋去看才发现的。那邻居和我沾亲带故，他不知道他女儿的电话，却知道我经常到黄大伯那儿去，便给我打电话。我叫了120救护车一起回去。医生去一看，说病人瞳孔都散了，没希望了。果然老伯没一会儿便咽了气。这几天我在帮老伯的女儿料理丧事……"

范戈听到这里便埋怨道："你怎么也不告诉我们一声？交往一场，我们也该去送老伯一程嘛！"

伍浩道："老伯生前留有遗言，死后什么人都不告诉，丧事从简。"说完又接着说:"老伯生前还留有遗言,他去世后,家里的几千册藏书悉数交给灯塔书店收藏保存,免费供读者阅读……"

范戈和金珏马上惊叫了起来:"真的?"

伍浩从羽绒服口袋里掏出一封用墨笔写成的工工整整的遗书。范戈接过来一看,只见上面清楚地写着黄老伯的姓名、年龄、身份证号以及遗嘱内容:"我在此立下遗嘱:家中所有藏书,在我死后悉数捐给福镇灯塔书店收藏保管,一则供读者免费阅读,利国利民,二则弥补我年少时对范家犯下的罪过!"下面老伯又写下一行备注的小字:"立此遗嘱时,本人神志清楚,完全是本人意志表达。"范戈看了看立遗嘱的时间,正是他和金珏到乡下拜访后不久。范戈十分感动,又把遗嘱交给了金珏,感叹着:"唉,老伯一直没原谅自己呀!"

伍浩道:"这是我在整理老伯书桌时,从抽屉里一个夹子里发现的。老伯大概也没想到自己会走得这么快,所以连证人也没来得及找,也没亲手交到你手里……"

范戈忙问:"老伯的女儿知道这个遗嘱吗?"

伍浩道:"他走得太急,先前可能没来得及告诉他女儿。我昨天发现后给她看了的,但我没有交给她,把它收起来了!"

范戈沉默了一会儿,突然对金珏说:"老伯是个有情有义的人,他临终时我们都没送他一程,已经有些对不起他了!现在我们赶过去,一则到他坟头去烧炷香,二则和他女儿商量商量老伯藏书的事……"

范戈的话还没完,伍浩插话说:"就是!我急急忙忙来告诉你们,也是想叫你们尽快去把那些藏书运回来!老伯的女婿原来在县工商局上班,后来辞职下海办了一家公司,现在生意不好做,公司运行不是很好。老伯的女儿在县城开了一家服装店。实话给你们说,老伯读了一辈子书,爱书如命,可他女儿女婿都不是读书人,一心想的只是赚钱。老伯生前,女儿两口子一直反对他把退休金拿去买书,多次和他吵架,有次,他女儿还把他刚买回来的书给扔了出去。要不,老人为什么要坚持回乡下住呢?"说完这话,又补了两句:"他的女儿女婿不读书也就不会爱惜书,那些藏书一旦损失,就太可惜了!"

范戈听完伍浩的话,这才明白了老人回乡下住的原因,便叹了一声,道:"原来如此,我们还以为老人是有意回乡下桃花源过'种豆南山下'的日子呢!"说完又立即像下命令似的对金珏说了一声:"我们马上出发!"

三个人于是走出来,金珏关了书店大门,范戈把车开出来,伍浩和金珏上了车,汽车便朝城外驶了出去。到了镇边日杂一条街,范戈把车停了下来,让金珏去一家丧葬用品店买了一捆祭祀用的火纸和一把香烛。

汽车沿着上次走的路线,很快就到了乡间公路。金珏发觉才短短两三个月时间，车外的景物像是换了一个人间一样。铅灰色的云层沉沉地压在头顶，天空不再高远和博大，给人一种充满污浊和压抑的感觉。远山虽然也在向自己走来，可迎接他们的，不再是漫山遍野的姹紫嫣红，而是落叶掉尽、没有生命的枝条在风中瑟瑟抖动。满山坡偃伏一蓬蓬的荒草。透过玻璃窗的底缝，金珏也能听到寒冷的北风擦过车身的呼呼声。除了车轮碾压路面发出的嚓嚓声外，三个人都没说话，像是都沉浸在如铅灰般沉重的心事中。

接近中午时候，三人到了黄家湾，在伍浩的带领下，范戈和金珏提着火纸香蜡直奔黄老伯墓地而去。墓地在一个叫白石坡的台地上，范戈发现这儿地势较高，天地辽阔，后面是山，前面有一道溪流。坟前摆着几只花圈，坟堆的泥土似乎还散发着热气。范戈和金珏在坟头前将火纸打开，先点燃香蜡插在新鲜的泥土里，再撕开火纸，在香蜡的火焰上点着，一张张地焚化了。然后，范戈双手合十，朝着坟堆恭恭敬敬地作了三个揖，说道："老伯呀，您一生读书、教书、藏书，嗜书如命，耄耋之年，还为世人不读书而忧心忡忡。临终之际，留下遗言，将一生所藏之书交晚生收藏保存，供世人阅读！老伯，我们来晚了，没送上你一程，晚生十分惭愧！请老伯九泉之下放心，我一定谨遵您老遗言，保管和利用好您的这些藏书，为弘扬福镇文脉和人文尽微薄之力！"

范戈说罢，金珏也过去对黄老伯的坟堆作了三个揖。伍浩昨天本来已经给逝者作过揖磕过头了，这时又过去躬了三个躬，三人才朝黄老伯生前的屋子走去。

到了黄老伯生前住的院子前面，范戈看见一个四十出头的男人，戴一顶保暖大头围棒球帽，一身肥膘，满面油光，正指挥着两个像是雇来的庄稼人捆绑东西。一个穿着红色修身加厚款棉衣的三十多岁的女人在旁观看。地下已经放着几只打好包的尼龙口袋，上次范戈和金珏来看见的那几只在院子里闲逛的鸡，此时已被束住双腿和翅膀，有些绝望地卧在冷冰冰的石地上。那只土黄色的狗似乎也知道了自己的命运，还静静地守候在大门旁边的窝里，看见范戈和金珏来了，也不起来吠叫一声。伍浩一边朝院子里走，一边轻轻对范戈和金珏说："他们就是老伯的女儿女婿！"

说着话，三个人进了院子，黄老伯的女婿似乎已经猜出来人是谁，什么也没说，仍指挥着人收拾东西。黄老伯的女儿朝范戈和金珏看了一眼，也没说什么。伍浩便对那男子说："文良大哥，老伯的'头七'还没办，你们就要搬家了呀？"

黄老伯的女婿看了伍浩一眼，半天才瓮声瓮气地说："先打好包，能拿走的东西先拿走嘛！"

伍浩没再说什么，便指了范戈对黄老伯儿子说："文良大哥，这就是老伯要把家里藏书捐献给他的那个人，我们镇上灯塔书店的老板范戈先生……"

范戈没等伍浩话完，急忙迎过去拉住了黄老伯女婿的手，道："谢谢文良大哥！也谢谢黄老伯对我的信任！我们先来看看这些图书，然后再雇辆车来拉回去……"

话还没完，黄大伯女婿便抽回了手，冷冷地对范戈说了一句："你不要再找什么车来拉了……"

范戈忙问："怎么了？"

黄老伯的女婿说："那些破书连同家里一些没用的东西，今天一早我们已经卖给城里收破烂的了……"

范戈、金珏和伍浩突然像是被雷击中了，张着嘴，半天都没放下来。过了一会儿，伍浩才叫了起来："文良大哥你说什么？我不信！"一边说，一边就往楼上跑。范戈和金珏也跟着追了过去。

楼上书架果然空了。再一看那个装着老书的柜子，柜盖开着，里面空空如也。范戈顿时呆若木鸡，望着那空空的书架和柜子说不出话来。

过了一会儿，仍是伍浩先跑了下去，他几步冲到黄老伯女婿面前，大声叫道："老伯有遗嘱，你们也看过老伯的遗嘱，怎么当废纸卖了？"

黄老伯的女婿似乎没想到伍浩会这样和他说话，便道："什么遗嘱？谁是证人，有法律效力吗？再说，这是我家里的事，你是谁？有什么资格来说三道四？"

伍浩一张脸涨得紫红，却不知该怎么回答黄老伯的女婿，便求救似的看着从屋子里走出来的范戈和金珏。

范戈听见了黄老伯女婿的话，他走到黄老伯女儿面前，对她说："你知道不知道那些书可是你父亲一辈子的心血呀？"

黄老伯的女儿说："不就是一些没用的书吗？你拿回去说不定也只是卖废纸！"

范戈听了这话，气得说不出话来。他心里想："黄老伯读了一辈子书，怎么生出这么一个女儿来？"可马上又想："不过，时代就是这个样子，这也怪不得黄老伯！"这么一想，心气便平和了一些，于是又对黄老伯女婿问："文良大哥，你告诉我那些书卖到城里哪家废品公司了，我们去把它们赎回来……"

黄老伯女婿没等范戈说完，冷冷地道："你赎不回来了，他们径直拉到平陆造纸厂，这时那些书恐怕已经倒在纸厂的化浆池子里了！"

范戈只觉得身子一软，费了很大的劲儿才没让身子瘫在地上。

第九章　斯文在兹

一

又到了月底盘点的时候。范戈和金珏都有点儿害怕这个日子到来，无论他们怎么努力，书店的营业额就是没法上去。他们这个月盘点后，刨去人工、房租、水电、税费等开支，又亏损了几千元。两人看着账簿，上面的每个数字都像一根根尖锐的锥子扎在他们心上。每到这个时候，范戈都像害怕看见账簿上那几串数字一样，急忙把目光移开，看着屋子里满架的书籍陷入了沉思。他实在弄不明白现在人们为什么会不读书了。中华五千年，能有今天这样辉煌伟大的、博大精深的文化，正是靠一代一代人寒窗苦读，给读出来的呀！中国自古就有"耕读传家"的优良传统呀，可为啥今天的人却像如弃草芥一样，把这个传统给抛弃掉了呢？是的，他也承认今天的人们很忙，比起前人来，读书的时间确实少了许多。可是，当你行走在大街上，或乘坐地铁、公交车，或在机场的候机室时，看到的到处都是低头玩手机、刷微信、打游戏的男男女女，这又作何解释呢？更何况那些遍布大街小巷和居民小区人满为患的麻将馆、娱乐室，以及一到傍晚，大大小小的广场上伴随着刺耳噪音翩翩起舞的大爷大妈，他们的时间是从哪儿来的呢？范戈想来想去，得不到答案，只能说没时间只是那些不爱读书的人的一个托词。一句话，这个时代的人太浮躁了，太急功近利了，已经很难像古人那样用珍贵的时间来静静地看书学习，以提高自己的学识和素养。现在人们并不缺少时间，而是缺少一种满足的安宁。

但范戈对这种状况却束手无策。

屋漏偏逢连夜雨，镇上雄心勃勃地提出了"打造福镇长安街，建设城市会客厅"的口号，开始对万紫千红大世界这条街道进行改造，用铁皮将书店大门口的街道给拦了起来。书店平时就门可罗雀，现在这样一拦，读者想来书店只能从范戈他们小区的巷道拐进来，非常不方便。为了给读者指路，范戈提着一桶油漆，在小区外面的巷道口用粉刷写上了"灯塔书店由此去"几个红彤彤的大字，并画了一个大大的箭头。没想到上午刚把字写好，下午就来了几个戴红袖标的小镇市容管理办人员，说他乱写乱画影响了市容市貌，要罚款。范戈气得脸都歪了，和市管办人员争了起来，说自己是响应福镇党委、政府"引资回流"的号召，回乡创办企业的，从没得到过什么优惠，现在还要罚款，何况自己也是万不得已才到墙上写那么几个字，以提醒一下读者，又不是故意破坏市容市貌！市容管理办的人说："我们只管照章办事！再说，镇党委、镇政府重点招商项目上，并没有灯塔书店的名字。如果真的是领导重点关注的项目，我们也不敢来罚款了！"

范戈听了这话，只得给代光信打电话。代光信听后说："哎呀，老同学，我知道书店的困难，市管办的同志说的也是事实。再说，市容市貌归李副镇长管，我也不好直接插手。可老同学既然找到了我，这个忙我也不能不帮。我给你协调一下吧！"协调的结果是款可以不罚，但灯塔书店必须把墙上的字刮干净。市管办的人员走了后，范戈和金珏只得拿上铲子，将墙上还没干的油漆一铲一铲地铲了下来。

铲完油漆后，两人回到书店里，一言不发地坐在椅子上，看着满屋的书发呆，连天黑了都不知道。直到伍浩下班回来，他们才从一种恍惚的状态中惊醒过来，不约而同地问："你都回来了？"

伍浩觉得屋子里的气氛有些奇怪，以为他们吵架了，忙问："怎么了？"一边问，目光又一边在他们脸上扫来扫去。

金珏忙咧了咧嘴，挤出一丝笑容道："没什么呀！"

伍浩见金珏笑得十分勉强，更不放心了，又道："你们吵架了？"

金珏马上说："没有呀！"

伍浩又看了看范戈，见范戈仍是沉着一张脸，不肯相信金珏的话，便又问："那你们怎么不高兴呀？"

金珏见伍浩刨根问底，知道他也很关心书店的事，便道："还不是因为书店的事，真是屋漏偏逢连夜雨，行船又遇顶头风了！"说完，便把书店遇到的困难和下午遭遇的事，对伍浩说了一遍。

伍浩听完半晌没吭声，过了一会儿，突然走到范戈面前，从口袋里掏出一张银行卡，说："范总，我知道这个时代读书的人越来越少，书店的生意本来不好，现在又遇到街道整修，你们的日子更不好过。我只是一个打工仔，没法帮助你们，但我也愿意尽自己一份力量，帮你们把书店办下去！我这儿有三万块钱，是我这些年打工日积月累攒起来的。我本来是想攒在那儿娶亲用，可我现在想明白了，凭现在的房价、彩礼什么的，我想结婚难上加难。所以这辈子我也不打算结婚了，书籍就是我今后的妻子和情人！我说的也是真话，每当我读到一本好书，那感觉真像坠入了爱河一样！三万块钱对于一个书店来说，只能是杯水车薪，但这是我的一份心意，只求范总和金珏姐一定不要关闭了书店！"说完，把银行卡递到了范戈面前。

范戈突然像是被电击了似的从椅子上跳了起来。他看着伍浩充满期待和恳切的目光，突然明白了，书店不只牵涉到生意好坏，更影响像伍浩和王明玉这样爱好读书的人的希望和未来，他和金珏实在不应该一遇到困难就颓废、沮丧下去，于是急忙推开伍浩的手,说:"谁说的我们要关闭书店?你放心,就是遇到天大的困难,我们也要坚持下去!你的心意我们领了,但钱我们绝不能收。你挣这点儿钱多么不容易,我们收了,还算什么人?"说完停了停又说:"谁说你不能结婚了?你不是本科自考后,还要考研、考博吗?有志者事竟成,到时候说不定还会有很漂亮的姑娘看上你呢!你要真支持我们,就在店里认真读书和学习,我们还要等着你的捷报呢!"一边说,一边一把将伍浩手里的银行卡塞回到伍浩的衣服口袋里。范戈又转头对金珏说:"我们还没吃晚饭,走,我们出去喝一杯,把这几天的霉运都浇到爪哇国去!"说完又拉起伍浩的手说:"伍浩你也去,感谢你今晚上给我们上了一课!"

伍浩没有推辞,三个人便一起走了出去。

尽管范戈和金珏听了伍浩的话,深感自己肩上的责任重大,从第二天开始,就不再那么愁眉苦脸,仿佛信心又回到了身上。可残酷的现实却不会随着你的脸色变化而变化。范戈和金珏一连在书店坐了几天,都没有等来几个读者,信心又一下随着书店的冷清塌落了下来。这天下午,范珊听哥哥昨天晚上电话里给她说了书店这段日子发生的事之后,学校一放学就赶到书店里来了。

范珊穿着一件米色的双排扣羊绒毛呢中长外套,一双高跟雪地靴,头发束成一个低马尾,给人一种气质优雅、活力十足又清纯可爱的印象,比起结婚前更漂亮了。她知道哥哥和金珏已经同居，但她仍遵循小镇的规矩，在他们没正式办婚礼以前仍只是以"姐"称呼。她把包往茶几上一放，便看着范戈和金珏问："哥、姐，书店怎么样了？"

范戈苦笑着说："我们守了几天，只卖了两本书，营业额不到七十元，你说读者到书店又不是上金銮殿，脚步怎么就这么金贵呀？"

范珊朝书架上扫了一遍，然后又看着范戈和金珏说："哥、姐，现在能经常光顾书店的人本来就少，加上小镇读书的氛围不浓，进书店的人更少，这是可以理解的，何况现在又遇到街道改造。我有一个主意，我们为什么不可以去请两个名人来书店做一堂读书讲座或签名售书呢？这样一来，不就扩大了书店的影响，吸引更多的人往书店里走吗？"

范戈眼睛一亮，便看着金珏问："这个行吗？"

金珏说："我以前就给你讲过，书店搞活动扩大影响，提升读者阅读兴趣，比如请名家讲学、签名售书，还可以搞一些音乐会等。可我们是小镇，俗话说席好办，客难请。搞活动也是要花钱的，我就是怕到时来的人不多，最后得不偿失，所以一直没向你说！"

听了金珏的话，范戈马上说："你先别顾忌那么多，只要能吸引读者来，即使赔一点儿钱进去，也是值得的。"说完又补了一句："读者也是需要慢慢培育的嘛！"

范珊也说:"就是!至于听众嘛,你们不用担心!我一回来,学校领导便把我安排在高三年级担任班主任。我教学任务虽然重了一点儿,但还是非常愉快。到时我把班上的学生都带来听!还有立贵,他现在担任初中年级两个班的班主任,加起来就是一百五六十名学生。如果人还不够,我再动员几个老师把他们班上的学生也带来,再加上你们动员社会上的一些读者,组织四五百人的一场报告会应该一点儿问题也没有!"

范戈和金珏觉得范珊的话句句在理,便高兴了。金珏说:"如此说来,书店真还值得搞次活动,既增加了书店的人气,也提高了大家的阅读兴趣,说不定活动过后,书店的经营就会好转呢!"

范戈见金珏都这么说,信心似乎更足了,便拍了一下桌子说:"那就搞,还犹豫什么?"

金珏的目光便落到两人身上,问:"我们请谁来讲课或签名售书呢?"

范戈兄妹俩互相看看,没立即回答金珏的话。过了一会儿,范戈才有些丧气地说:"唉,我们卖了这么多名家、大家的书,却连一个作者都不熟悉!要是我们认识莫言、贾平凹这些文坛大腕就好了!"

范珊忙对哥说:"哥,即使你认识,莫言、贾平凹这样的大家怎么看得上我们这样一个偏僻小镇?我们即使请他们,他们也不一定会来。这样的大作家不行，一些有名的学者也行呀……"

金珏忽然叫了起来："有了！我的老师齐教授，他可是全国有名的文化学者，博士生导师，主要研究方向正是阅读学。在学校里时，因为我喜欢读书，经常向他请教一些问题，所以我觉得他对我还不错，就不知道他现在对我还有没有印象了。"说完又对范戈和范珊道："齐教授上课我们最爱听，因为他学识渊博、讲课引经据典又幽默风趣，逢到他上课时教室座无虚席。请他来我们镇上讲一次学，效果一定会很好！"

范戈兄妹俩都高兴起来，范珊道："那就请他来呀！"

范戈却看着金珏问："好倒是好，可他会不会屈尊大驾到我们这样一个小镇来？"

金珏说："我也不知道！不过我还有他的电话，我马上问问他！"

说毕，金珏掏出手机，翻出齐教授的电话打了过去。电话很快就接通了。金珏说出自己的名字，没想到齐教授竟然还记得她。两人说了一会儿互致问候的话，金珏便说出了给他打电话的目的。没想到齐教授还没等金珏说完，便欣然应允下来。范戈和范珊兄妹听齐教授答应了，高兴得互相击了一下手掌。

二

　　金珏打完电话,回头看着范戈和范姗,像是完成了一件大事,带着几分得意的神情说:"真没想到,齐教授竟然还记得我,我一说名字,他就说哦哦哦,然后问我,你是哪个珏呀?我说左边一个斜王旁,右边一个玉石的玉。他马上说,哦哦哦,我知道了,你是小金珏……"

　　范戈马上说:"还说记得你,连名字你不说,他都不知道了!"

　　金珏立即反驳道:"才不是呢!我们班上还有个女同学叫金玦,就是一个斜王旁,一个"块"的右半边,那个同学年龄比我大一些,为了不叫混,老师和同学就叫她大金玦,叫我小金珏……"

　　范戈因为金珏请动了齐教授,心里高兴,便又和金珏开起玩笑来:"不对,你两块玉叠在一起,应该你是老大才对!"说罢又摇头晃脑地卖弄起学问来:"双玉为珏,故字从双玉。按淮南书曰:玄玉百工。注:二玉为一工。工与珏双声。百工即百珏也……"

　　金珏道:"我以为你在给我算命呢,原是掉书袋!"

　　范戈又笑嘻嘻地道:"实不相瞒,最初看到你这个名字,本人就下决心研究了一番……"

范珊看见哥哥和金珏打趣,打断了他的话道:"你们别光高兴去了,要我说呀,齐教授能来,不但是你们灯塔书店的骄傲,也使福镇蓬荜生辉!这么多年来,我们福镇除了一些想赚钱的商人和部分小官僚来过,像齐教授这样的大教授还是第一次来。我建议你们给镇上领导汇报一下,到时也请他们出席报告会。这不但体现领导对精神文明和文化建设的重视,还体现对齐教授的尊重!"

范戈拍着大腿叫了起来:"好哇,我怎么没想到这一点?好,我马上就去请……"

金珏说:"都下班了,你去请谁?"

范戈朝外面一看,街上已是华灯齐放,便嘿嘿笑了一声,说:"光顾说话,连天黑了都不知道。明天一上班我再去请!"

第二天一上班,范戈果然往镇委、镇政府去了。他先去了镇委书记的办公室,门关着。他推了推,没推开,又用指头敲了敲,屋子里没响动,便知道书记不在屋里。他又下了一层,来到镇长办公室,镇长办公室的门和书记办公室一样关着。范戈有点失望,就来到代光信的办公室。代光信刚在机关食堂吃过早饭回来,一见范戈便问:"这么早什么风把你吹到这儿来了?"

范戈说:"无事不登三宝殿,我想赶个早来找书记、镇长,结果一个都没在……"

代光信说:"他们随县上招商团到沿海招商去了,今天下午才会回来……"

范戈便说:"哦,又要招商了,这次福镇恐怕又要引几十亿资金回来哦?"

代光信说:"谁知道?不过总的来说,现在的商人也不好忽悠了。数字再大,落不到实处都是空的!"一边说,一边开了门,等范戈坐下了才问:"你找两位老板有什么事?"

范戈便把请齐教授来灯塔书店讲学的事对代光信说了。说完后又说:"老同学,这事可就归你管,你可要大力支持哦!"

代光信立即大包大揽地说:"好哇,这么大的学者来讲学,是为我们福镇添光增彩的好事,镇委、镇政府怎么会不支持?你放心,两个老板回来我立即给他们汇报,一有消息我就第一时间告诉你!"

范戈听老同学这么说,高兴极了,于是又道:"老同学分管这一块工作,到时候可也要大驾光临哟!"

代光信说:"当然当然,这么大的学者传道授业,我怎么会错过这么好的学习机会?"

范戈谢过代光信回去了。到了晚上,代光信果然给范戈打来电话,说两个老板一回来,他就去汇报,两个老板不但答应来,书记还说他要亲自致欢迎辞!

范戈放下电话,把代光信的话告诉了金珏,金珏立即高兴地说:"好哇,这说明领导开始重视全民阅读了!"

范戈说:"上次书店开业,王镇长也说来剪彩,可最后还是没来。领导答应的事,就像招商引资时那些老板表态时说的话,最后能落地多少难说!"

金珏忙安慰地说:"不管他能不能来,只要齐教授来就行了!"

金珏话说完,范戈突然像想起了什么,马上问金珏:"现在教授外出讲学,都是要给出场费的,齐教授的出场费是多少?"

金珏说:"哎呀,我还真不知道呢!"

范戈说:"你打电话问问他到其他地方讲学,通常给的出场费是多少,我们不说比别人高,但也不要比别人低吧?"

金珏说:"问他本人好不好?"

范戈说:"不问他本人问谁呢?再说,现在也不是君子固穷的时代了,谁又没在谈钱呢?那些教授谈起钱来更是理直气壮!"

金珏果然鼓起勇气,又拨通了齐教授的电话。齐教授一听金珏询问讲学费的事,便道:"小金珏呀,我们师生之间还谈什么讲学费不讲学费,就算了吧……"

金珏忙说:"老师,这哪能算了?我们书店经营再困难,可该给的费用还得给,你就说个大概的标准吧。"

齐教授道:"那小金珏你们就看着意思一下吧!"说完才接

着说:"不过小金珏呀,为师有一件小事想麻烦你们,不知你们愿不愿意帮老师这个忙……"

金珏忙说:"老师有什么事尽管说!"

齐教授便道:"小金珏呀,你也是知道的,我明年就要退休了。为师皓首穷经,用了二十多年时间,写了一部学术专著《华夏阅读学研究》。不是为师自吹自擂,该书观点新颖,资料翔实,内容丰富,填补了国内学术研究上的一项空白。可是你知道的,现在出书很困难呀!为师迂腐,不善阿谀奉承,也没拿到什么科研项目经费。出版社出这样的书赚不到钱,都不愿意出。为师想在生前能看见它问世,没办法,只得自己掏了将近十万元印了两千册,现在码在家里卖不出去,你师母成天都埋怨我。在这次活动中,你们能不能动员一些读者买老师一本书?你上次电话里不是告诉我有签名售书这一项吗?我是可以现场签名的!不多,不多,一二十本也行,一两百本也行,剩下的放到书店慢慢卖,慢慢卖,你们看行不行?"

金珏一下犯起难来。答应吧,书店里这些畅销书都卖不出去,何况老师的书是一本读者面十分狭窄的学术著作。不答应吧,她又深深体谅老师的处境,做了一辈子学问,却要自己掏钱出书并卖书,不到万不得已,他怎么肯低声下气求自己的学生?何况他用的又是央求的口吻,作为他喜欢过的学生怎么好一口拒绝?想了想便说:"好,老师,我和老板商量商量,能帮老师的我们一定帮！"

齐教授立即感激地说："谢谢小金珏！谢谢小金珏！至于讲学费，你们真的看着给就行，看着给就行！"说罢挂了电话。

金珏把齐教授的话告诉了范戈，范戈也左右为难了。他知道齐教授这书在小城肯定卖不出去，不答应吧，齐教授如果失望就可能不来了，那么这个活动就会夭折。再说，这样也会对不住金珏。想了想于是说："我们先出去了解一下，看能够卖到好多，然后我们再告诉齐教授！"

可齐教授却有些等不住，第二天便打电话来问结果，并叫金珏把他们的邮寄地址先告诉他。金珏抹不过老师的面子，便把收件地址用QQ发了过去。没想到只过了一天，齐教授便通过汽车零担的方式，给范戈和金珏发来了几大包书。范戈和金珏打开一看，整整两百册。一看定价，每本九十八元。范戈匆匆浏览了一下书的内容，不得不承认这是一本结构宏大、有完整理论体系且论据充分的学术著作。齐教授说他用了二十多年时间才完成此书，他是完全相信的。他为这样好的书不能由出版社按常规方式出版感到惋惜，同时又在心里责怪齐教授，如果能在书里加一些书林佳话、趣事，让一般的读者也有兴趣翻翻，那该多好呀！可是，书既然已经寄来了，万没有给老教授退回去之理。范戈想了一会儿，便对金珏说："这样，你拿上一本样书到范珊学校里，让她动员一下她的同事和一些喜欢阅读的学生，看有没有人买。

我也拿一本去找找代光信,看他能不能动员镇机关工作人员买一些,建设学习型机关嘛,这书还是有帮助的!"说完停了停又说:"如果有人买,只叫他们预订,等齐教授讲课那天才把书给他们请教授签字!"

金珏答应了一声,拿起书就走了出去。

可是下午天黑的时候两人一回来,脸上都露出了沮丧的神色。金珏告诉范戈:"范珊拿了书去找同事,可那些老师说这样的书对教学帮助不大,况且根本没时间读!至于学生,才十五六岁的娃娃怎么看得懂?范珊答应自己买二十本,到时她送给同事请齐教授签字!"

范戈皱着眉头说:"二十本根本就是杯水车薪,能起什么作用?我也一样,代光信说,他们现在白加黑、五加二,工作都忙不过来,何况这书跟他们本职工作又毫无关系,根本别指望镇机关来买……"

金珏听后,愁眉苦脸地对范戈说:"那怎么办?要不然我们给齐教授退回去!"

范戈说:"人家寄都寄来了,万无退回去之理!这样,我们先买下来,你拿一百本书给范珊,让她送给那天来听讲座的同事和学生,到时请齐教授签字就是。剩下一百本就留在书店,如齐教授所说,我们慢慢卖吧!"

金珏十分懊悔地说:"唉,早知这样,就不该搞这场活动了……"

范戈马上道："怎么不该搞？不要光算经济账，还要算社会账嘛，就这么办！"

两人便这样决定了下来。

三

万事皆备，范戈和金珏只等齐教授大驾光临。过了几天，齐教授终于打来电话，说他下午给研究生上完课后，就从省城出发，连夜赶到小镇，明天上午讲座，结束后马上又赶回省城。因为临近假期，学校各项工作都抓得很紧。范戈见时间这么仓促，急忙赶到镇政府去给代光信汇报。代光信听完范戈的话，便叫了起来："怎么这样巧，迟不来，早不来，偏偏都放在明天？"

范戈忙问："明天镇上还有其他活动？"

代光信说："万紫千红大世界李总的'幸福花园'房产项目明天举行开工典礼，还请了霞霞美子回来演出，镇小学操场上台子都搭好了。霞霞美子回来演出的事，全镇都传遍了，你还不知道？真是个书呆子！这个'幸福花园'年初就被定为镇委、镇政府的重点项目，之所以迟迟没有开工，是因为拆迁一直没有完成。现在好不容易开工了，你说这样牵涉到全镇经济建设的大事，书记、镇长岂能不去参加？"

范戈听完犯起愁来，说："那怎么办？我这儿给齐教授已经说了书记亲自致辞并聆听他的讲座的事，现在书记镇长都来不了，叫我怎么给他解释？"说完想了想又说："能不能让李鸿才把'幸福花园'的开工典礼改在下午？这样就把领导的时间错开了……"

代光信急忙把头摇得像只货郎鼓一样，说："这绝对不行！你不知道李鸿才是农村那种土财主，做什么都要找人看个黄道吉日。明天开工的时间都是他定的，不但规定了几时几刻，还精确到了几分几秒，你说他能轻易改动？"说完大约是受了范戈刚才那番话的启发，也对范戈说："你能不能把讲座的时间改在下午呢？"

范戈说："齐教授说得非常明白，讲座一完他就要立即赶回去，他怎么能改？要不，你去和书记商量一下，明天上午李鸿才'幸福花园'仪式让镇长去，他是主管全镇经济工作的嘛！书记到我这边来给灯塔书店站站台行不行？"

代光信沉吟了一会儿说："这倒也是一个办法，但不知书记同不同意。这样，我马上去给他汇报一下，看他怎么安排。"说罢，站起来往楼上去了。

没一会儿，代光信回来了，对范戈摇着头说："不行！书记说，他是一把手，不去参加'幸福花园'的开工典礼，人家又会说他不重视经济工作。再说，他也要在会上致辞的！"一边说，一边看着范戈脸上失望的表情，继续说："书记还是让我代表他来参加！老同学你放心，我一定要来给你把场子扎起！"

事已至此，范戈不好再说什么，便又对代光信说想借用镇政府的会议室用一用。一是镇政府的会议室气派，条件较好，在镇政府会议室举办讲座，也显得镇党委、镇政府对灯塔书店这次活动的重视。二是这儿离书店很近，齐教授讲完学，再到书店去签名售书，不但方便，而且把书店也参观了。另外，听金珏说齐教授的书法也很好，他们已经准备了笔墨纸张，到时还要请齐教授给书店留下一幅墨宝。代光信听完范戈的话，忙说："这点我可以做主。只要镇委和镇政府不开会，会议室你完全可以用。到时我给办公室打声招呼就是！"

范戈见代光信如此爽快地表了态，说了几句感谢的话回去了。

回到书店，范戈又给范珊打电话，告诉她明天上午组织学生听讲座的事。范戈刚把话说完，范珊便说："哥，我正要给你打电话呢！非常对不起，我们学校来不到那么多学生了！学校领导担心影响升学率，高中班的学生一个也不允许参加，只同意派一个班的初中学生，大约四十人……"

范戈还没听完就叫了起来："那会议室要坐两百多人，四十个人怎么行……"

范珊知道哥哥着急，忙说："不过哥你放心，我私下联系了二十多个同事，明天只要他们没课，一定会来的，我把书都已经给他们了！"

范戈并没满意，说："这还差得远呀！你想，两百多人的会议室，稀稀拉拉坐四五十个人，气场不够呀！"

范珊说："哥，起初我也没想到领导会不同意呀！我也实在没办法了！"

范戈觉得自己确实有些为难妹妹了，说到底，她也只是一个刚参加工作的普通老师。于是便道："妹，给你添了麻烦，你保证这四五十人能来就行了！"

放了电话，范戈捧着头想了很久，也没想出增加听众的办法。他想像上次书店开业一样，请小镇的同学和社会上的朋友来凑凑人气，可在心里盘算来盘算去，也没想出几个能舍下自己的活儿来给他捧场的人。最后他想到了王明玉，眼前一亮：不知她能不能给自己邀一些过去的"麻友"来呢？可刚冒出这样的念头，他又犹豫了：人家好不容易才摆脱了那伙"麻友"，要是那些"麻友"又把她缠上了怎么办？于是迅速把这个念头给否决了。最后他还是决定去找代光信帮忙。

代光信听了范戈的请求，便说："这有什么难的？镇中学怕影响升学率，小升初是就近入学，没有升学的压力，我让镇小学再给你派两个班的高年级学生来参加！"说完又说："阅读从娃娃抓起，也是应该的嘛！"

说罢，代光信操起电话就给镇小学校长打电话。镇小学和镇中学不同，实行的是镇上和县教育局双重管理。小学校长一听代光信的话，好像拣了一个大便宜似的，忙不迭地答应了，说："这是好事呀，让孩子们开开眼界，从小培养读书兴趣，好哇，好哇，我们一定落实领导的指示！"

范戈一颗悬着的心这才一下落到地上。回到书店，他又急忙叫金珏将齐教授的书送两包到镇小学，让校长把书发给明天带队的教师和年纪大些的学生。没领到书、年龄又较小的学生，也可以准备一个小本子，到时请齐教授签名。总之一句话，要把气氛搞得隆重和热烈一些。一切交代完毕，范戈才像完成重任一般长长地嘘出了一口气。

晚上十点钟左右，齐教授如约而至。齐教授瘦高个儿，西装革履，周身上下一尘不染，花白的头发向后梳着，深嵌在玳瑁眼镜后面的一对眸子漆黑发亮，显得十分有神。说话时嘴角边两道括号似的皱纹向两边微微舒展，下巴和嘴角的胡子刮得干干净净。范戈觉得这老头既有几分老年人特有的忠厚，又不乏文化人的儒雅倜傥，心里便喜欢起他来。他想起齐教授那本《华夏阅读学研究》，担心他明天如果照本宣科，肯定会讲砸锅，便对他说："齐教授，明天来听讲座的大多都是初中以下的学生……"

齐教授似乎知道范戈会说什么，忙说："放心，放心，我会尽量讲得通俗易懂！"

范戈不再说什么了。

果然,第二天齐教授的演讲十分成功。到底是大学教授,见多识广,知识渊博,连演讲提纲也不要一个,在众人的掌声中款款走到台上坐下,扫了会场一眼,先向大家报告了自己今天演讲的题目——"多读诗书方有福",接着就像拉家常一样侃侃而谈起来。从古人"腹有诗书气自华"的格言引出古今中外一些学问渊博的人是如何谈吐优雅气度不凡风度潇洒,由此又从正到反,举出当今一些所谓的"成功"人士因为不读书而言语无味行为粗鲁面目可憎。又从"腹有诗书气自华"讲到读书是世上回报甚丰的投资,举出了许多靠读书改变命运的励志故事。又由此谈到了读书是人生的至乐,在这里他也讲了"琅嬛福地"的故事,说不管你是和旅行社一起外出旅游,还是成了什么俱乐部的高级会员,永远都不会像进入"琅嬛福地"那样,与那么多中外古今的名流高士倾心交谈。接着就和大家分享了自己一生如何读书和改变人生命运的经验。直到这时,范戈才知道齐教授原来命运多舛:在他很小的时候,父母都被打成右派,下放到乡下劳动,父亲在下乡劳动改造中病亡,后来齐教授随母亲回到城里,被安排在县图书馆工作。正是在图书馆里,他刻苦地、坚持不懈地读了大量古今中外的优秀图书,然后他以初中学历,考上了北京大学。毕业后又赴国外读研和读博。讲到这里,齐教授又引用了一句"书是进入世界的入口"来为自己的经历做了总结。最后,齐教授说，当今社会为什么有那么多人对社会和环境不满意？正是因为这个社会缺少了真正的读书人！为什么这么说？因为一个人，读书越少越认为自己是圣人，对社会和环境越不满意！而读书越多，越认为自己是愚人，对自己越不满意！所以，要想这个世界越来越美好，就只有想办法让人们多读书。由读书，齐教授又谈到了买书、藏书，由买书、藏书又讲到读书的方法，洋洋洒洒、滔滔不绝。讲到最后，齐教授忽然拿出一份报纸，对大家说："我给大家念一段报纸上的文章，大家可以比较一下，看国外的人是如何读书的！"说完，便抑扬顿挫念了起来：

在这个世界上有两个国家的人最爱读书，一个是以色列，另一个是匈牙利。以色列人均每年读书64本。

当孩子稍稍懂事时，几乎每一个母亲都会严肃地告诉他：书里藏着的是智慧，这要比钱或钻石贵重得多，而智慧是任何人都抢不走的。

犹太人是世界上唯一一个没有文盲的民族，就连犹太人的乞丐也是离不开书的。在犹太人眼里，爱好读书看报不仅是一种习惯，更是人所具有的一种美德。

这里说一个最典型的例子，在"安息日"，犹太人要停止所有商业和娱乐活动，商店、饭店、娱乐等场所都得关门停业，公共汽车要停运，就连航空公司的班机都要停飞，人们只能待在家中"安息"祈祷。

但有一件事是特许的,那就是全国所有的书店都可以开门营业。而这一天光顾书店的人也最多,大家都在这里静悄悄地读书。

另一个国家匈牙利,它的国土面积和人口都不足中国的百分之一,但却拥有近两万家图书馆,平均每500人就有一座图书馆,匈牙利也是世界上读书风气最浓的国家。

知识就是力量,知识就是财富。一个崇尚读书学习的国家,当然会得到丰厚的回报。

以色列人口稀少,但人才济济,建国虽短,诺贝尔奖获得者却不少。

以色列环境恶劣,国土大部分是沙漠,而以色列却把自己的国土变成了绿洲。

而匈牙利,诺贝尔奖得主更多,涉及物理、化学、医学、经济、文学、和平等众多领域,若按人口比例计算,匈牙利是当之无愧的"诺奖大国"。

他们的发明也非常多,可谓数不胜数,有小物件,也有尖端产品。一个国土面积不大的国家,因爱读书而获得智慧和力量,靠着智慧和力量,将自己变成了让人不得不服的"大国"。

读到这里,齐教授放下报纸,目光炯炯地扫视了会场一眼,然后用富于激情和鼓励的声音结束了他的演讲：

"世界文明的发展史告诉我们，一个社会到底是向上提升还是向下沉沦，就看阅读能植根多深，一个国家谁在看书，看哪些书，就决定了这个国家的未来。读书不仅仅影响到个人，还影响到整个民族，整个社会！同学们，朋友们，为了中华民族的未来，让我们都捧起书本来吧！"

齐教授还讲了许多书林佳话和读书趣事，越讲越精彩，两个多小时的时间里竟没人走动一下。直到会场上响起了一阵热烈的掌声，范戈才知道齐教授的演讲结束了。

按照安排，齐教授演讲完以后，是到书店去签名。可刚一完毕，孩子们便蜂拥而上，举着手里齐教授的书或小本子把人团团围了起来。连孩子们的老师和范珊的同事们，也忘了自己的职责，生怕签不上名似的，挤在孩子们中间，齐教授哪儿还走得动？范戈想去分开孩子们，可没法挤进去。没办法，范戈只得让齐教授就在镇政府的会议室里给大家签名。齐教授看见这个场面，十分感动，他接过大家手里的书或本子，一边在上面笔走龙蛇写下自己的名字，一边感叹着："真没想到这样一个小地方，有这么多喜欢读书的人，这太好了，太好了！"

签了半天，终于签完了，等签名的人慢慢散完以后，范戈才看见齐教授额头上挂着一粒粒针尖大的汗珠，便从口袋里掏出一张餐巾纸递过去说："教授太辛苦了，这大冬天的连汗都出来了，擦擦吧！"

齐教授一边揉着有些酸痛的手腕，一边看着旁边的范戈、代光信和金珏，从眼镜片后面闪出两道明亮喜悦的光芒，说："没什么，没什么，我太高兴了，太高兴了！"

说完，代光信、范戈和金珏这才陪着齐教授往灯塔书店去。到了书店，果然茶吧里已经准备好了笔墨和宣纸。昨天晚上，范戈就给齐教授说了给书店留下墨宝的事。此时，齐教授来到桌旁站住，深深地吸了一口气，又抬起头将目光落在书架上，像是在思索什么。片刻，收回目光，拿起笔架上一支狼毫，伸进墨碗蘸饱墨汁，抻平纸，目光在纸上停留片刻，一边提笔运气，一边挥毫泼墨，龙飞凤舞地在纸上写下了"斯文在兹"四个大字。然后署上名，又拿过金珏帮他提着的包，取出印章，重重地将印章摁在了纸上。然后向代光信、金珏和范戈拱了一下手，说："献丑了，献丑了！不过这是老夫的心里话，小镇能有如此读书风气，实乃斯文之甚，斯文之甚！"

代光信听齐教授这么说，明白了这几个字的意义，立即抓住了齐教授的手说："谢谢齐教授对小镇的褒扬和鼓励！"然后马上对范戈说："老同学，齐教授的褒扬不但是你们书店的镇店之宝，也是全镇的光荣，明天就拿到城里裱褙起来挂在书店里！"

范戈早明白了齐教授这四个字的意思。那一会儿，他想起了一百多年前那位省府官员来古镇视察，看见曾祖父印书铺后写下的"人文蔚起、文风鼎盛"的题词,今天齐教授这几个字,和当年那个省府要员的题词有异曲同工之妙,可是他心里的感受却十分复杂。但听了代光信的话,仍笑着说:"对对,明天就拿进城裱褙起来!"

第二天,范戈果然亲自进城,找了县城一家叫"问墨轩"的裱褙铺,将齐教授这幅墨宝给裱褙好,挂在了书店正对着大门的墙壁上。从此,人们一进书店,便能看见"斯文在兹"几个大字。只是齐教授剩下的几十本书,范戈和金珏把它们摆在书店里,卖了很久都没卖出去,最后只得当废品给处理了。处理的时候,范戈心里很难受,觉得有些对不起齐教授,可是又没有办法。不过这是后话。

四

齐教授走后,范戈、金珏和范珊凑到一起,算了一下这次活动的开支,发现书店一共赔进去了一万多元。算了账后,范珊看见哥哥虽然没说什么,但紧抿着嘴,脸上带着一种明显的、有些发呆的表情。金珏也一样,眼睛落在纸上那几个简单的数字上,平时那对又大又亮的眸子一下子失去了应有的明媚光彩。范珊知道哥哥和金珏心里有些不好受。她心里同样如此,一万多块钱不是大钱,可对于他们这样一家小书店来说就是一笔大财富!她突然在心里有些自责起来，因为这是她给哥哥和金珏出的主意。她想替哥哥和金珏做点儿什么，却不知道做什么好。临近黄昏时，她又气喘吁吁地跑了来，从口袋里掏出两张粉红色的演出票对范戈和金珏说："哥，姐，你们快点儿关门，吃了晚饭去看看霞霞美子的演出吧！"

范戈口气有些硬邦邦地说："那演出有什么好看的，不去！"

范珊做出生气的样子说："你可别狗咬吕洞宾，不识好人心，这票可紧张了，我还是托班上一个学生的父亲特地给你和金珏姐搞的！"

范戈一听这话，明白了妹妹的苦心，便说："那你和立贵去看吧，我们真不想去凑这个热闹……"

范珊说："我和立贵晚上还要给学生上晚自习，哪有时间去看？"说完，把票往吧台上一放，接着说："这票可紧张了，可以说是一票难求，何况这还是两张特邀嘉宾票，你们一定要早点儿去，啊！"说罢，也不等范戈和金珏说什么，转身就跑了。

范戈等范珊跑远后，才拿起那两张粉红色的票问金珏："去看不？"

金珏说："范珊是见我们这次活动赔了钱，好心好意让我们去散散心，不去看怎么对得起她？"

她说完又说："我到小镇后，听好多人都说起这个霞霞美子，我想去看看她到底是个什么样的人。"

范戈说："就是一个被包装起来的娱乐歌手罢了！"可说归说，他还是让金珏关了书店的大门，两人一起到外面小食店吃了一点儿东西，便往镇小学去了。

原来这个霞霞美子本名叫张霞，就住在小镇禹王宫后面一条叫"尿巷子"的旮旯里。不过说起她还真有一点儿传奇性。她的爷爷奶奶都是福镇航运社的退休工人，在几十年前，福镇的运输主要依靠船只，航运工人的经济收入不但比一般行业好，而且政治地位也高，被称为"海员"。她奶奶早先只是一个乡下姑娘，正是看到她爷爷"三高"（除了工资、地位高以外，个子也高），便跑到她爷爷楼下，唱了三天三夜情歌。优美的歌声终于打动了她爷爷，娶了她为妻子。成了妻子的乡下姑娘摇身一变，也成为一名"三高"（奶奶个子同样高）的女海员。当然，这只是霞霞美子成功以后小镇市民的传说。可是霞霞美子的爷爷奶奶"三高"并没有维持多久（人老后身子也缩了），二十世纪七十年代初一条铁路大动脉将小镇与祖国东西南北连在了一起，三江六码头水运的风光不再，"海员"的地位一落千丈。再后来水上运输的时代无可奈何花落去，及至霞霞美子父母一代，那三江六码头的繁荣就成了老一代人星星点点的记忆和年轻人的传说了。

但对于霞霞美子的每一个传说，小镇人都深信不疑。比如有这么一个传说，说霞霞美子两岁零一个月的某一天，摆烧饼摊的妈妈从外面回来,听见女儿在屋子里边唱边跳,唱的是:"弯弯的月亮小小的船,小小的船儿两头尖。我在小小的船里坐,只看见闪闪的星星蓝蓝的天!"不但吐词清晰,音律优美,而且音调也非常准确。唱完以后,还像电视里的歌星一样有模有样地对着墙壁鞠了一躬。母亲大惊,她和丈夫为生计都忙不过来,哪有时间教孩子唱歌?急忙跑过去抱住霞霞美子问:"乖乖,你从哪儿学来的歌?"霞霞美子仰着头说:"我会唱!我还会唱《小松鼠》《小星星》,还有《小白兔》《小燕子》。"说完又对母亲表演了起来。那正是一个全民追星的时代,霞霞美子的母亲见女儿这么小就表现出这么高的音乐和表演天赋,长大一定会成为明星。事实证明霞霞美子的母亲猜得不错。可是有一成必有一损,正因为霞霞美子在小学和初中期间,把精力都花在唱歌跳舞上了,导致其他功课一团糟,初中毕业后连镇上的高中都没考上。不过霞霞美子一点儿也不丧气。不久,她加入了县上一个叫"野狼演唱团"的表演团队。这个表演团队是由十来个音乐舞蹈爱好者自发组织起来的,专门在乡下老百姓办红白喜事时去演出。在主人强烈要求和加价的情况下,女演员偶尔还会跳一跳脱衣舞。小张霞在这个团队中很快就表现出了非凡的才华。她最拿手的歌曲是川东北民歌《太阳出来绯绯红》。那真是一首美妙动听、金声玉振、余音绕梁的天籁之音呀,就像古代那个叫杜甫的诗人所说:"此曲只应天上有,人间能得几回闻"!霞霞美子很快成了这个表演团队的台柱子并在当地走红了。这年，省电视台选秀，在当地电视台也设了报名点。那两天"野狼演唱团"没接到生意。小张霞便邀了两个闺密到街上去，一人手持一支雪糕，一边吮一边闲逛。走到县电视台门口，正遇上报名。三个女孩一时心血来潮，便都去报了名。没想到那小张霞时来运转，一路斩关夺将，由县而市，由市而省，最后凭借着那首《太阳出来绯绯红》，进入了总决赛。消息传来，上至福镇的政府官员，下到老百姓，无不振奋。镇上领导请示县上领导后，带了近一百人包括"野狼演唱团"全体团员在内的"亲友团"赶赴省电视台选秀现场为家乡即将飞出的"金凤凰"呐喊助阵。李鸿才听到这个消息，不甘落后，立即抱了三十万块钱，加入了张霞的"亲友团"。小张霞没辜负家乡父老的厚爱，在最后的比拼中摘得第一名桂冠。福镇人知道这个消息后，立即涌上街头像庆祝自己的喜事一般狂欢了三天。据说在那段日子里，几万福镇人的手机铃声全是她演唱的那首《太阳出来绯绯红》。从此，小张霞成为全体福镇人的骄傲和孩子成才的励志榜样。不但如此，福镇人认为只要功夫深，人人都可以像小张霞那样一举成名。于是那几年，不但是福镇，就是县城，也如雨后春笋般冒出了几十家音乐、舞蹈培训学校，每所培训学校都赚了个盆满钵满。小张霞一举成名并赚到钱后，把她的父母接到省城住到了别墅里。然后，国内一家很有名气的演出公司便把她签了下来，福镇人不但再没见过她，连她的真名也被换成了"霞霞美子"这样一个洋气十足的名字。这次,大约是看在当初李鸿才一出手就砸出的三十万元钱上,或者李鸿才的"幸福花园"又正是建在福镇禹王宫包括霞霞美子童年和少年时住过的"尿巷子"旧址上,勾起了霞霞美子的思乡情节,她答应了回家乡做一次演出。

范戈和金珏往镇中心小学走,发现小镇今天果然与往日大不一样。大街上的人突然多了起来,一些人扶老携幼,范戈一看便知道这是一大家人集体出动。每个人都仿佛过节一般朝着同一个方向赶去,脚步匆忙而坚定,脸上挂着一种莫名其妙的急切、兴奋甚至是狂喜的神色。范戈便想,这到底是一种什么神秘的力量,让小镇人像集体狂欢呢?难道仅仅只是为了一睹霞霞美子这个偶像吗?如果说霞霞美子真是小镇人心中的偶像,那么这个偶像对他们又有什么意义?范戈就这么一边走一边思索着,来到了镇中心小学这条街上。他举目一看,更是吃惊不小:大街上挤满了密密麻麻的人,大家一边大呼小叫,一边拿出吃奶的力气往里面挤,要不是校门口站着一排警察,人们恐怕早就把学校的院墙给挤翻了。更让人害怕的是,还有更多的人朝这个方向涌来。范戈看见旁边有一条用警戒线隔出的特殊通道,便拉着金珏的手朝那儿走去。可还没等他迈开步子,一个人把他拦住了,问:"伙计,有没有多的票?"

范戈急忙摇了摇头,说:"没有……"

话音没落，又有好几个人围了过来，问他同样的话。范戈懒得一一回答，便连声喊道："没有，没有，没有！"一边说，一边挤到了通道边。这时通道又被堵住了，原来是十多个没票的人在那儿寻衅滋事，堵着通道让有票的人也不能进。过了一会儿，又从里面出来几个警察，才把那十多个没票的人赶开。范戈看见石一川也在出来的警察当中，便一手举着入场券，一手拉着金珏大声对他喊起来。石一川也认出了范戈，忙拨开熙熙攘攘的人群，把他们放了进去。进到大门里面，范戈才松了一口气，对石一川说："怎么这么多人？"

石一川说："黄牛党已经把票炒到三百块钱一张了！"

范戈脱口而出："三百！那你们怎么不打击？"

石一川说："我们哪有力量去打击？"一边说，一边指了指外面拥挤的人群，继续说："要不是我们派出所早预料到会有这样的情况，请求县局派来几十个警察支持，今晚上肯定会出事！"说完又对范戈说："你们快去找自己的位置坐下吧，等会儿恐怕找不着位置了！"

听了这话，范戈朝石一川挥了挥手，便拉起金珏走了。

到了操场上，范戈再一次被眼前的景象惊住了。偌大的操场上只见一片黑压压的人头，人们像沙丁鱼一样把操场各个角落都挤得满满当当，笑声、喊声、喧闹声响成一片，这景象不像是来看演出，而是世界末日到来的样子。范戈突然站住了。金珏以为他不知道特邀嘉宾区在哪儿,便朝着前面一个指示牌指了指,说:"特邀嘉宾区在那儿!"

范戈朝那儿一看,也是一片黑压压的人头,突然说:"我们回去吧!"

金珏忙问:"为什么?"

范戈说:"我感到很闷,只想出去清静清静!"说完又对金珏说:"你觉得有意思吗?"

金珏想了一想,也说:"真没什么意思,那么我们走吧!"

两人于是又手拉着手往外走。令他们没想到的是,出去比进来更困难。因为大多数人都只一个劲儿地往里面挤,他们像是滔滔洪水中的一片树叶,只能随波而走。挤了好一阵,都被往里挤的人给重新堵了回去。没办法,范戈只好去找石一川,石一川问:"人家一票难求,怎么不看了?"

范戈不好明说不看的原因,便撒谎道:"书店还有点儿重要事情需要马上处理,我们差点儿忘了。"

石一川不再追问,又去喊来几个警察,从拥挤的人群中拨出一条路,让他们出去了。

一来到大街上,范戈像是突然摆脱了浑身的羁绊,感到一阵前所未有的轻松和自由,他也不知这种想法从何而来。两人慢慢地向前面走去,因为大多数人都涌到镇中心小学这条街上来了,其他街道上显得十分清静,月光下的古镇此时宛如一位娴雅端庄的处子。他们走到自己小区门口时，看见从书店里泄出的一片雪白灯光，金珏对范戈说："伍浩又在用功学习了！"

范戈听了这话，突然对金珏问："你还记得黄老伯说过他今后必成大器那句话吗？"

金珏说："怎么不记得？我们现在就不进去打扰他了，让他安心学习吧！"说完又提议道："我好久没到滨河路去过了，我们到河边走走！"

范戈说："行，他们看演出图热闹，我们欣赏欣赏冬天的月色寻点儿清静！"

说着两人挽着手下了石梯，来到了河边。此时，他们才发现冬天的月色甚至比其他季节都美。脚下的每级台阶和深色的路面，像粘了一层霜花似的，都被月色漂白。除了他们的脚步声以外，四周寂静无声。他们的双脚在闪亮的银色中缓缓向前移动，仿佛怕惊醒月光的梦想一样，走得极轻极轻。他们看见无论是两边的房屋还是群山抑或是河水，都随着他们的脚步在一步一步往前移动，似乎陪伴他们一样。走了一阵，他们觉得自己的心突然也像月光一样变得澄明和纯净起来。仿佛晕染在天地的月光并不是一种清淡和微弱的光芒，而是如天露般的甘霖，将他们从里到外都清洗了个一干二净。走着走着，金珏忽然问："你后悔吗？"

范戈问："后悔什么？"

金珏说:"还能后悔什么,书店呀!经过这大半年的波折,你现在看清了要开一家真正的书店是一件多困难的事了吧!"

范戈的目光看着远处,过了一会儿才说:"是的,我确实有些后悔,当初没想到有这么多困难。可只要还有像伍浩和王明玉这样的人读书,我就没什么后悔的!我们当初不正是怀着这样的理想来开的书店吗?"

金珏深情地看了范戈一眼,把他的手臂挽得更紧了,然后又说:"我们把手里那点儿积蓄赔光了,今后生活怎么办?"

范戈听了这话,把金珏往身边紧了紧,拿出男子汉的勇气来,说:"有什么不好办的?我们还年轻,即使彻底失败了,我们还可以从头再来呀!"

金珏仍然紧追不放,说:"可要是我们把所有的老本都赔光了,身无分文用什么从头再来?"

范戈听金珏这么说,显出了生气的样子,提高了声音说:"钱的老本赔光了,可我们还有身体呀,难道不可以找不要本钱的营生来从头干起吗?"说到这里似乎给金珏打气,接着道:"到时我去当'棒棒',靠两根绳子一根扁担,也一定能养活你!"

金珏忙说:"我才不要你养活呢!你如果去当'棒棒',我就去街头当擦鞋妇。两把刷子一管鞋油,几分钟搞定一双,三块钱就到手,不是比你挣钱还容易吗……"

范戈不等她说完,又说:"我还可以在街头卖烧饼……"

金珏又忙说:"你如果卖烧饼,我就去卖麻辣串……"

说完,两个年轻人都哈哈大笑起来。清脆的笑声击破了月光下寂静的空气,像水圈一样向周围荡去,越荡越远。说着说着,一对情侣便觉得脚下的路果真越走越宽,顿时就忘了那些不愉快的事!

尾 声 后来……

后来的路确实是越走越宽，可是对于灯塔书店来说，多重因素叠加影响导致的经营生存困境却越来越严重。尽管范戈和金珏想尽各种办法又苦苦支撑了一年，最后实在没法维持下去了，便只好关门歇业。书店里一些有价值的图书，范戈和金珏都舍不得当废品处理掉，他们想了半天，最后决定搬到楼上卧室里收藏起来，等将来老了归乡后像爷爷一样开一家图书室，一是缅怀一段曾经充满理想的激情岁月，二是也可造福乡梓。伍浩自从听说灯塔书店即将关门的消息后，眼里便充满哀愁，仿佛失去了亲人一般。他晚上下班回来，打开书店的门，看见已经空空如也的书店，突然扑在书架上如孩子般大哭了起来。哭完以后才去收拾自己的东西，他知道是离开这儿的时候了。就在这时，范戈和金珏走了进来。范戈拍了拍他的肩膀，说："哭什么，兄弟？人生有起有伏，这书店也一样，消失只是暂时的！因为像你一样，一些人心中还有一个读书的梦想。只要还有梦想，灯塔之光便不会熄灭！"

范戈说罢，从口袋里掏出一串钥匙，对伍浩说："这是我们楼上房屋的钥匙，我和金珏委托你替我们照看屋子和里面那些图书。那些图书就是我们今后让灯塔之光重放光芒的原料！另一方面，你可以在屋子里面继续学习深造，你现在就搬上去，愿意住多久就住多久，我们期待着你成功那一天！"说毕，把钥匙塞到了伍浩手里。

第二天，范戈和金珏离开小镇，回到了省城。

过了两年，伍浩本科自考取得文凭后，真的考取了省城一家著名大学的硕士研究生。毕业时，市、县政府到学校引进硕、博人才充实到基层行政机关，伍浩毫不犹豫地选择回到福镇，担任了福镇镇长助理。他仍住在范戈那套有着丰富藏书的宿舍里，至今还没结婚，也许他真像当年对范戈说的那样，他把书当作了自己的情人。

又过了两年，范戈和金珏的女儿上了幼儿园。那是一个周末，金珏正在家里辅导女儿画画。女儿画的是间屋子，屋子有门有窗，屋顶还有一个太阳。金珏问她画的是什么地方，女儿说："是爸爸妈妈的书房！"金珏又问："书房怎么没有看见书呢？"女儿歪着脑袋想了半天，突然拿起橡皮擦去擦。正在这时，门铃声响了起来，金珏急忙跑过去开了门。外面站着一位穿灰色长袖针织衫和青色中长款大码裙子的中年女人，年纪五十开外，肩膀上挎着一只香芋色的单肩包，满脸含笑地看着金珏，显得卓尔不凡、风姿绰约。金珏愣了一会儿才突然大声叫了起来："明玉姐……"没等王明玉说什么，就一把将她拉进屋子，接着紧紧抱住了她，生怕她会突然消失。

过了很久，两人才松开。王明玉朝金珏的女儿看了一眼，回头问金珏："这是你们的宝贝吧？"

金珏点了点头。王明玉急忙过去抱起小朋友，在她小脸蛋上不断亲着，嘴里"宝贝"长"宝贝"短地叫。金珏对女儿道："快喊王姨！"小姑娘果然奶声奶气地喊了起来。

过了一会儿，金珏叫女儿赶快下来，说别累着王姨了。小姑娘从王明玉身上下来后，金珏才对王明玉问："什么风把明玉姐吹到省城来了？"

王明玉没正面回答，看了看屋子对金珏反问："范戈兄弟没在家吗？"

金珏说："他还没下班，过不多久就回来了！"

王明玉取下包，从里面抽出一本书来，双手递到金珏面前，道："请你和范戈兄弟教正！"

金珏接过书一看，只见封面上印着《赌王与新生》的书名，下面几个小字："王明玉著"。金珏不由得大声叫了起来："明玉姐，你出书了……"一边叫，一边翻开封面，又见扉页上写着："献给曾经的灯塔书店！"金珏的手突然有些微微颤抖起来，目光落到王明玉脸上："明玉姐，你还记得灯塔书店？"

王明玉说:"大妹子,我怎么能够忘记呢?这本书写的就是我的亲身经历!如果没有灯塔书店,我这个曾经的赌王怎么能获得新生呢?这里面写了很多灯塔书店的事,不知道准不准确,还希望你和范戈兄弟多提意见。另外,省作家协会下个月要召开这本书的作品研讨会,我是特地来请你和范戈兄弟参加研讨会的,你们可一定要来……"

话还没完,金珏忙说:"我们一定来,一定来!明玉姐,你成功了,真的成功了,祝贺你终于成为了一名作家!"

王明玉红了红脸,过了一会儿才说:"想起当年的事,我真的非常感谢你和范戈老弟,是你们给了我新的生命。只不过灯塔书店很快就倒闭了,真是太可惜了……"

听到这儿,金珏忙拉住王明玉的手说:"明玉姐,你来得正好,我有好消息告诉你,我们正准备把灯塔书店重新开办起来……"

王明玉没等金珏说完,便瞪大了眼睛道:"真的,你可不是说起开心的吧?"

金珏说:"一点儿也没哄你,明玉姐,我正说这几天就要回福镇呢!不过这次不是我们在操办,而是伍浩。前几天伍浩打电话告诉我们,说在乡村振兴中,福镇镇委、镇政府非常重视文化振兴,出台了一系列文化振兴的文件和政策,其中就包括把灯塔书店恢复起来。并且这次恢复灯塔书店,不光由我们一家来办。

伍浩说书店所做的事，在很大程度上是一种公益文化行为，是一种慈善，不应该由某一个人来做。他已经说服了好几位从小镇走出去的企业家，共同捐资来办这家书店！伍浩说镇委、镇政府领导已经表了态，对捐资办书店的企业家，镇上将给他们最高荣誉，让他们能够像捐资助学一样感到光荣……"

王明玉还没听完，便高兴地叫了起来："这太好了，太振奋人心了，也早该这样了！很多纯粹的文化事业都不能赚钱，其实捐资助学和捐资助文性质完全一样，都是推动社会文明发展的公益事业，镇委、镇政府这个决定太好了！这么说，金珏，我首先带头，把这本书三万多元的稿费全部捐给你们办灯塔书店，你们该不会嫌少吧……"说到这儿，王明玉目光怔怔地看着金珏，不等她插话，马上又道："书店恢复起来了，我还回来做营业员，你们该不会不要我了吧？"紧接着又说："你们放心，我绝不会像过去那样了！"

金珏听了这话，过去一把紧紧抱住了她，半天才拍着她的肩膀说："谢谢你，好姐姐，有了镇委、镇政府和你们的支持，我相信福镇也一定能重放'人文蔚起、文风鼎盛'的文明之光……"

图书在版编目（CIP）数据

小镇灯塔 / 贺享雍著. — 成都：四川人民出版社，2023.9
ISBN 978-7-220-13420-3

Ⅰ.①小… Ⅱ.①贺… Ⅲ.①长篇小说-中国-当代 Ⅳ.①I247.5

中国国家版本馆CIP数据核字（2023）第149722号

XIAOZHEN DENGTA
小镇灯塔
贺享雍　著

责任编辑	王其进　姚慧鸿
版式设计	李其飞
封面设计	李秋烨
责任印制	祝　健
出版发行	四川人民出版社（成都三色路238号）
网　　址	http://www.scpph.com
E-mail	scrmcbs@sina.com
新浪微博	@四川人民出版社
微信公众号	四川人民出版社
发行部业务电话	（028）86361653　86361656
防盗版举报电话	（028）86361653
照　　排	四川最近文化传播有限公司
印　　刷	成都国图广告印务有限公司
成品尺寸	145mm×210mm
印　　张	9.25
字　　数	176千
版　　次	2023年9月第1版
印　　次	2023年9月第1次印刷
书　　号	ISBN 978-7-220-13420-3
定　　价	40.00元

■版权所有·侵权必究
本书若出现质量问题，请与我社发行部联系更换
电话：（028）86361656